15

Dungeon Master

wants to sleep now and forever...

著 鬼影スパナ　Illust. よう太

絶対に働きたくないダンジョンマスターが惰眠をむさぼるまで

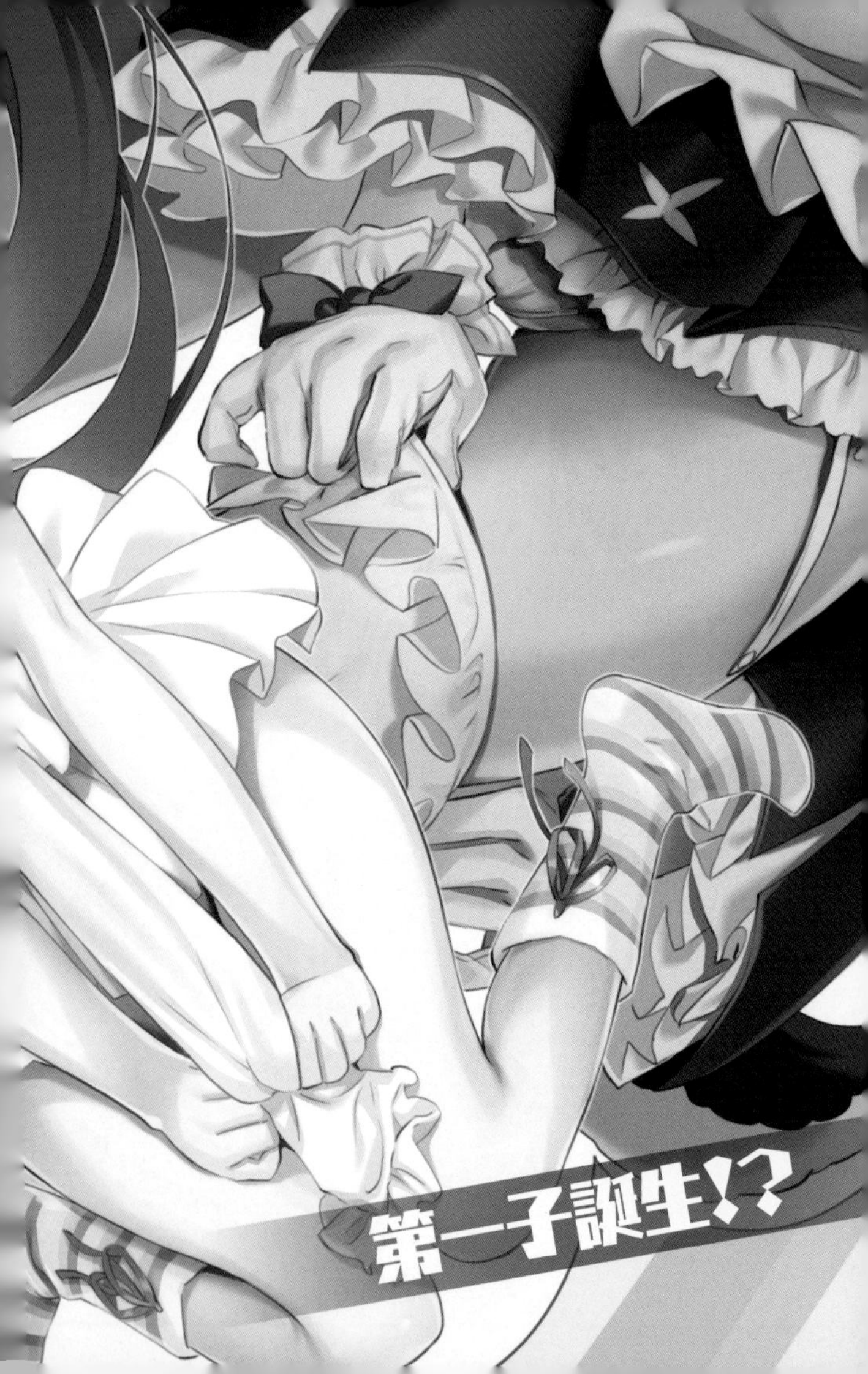
第二子誕生!?

ケーマとロクコの娘
ソト
「おいしー！靴下最高！
パパの中で食べた思い出の味！」

第695番ダンジョンコア

ロクコ

ロクコ、初めての学園生活♥

「初めまして、ロクコ・ツィーアです」

ダンジョンマスター
増田桂馬
「俺の最大火力技だぞこれ!」

「あっは♪
油断を狙うには
杜撰すぎるわよ?」
混沌神
レオナ

CONTENTS

Dungeon master want

sleep now and f

絶対に働きたくないダンジョンマスターが惰眠をむさぼるまで 15

鬼影スパナ

イラスト／よう太

プロローグ

Dungeon master wants to sleep now and forever...

これは、ケーマ達が魔国に行く前の話である。

ロクコにまともな性知識がないことに気が付いたケーマとハク。

それは主にハクがそうなるように仕向けたのが原因なのだが、その当時とは事情が異なり、ケーマとの仲が深まったことで「そういうこと」になりかねない可能性が出てきてしまった。

由々しき事態である。が、事ここに至っては、正しい知識がなければ逆に危険なのである。故に、ハクが責任を持って性教育をすることになったのだ。

「……えーと、ロクコちゃん」

「はい！」

「これから赤ちゃんの作り方について……その、知識をね、持っておいた方がいいかと」

「はい!!」

ロクコの力強い返事に、ハクは「ううっ」と怯んだ。

これからこの無垢な瞳に、男女のアレコレというか、生々しい子供の作り方を教えなければならないのかと思うと気が重い。

……今からでもどうにかできないものか、とハクは考える。

「……まず、生殖行為ってあるでしょう」

「えっと、男女間における、相手を貶め痛めつける最低の行い――ですよね？」

「え、ええ。そうね。そう教えたわね」

ロクコに誤解させるために帝都にあるダンジョン内で発生したニンゲン達の醜い犯罪行為を記録し、殊更に強調して見せたりもしたものだ。（尚、ハクにとってニンゲンは基本的に下等生物であるため、犬猫の交尾の記録映像みたいな感覚でありエロくないものと認識している）

「…………」

「ハク姉さま？」

「こ、子供の作り方について教えましょう」

「はい！」

さてどうしよう。生殖行為、が本来子供を作る行為であると伝えられれば簡単なのだが、そうなるとロクコが早速ケーマと事に及ぶ可能性が出てしまうのだ。ハクの目から見てもロクコはケーマを明白に好いている。いや、そうなった時のために正しい知識を与えておかないと危険、というのもあるのだが――ん？　まてよ？　よくよく思い返してみればケーマはその手の知識を一応知っている様子ではなかったか。

よし、とハクは方針を決めた。

「具体的な行為はケーマさんが知ってるから、私が教えるのは前段階の話になるわね」

「前段階、ですか？」

「ええ。ニンゲンに限らず、そこらの生き物とダンジョンコアは体の造りが根本的に違うから、子供を作るためには準備が必要なの」

そう。やっぱり細かいことは教えない方針にしたのだ。そしてケーマが生殖行為をしようとした際にロクコが拒絶すれば尚良しである！　これぞ問題の先送りにして押し付け！　汚い、さすが第89番ダンジョンコア、汚い！

「えっと、どういう準備が要るんですか？」

「まず、相手と身体を揃える必要があるわ。私達のお父様は神様なの。その子供である私達ダンジョンコアは、やはり神に近い身体であるわけね。いわゆる亜神なのだけど」

その身体は、生物と言うより神のそれといっていい。

ダンジョンコアは老化せず、食物や休息も不要ではある。殺されなければ死にもしない
「つまり、ケーマさんが何らかの方法で神になれば私達と体が揃うから、子供が作れるということよ」

「……！　なるほど！　だからその、け、ケーマってば、神の寝具を集めて……」

「……ええ、神の寝具を集めて使えば、亜神になって揃うものね」

赤面するロクコ。そういえば112番コアことイッテツの伴侶、レッドドラゴンのレドラも、ツィーア山に住む守り神として存在が知られていることを思い出し、納得した。

と、ここで更にハクは思い出す。神の『増え方』は、生物のそれとは更に異なるということを。

「そうね、もしかしたらケーマさんも知らないかもしれないから、そうなった後のことを一応教えておいてあげる」

「は、は、はひっ！」

緊張して声が上ずるロクコ。

ロクコがまさに知りたかったのはこれである。

「……お互いの力の一部を切り離して、混ぜ合わせれば、子供ができるの」

「切り離す、ですか？」

「お父様もそうやって私達を創ったのよ？　お父様はとても凄い神様だから、誰かと混ぜ合わせずとも単身で子を生せるのだけど」

「なるほど……」

「ただし」

と、ここでハクが真剣な顔になる。

「力を削るわけだから……命懸け、と言ってもいいでしょうね。死ぬこともあるわ。それこそ、お父様くらい力のある神様でなければそう簡単に子供は作れないの」

「そ、そうなんですか……」

しょぼん、とうつむくロクコ。

尚、神として子供を作る場合、これは事実である。下手をしたら人間の出産より危険なことが多く、こればかりはハクも本気で忠告せざるを得ない。

「ちなみに3神以上で1人の子供を作れたりもするわ。3人の女神が1人の息子を産み出す話とかもあるのよ？　この方法ならそれぞれの負担が減るから、少し楽になるわ」

「へー……あ、じゃ、じゃあその、私と、ケーマと、姉様の3人で子供を作れたり、なんて、そういうこともできるんですね？」

ジジジッ!?　と、これにはハクの笑顔がぴきりと固まる。

「……その発想は無かったけど、不可能というわけでは、無いわね……ええ」

「それはなんというか……夢が広がる？」

「そ、それよりも！　もっと現実的な手段があるわよロクコちゃん！」

と、ここでハクは仕切り直す。

「さっきも言ったけれど、お父様はとても凄い神様なの。だから、お父様に手伝ってもらえば安全に子供を作ることができるわ」

「つまり、その。えっ？　父様と子供を作る……!?」

「力だけ頂くのよ。純粋な力の塊を頂いたり、私達が子供を作るのに使った分の力をお父様から補充していただいたりね。もちろん対価を払う必要はあるけれど、これであれば比較的安全に子供が作れるわ」

「おお！　そんな手が！」

目から鱗だった。そう、足りない分はお父様に手伝ってもらえばいいのだ！

「まぁ、どちらも自分の力を削ることには変わりないから、1人作ったら次を作るには時間を空けないといけないわ。補充してもらっても、自分の力として馴染むまで時間がかかるし。そうね、1、2年は空けるべきかしら？」

「なるほど……」

頷くロクコをみて、ハクも満足げに頷いた。

「これが私達ダンジョンコアの、子供の作り方よ。分かった？」

「はい、ありがとうございました姉様！」

＊　＊　＊

そして、時は現在に戻る。……季節は巡り、また春が来た。

今年のダンジョンコア集会も終え、自身のダンジョン領域にあるゴレーヌ村を散歩していたロクコは、以前オフトン教教会で結婚式を挙げたオットー夫妻に遭遇した。

「あら、オットーにツマサ。息災かしら？」

「ああ、奥様。お久しぶりです。おかげさまで妻も元気で」

やけにだらしなくにやけた顔で返事をするオットーと、どことなく調子の悪そうなツマサを見て、ロクコは首を傾げた。

「大丈夫ツマサ？　オットーに苛められたりしてない？……あなたたちはオフトン教教会で初めて結婚した夫婦なんだから、しっかり幸せになってほしいのだけど……あとどうしたのそのお腹、しばらく見ないうちに太った？　のかしら？」

「太った……まぁ、太ったといえば太った、ですけど」

調子が悪そうではあったが、幸せそうに笑ってお腹を撫でるツマサ。そのお腹は、ぽっこりと膨らんでいる。単純に太ったにしては、他が細いのは不自然だとロクコは疑問に思う。その疑問に、夫婦が笑顔で答える。

「……おかげさまで、子宝に恵まれまして」

「子宝？」

「はい！　このお腹の中に俺の子がいるんです！」

なるほど、幸せそうだったのはそう言うことか。子供。……子供!?

「え、なんでお腹の中に子供がいるの？　食べちゃったの!?　どうして!?」

「えっ？　何言ってるんですか奥様。どうしてもなにも夫婦なんだからそりゃ、あでっ」

「……えーっと。食べるがどういう意味かはともかく、もしや奥様……子供の作り方を、ご存じ、無いのですか？」

と、オットーの頭をペシッと叩いたツマサは、ロクコにそう尋ねる。

「そのくらい知ってるわよ、前にお姉様に教えていただいたもの。お父様に力を頂いて、夫婦で力を込めて生むのよね？」

「なんですかそれ」

「えっ？」

ロクコはたじろいだ。

「じゃ、じゃあ、ちゅーすれば子供ができる？　のよね？」

今度はレドラから聞いた方法だ。ロクコはこれがハクの言っていた夫婦がお互いに力を出し合う儀式に違いないと確信していたので、少し恥ずかしくも具体的に答えてみた。もっともその後レドラが「これだけでは子供はできない」とも言ってはいたが。

それを聞いたオットー夫妻は、ひそひそと内緒話を始めた。

「おいツマサ。村長の奥様はもしかしてアレじゃないか、深窓のお嬢様で……」

「ああ……うん、雰囲気あるもんね。きっとそういう教育を受ける前に村長と駆け落ちしたにちがいないわ。おとぎ話を信じてるタイプね」

オットーとツマサの間で、ロクコは世間知らずの箱入り娘ということが確定した。

「なぁこれどうしたらいいんだ？　というか村長、奥様に手をつけてないってことか。こんな美人の奥さんに手を出さないとかやっぱり幼女性愛者（ロリコン）の噂（うわさ）は真実……」

「……こうなったら、気付いちゃった私が責任をもって教えるしかないわね」

内緒話が終わった。

「奥様。本当の子供の作り方をお教えします。……妊娠という言葉はご存じですか？」

「なにそれ？」

まさかとは思ったが、そこからか。ツマサはため息を吐（つ）いた。

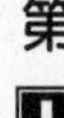
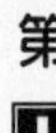

第1章

季節は春。『踊る人形亭』食堂。そこで2人の少女が話に花を咲かせていた。

「やー、オウドン美味しかったね、マイちゃん！」

「そうですわね、ミチルちゃん」

片方はオフトン教教会でシスター見習いを務めるサキュバス、ミチル。もう片方はニクの婚約者、マイオドール・ツィーアである。オウドンはケーマが魔国へ留学した後に食堂で出るようになったメニューである。いわば村人達へのケーマからのお土産であり、いつしかすっかり定着していた。材料の小麦はツィーアで獲れる種類とは違う小麦を使うとのことだったが、どこで調達しているのだろう。1年以上前に留学生が来ていたくらいだし輸入するツテもあるのかもしれない。

ちなみにマイオドールはこの他にもこっそりニクからお土産を貰ったりしている。特に使い道のないタペストリーだったが、マイオドールは嬉しそうに抱きしめて受け取っていた。

「……でも、私も魔国のお土産欲しかったなーって思うんですよねー」

「ふふふ。私は婚約者ですもの。でも、村長様から教会へのお土産は貰っていたのでしょう？　神のパジャマという神具も持ち帰ってきたとなると、宗教的にとてもすごいお土産だと思いますけど」

「そーゆーのじゃなくて、もっとこー……お友達として、ですよう」

「あー。なるほど」

ちなみにゴゾー達等の村の幹部連中にはしっかりとロクコがお土産を用意していた。魔国のお酒とか。ちゃっかりスイラもお酒を受け取っていたが、さすがにこれは子供のミチルにまでは回ってこなかったらしい。

「お土産話は聞いたんですけどねー。なんか、魔国で凄く強い人と戦ったとか。この村に来てた魔国のお姫様より強い人とか全然ピンとこなかったんですけどー」

「アイディ様でしたか。まさか、社交界デビュー(デビュタント)前に外国の貴族と知り合いになるとは思いませんでしたわね。……こちらの顔と名前を覚えていただけたかどうかは、甚だ疑問ですが」

「……私あの人苦手ー。口を開けばすぐに決闘決闘決闘なんだもん。ウチの聖女様に向かってだよ？　何考えてるかサッパリ。決闘決闘じゃなくて結婚結婚ならよかったんだけどもこう、結婚は教会のお仕事だし。……あのお姫様曰(いわ)く決闘も教会のお仕事関係らしいけど、オフトン教ではそんな業務ないもんねー」

「け、結婚ですか……ふふふ、私もいずれクロ様と……んん、クロと結婚できるのでしょうか？」

「その時は私がバッチリ立ち会うね！　なんならオフトンの中まで！」

ニコっと笑う友達に、微妙な笑みを返すマイオドール。なにせオフトンの中は夫婦の神域といっていい場所で、そこに立ち会うということは子作り指南という意味になる。余程の箱入りでなければ不要なことでもあり、貴族としてしっかり教育を受けているマイオドールにも不要なことではある。

そうして話が盛り上がってるところに、客が現れた。当然ここは冒険者向けの宿の食堂である。客が入ってきて当然なのだが——

「ふむ、思っていたよりは手入れが行き届いているな。狭いが」

「王子。学園の食堂と比べていませんか？　まぁそもそもが学園より小さな村でしょう」

「む、そうだな」

あからさまに育ちが良い男。普段この食堂に出入りする冒険者達とは一線を画した存在感のイケメン3人だ。というかそもそも王子とか言ってしまっている。

「おい、食券はどこに出せばいいんだ？」

「はーい、こちらでお預かりしますっ。おっ、Cランク定食ですか」

全体的に薄緑色の育ちざかりなメイドさん、シルキーズのハンナが食券を受け取り、席に案内する。今は空いているので配膳までしてくれるようだ。

「んん。マイちゃん、今の珍しいね？」

「……あれはダイード国の王子ですわね。確かに珍しいですが、知ってたんですか？」

貴族であるマイオドールは、一応知識としてダイード国の王子の顔くらいは知っていた。他国といえどさすがに王族レベルになると姿絵が出回るのである。（帝国の皇女の姿絵は、暗殺対策なのかマイオドールが知るだけでも3種類の人物が確認されているが）

しかし、ミチルはふるふると首を振った。

「いや、そっちじゃなくてさ。食券の使い方を知ってるかんじだったじゃない、今の人」

「……それって珍しいですか？」

「珍しいよ？　初めてここに来た人は、大抵戸惑うもん」

「そうなんですか」

普通の大衆店では余計な手間をかけて食券を配るところなどはまずないし、高級店ではお客様を煩わせる食券など使わないのである。故に、帝国広しといえど、食券システムを採用しているのはこの『踊る人形亭』くらいのもの。それくらい珍しい存在なのだ。

「カウンターで教えてもらったのでは？」

「どちらかというと、食券と言う存在に慣れてた。あれは『ここに来るのは初めてだけど食券は知っている』という動きだね……！」

「……ミチルって、案外そう言うところ見てるんですわね」

「ふっふーん、これぞ名探偵ミチルの観察眼！」

「探偵？」

「なんかこう、謎を解く専門の冒険者のことだって。基本的には殺人事件を解決するの、面白いよ名探偵ホムホムス。教会で借りれるからオススメ！」

「ああ、娯楽本ですか」

最近、オフトン教聖女が休暇に外国の物語を翻訳して教会に寄贈しているらしい。その一つだろう。

それはそれとして、ダイード国の王子たちは早くもCランク定食を受け取り、食べ始めた。……なるほど、確かに特に驚いているような様子が無い。と、マイオドールも違和感に気が付いた。

Cランク定食は、牛肉のごろっと入っているシチューである。普通に考えて、こんな田舎の村で牛肉などがホイホイ出てくるのはおかしい。ダンジョンでミノタウロスが出るのであればミノタウロス肉と言う可能性もあるのだが……

この付近でミノタウロスが出現するダンジョンといえば、【火焔窟(かえんくつ)】。ケーマのような一流の冒険者でもなければ気軽に仕入れてくるなどということもできないだろう。

「はぁ、サマーは元気だろうか。連れてきたかった」

「大丈夫ですよ。あの娘の優秀さはこの僕が保証しますから」

「だな、俺も保証してやる。多少の暴漢なら返り討ちだ」

「お前たち2人に保証されてもなぁ……会いたいなぁ、サマーに」

　牛肉が食卓に上がることを特に不思議に思わず、どうでもよさそうな雑談をしながら食べている。こんな他国の村にまで足を運んでいる王子のくせに、世間知らずにも程があるのではないか、とマイオドールは思った。

「……ケーマ様にお伝えするべきでしょうか？」

「えー、面倒。そーゆーのって受付の人がいうんじゃない？」

「今の受付はネルネさんですよ？　そういう報告すると思います？」

　いつも上の空でぽやぽやしてる印象しかないネルネ。……貴族の情報とか、まず気にすることはない。そして他国の王子なんぞ当然知らないだろう。勇者ワタルですら一般人扱いするネルネは、そもそも人の顔の区別がついているのであろうか？　恐らく2、3回会ったくらいの人間では顔を覚えられていない。むしろミチルとマイオドールも自分達の顔と名前を覚えられてる自信がない。

「……ニクちゃんに言っとけばいいんじゃない？」

「そうですね。では私がクロ様にお伝えしておきますわ。ふふ、褒めてくれるかしら」

「褒めてくれるといいね！」

　とりあえず、そういうことになった。

＊　＊　＊

なんかしらんけどダイード国の王子が来てるらしい。

村に在中しているドルチェさん（アイディが帰った後、さりげなくミーシャと交代した）からそういう報告を聞いた後、マイオドールからも同じく話があった。情報提供にお礼を伝えつつ、外国の王子様がいったい何でこんなところにと首をかしげる。

「しかし、王子ね……なのにスイートには泊まらないんだなぁ」

俺はマスタールームから王子とかいう奴らの様子を見ることにした。

ダイード国の王子、ハークス。側近の２人、クルシュとケンホ。それに『影』の護衛（ドルチェさん曰く「暗殺者じゃないからスルーしたけど中々優秀。でも私なら楽勝」）が１人加わっての４人組である。『影』は王子たちには正体を隠しているらしいが、ドルチェさんが話しかけたら青い顔してあっさり正体を認め、王子達とは一旦分かれて事情聴取に応じたそうな。その辺の素早い判断もドルチェさんの好評価ポイントだったとか。

で、早速この４人はダンジョンに入ってきていた。

ここで強さの目安に／ＤＰ（１日あたりのＤＰ量）を見ると、王子が２０２、側近２人がそれぞれ２５０くらい。そして『影』の冒険者が５３２だった。５３２……準勇者クラスか。それ以外のやつも中々優秀だ。ゴブリンやトラップは普通に突破され、迷宮のゴーレムも普通に狩っている。ハークス王子とケンホは剣で、クルシュは魔法で石礫を飛ばしたり杭を出したりで援護。『影』のやつは……周囲を警戒してるな。隙が無い。

そして倒した後はアイアンゴーレムの残骸を【収納】に入れて……なるほど、全員【収納】持ちか。こりゃダンジョンとしては中々厄介な連中だ。

「……普通に優秀だな」

「そうね。今日は様子見だって言ってるけど、何が目的なのかしら？」

と、いつの間にかロクコが俺の横にいた。顔が近い。アイディが帰ってから、何気にすごく物理的な距離が縮まってる気がする。頬が掠りそうな距離だった。

「ねぇケーマ。どうするこれ」

「どうするって？」

「結構普通に、攻略されちゃうんじゃないかしらと？　それなりに優秀っぽいし」

「……あー、まぁ、攻略されてもダミーのコアのところまで見せれば十分だろう。ワタルと同じだ」

「それもそっか」

いい機会なので、現在のダンジョンの構造をおさらいしておこう。

まずはゴレーヌ村。宿で休ませつつDPをがっぽがっぽ稼ぐ場所だ。ツィーア山を貫通してパヴェーラ側と繋がる『ツィーア山貫通トンネル』もある。ここはさておき……

1Fのエントランスエリアではゴブリンとトラップによる軽いジャブ。
2、3Fの迷宮エリア。アイアンゴーレムはここに出る。魔剣のお試し部屋もここ。

4Fの足止めトラップ『強欲の宿屋』がある元謎解きエリアはほぼ単なる休憩場所。

「大体うちのダンジョンに来る冒険者はここまでよね」

「アイアンゴーレムで稼ぐのが安定してるからな」

この先は難易度が上がり、上級者向けとなる。

5F、螺旋(らせん)階段エリア。吹き抜けの中央に落とすように壁がせり出してきたり、壁に板が刺さってる状態の階段が折れたりする。

6F、倉庫エリア。ここには魔剣ゴーレムブレードや変則ゴーレムが。初期型のハニワゴーレムも徘徊(はいかい)しており、地味に危険なエリアだ。

「地味にここまで来る冒険者がいるのよね、たまにだけど」

「魔剣ゴーレムブレードも結構持ってかれてるよなー。狙い通りだけど」

そして7F以降は分岐する。

7F-1、草原エリア。たまにロクコのペットが日向(ひなた)ぼっこしている平和な休憩所だ。

「一応安全地帯なんだけど、ここまでくる冒険者がなかなかいないんだよな……」

「ミカンのとこみたくライブ会場にして、サキュマちゃんのライブなんてのもいいんじゃないかしら……これは名案ね！　どうケーマ？」

「却下で」

7F-2、フェニの箱庭、溶岩エリア。『火焔窟』に続く。たまにイグニが遊びに来てエルフゴーストのエルルと遊んでいる。

「フェニを放し飼いしてる所ね。ここから『火焔窟』に抜ける冒険者は何人かいたわ」

「ワタルも最初ここ行ったんだっけな」

「幸か不幸か、イグニと遭遇した冒険者は居ないわね」

7F-3、新・謎解きエリア。ここが本線のルートである。アイディに壊されたが、ちゃんと修理したぞ。はぁ。

「ここの謎解きはやたら時間がかかるヤツにしてるのよね」

「ああ。少なくとも1日以上はかかる。時間稼ぎにはなるな……しっかし、肝心な時にいつも役に立たない気がする」

そして7F-3、新・謎解きエリアからは闘技場エリア、ボス部屋と続く。アイディ関連で取り外した扉などもしっかり元に戻してある。……あ、一応だけど闘技場エリアではアイアンハニワゴーレム、ボス部屋ではドラゴンゴーレムと戦うことになる。

「トラップ埋め込んでて火を噴けたりするのよね、ドラゴンゴーレム」

「ボス部屋の中限定だけど、そもそもボス部屋からボスは出ないから問題ないな」

「まぁ、本物のドラゴンには及ばないけど」

「……『火焔窟』のドラゴン母娘(おやこ)と比べたら大抵のドラゴンが及ばないらしいぞ？」

もっとも、ドラゴンゴーレムは現在まったくと言っていい程活躍していない。してほしいというわけでもないけど。

で、７Ｆ－３のボス部屋を突破すれば、いよいよコア部屋だ。

だがそうして突破したコア部屋に置いてあるのはダミーコア。

まだ奥に隠し部屋があるのだ。ダンジョンコア＝最奥、という先入観を利用したトラップである。しかも、このダミーコア部屋。実はボス部屋となっている。……ボスは親指サイズのオリハルコンゴーレムだ。ロクコ発案である。

しかもしかも、この親指オリハルコンゴーレムは部屋の天井タイルの裏に隠れており、見つけるのは非常に困難。仮に見つけても倒すのは更に困難。倒しても隠し扉の鍵が開くだけでその扉が見つけられるかは別の話。

「ミニサイズのオリハルコンゴーレム……これは我ながら凶悪なアイディアよね！」

「しかも隠れるから見つけようにも見つけられない、そもそもボス部屋だと気付けるのかどうかだな……」

「父様から貰ったボススポーンの対象に設定して、オリハルコンの複製に使ってるんだっけ？　アレ結局どれくらいでリスポーンするんだったかしら？」

「完全に放置して大体１ヶ月だな。２個あるから、１ヶ月に２体分増やせるけども」

結局オリハルコンの剣をまた少し削り、計３体の親指オリハルコンゴーレムを用意。１体はボス部屋常駐で、ボススポーンゴーレムで複製用の親指オリハルコンゴーレムが２体だ。既に何回か回ってるので、ちょっとずつオリハルコンのストックが溜まっていく感じが堪らない。

　で、仮にオリハルコンゴーレムを撃破して隠し扉もみつけたとしよう。その奥の部屋にはコアが置いてあり、こんどこそダンジョンコア——と思わせておいてそれもまたダミーコアだ。隠し部屋を見破り、あれほど凶悪なボスを倒したという達成感で今度こそ本物だと思わせるトラップである。

　ここまでが今の『欲望の洞窟』の全貌……え、本物のダンジョンコアはどこかって?

　ここからさらに隠し通路があって、その先の『最奥』エリアにある。ちりばめた致死性が高いトラップを越えた所に安置してあるぞ。あと、ここには勇者スズキを石に固めた『スズキの壁』もあったりするので関係者以外立ち入り禁止のエリアだ。

　この『最奥』は、もはや『欲望の洞窟』とは切り離した別ダンジョンと言っていい。トラップの落とし穴に落ちた先にある通路を進むのが正規ルートだったりするので、それを知らない侵入者相手にはほぼ確実に足止めできる。

　……で、もうひとつ。『ツィーア山貫通トンネル』の途中に、何でもない天井に隠し部屋が作ってあり、ダミーコアを置いてある。トンネル内には同じように作った隠し部屋がいくつもあるので、もしひとつ隠し部屋がバレてもすぐには見つけられない。仮に最奥に侵入者があっても時間稼ぎをしているうちに「キャスリング」でコアをこちらに逃がせるというわけだ。これは1年がかりでこっそり作っていた仕掛けで、俺とロクコしか知らない。

　ちなみにダンジョン領域だけで言えばトンネルの向こう、ドラーグ村もその範囲である。こちらもドラーグ村村長シド・パヴェーラの手腕により順調に発展しており、人が増え、ほっといてもDP収入が増えていく。嬉しい。

　以上、ここツィーア山にある俺達のダンジョンの全容である。こんな2重3重の罠や対策によりダンジョンコア(ロクコの本体)は守られているのだ。これは多少優秀な冒険者がパーティーを組んだところでロクコの安全は揺るがない。一通り見直したところで、ロクコがデレッと顔をにやけさせた。

「えへへ、ケーマ、愛してるわ」

「お、おう。なんだよ急に」

「だって、このダンジョンの攻略難度は愛の証でしょ？　こんな徹底的に守られて、嬉しくないコアがいる訳ないじゃない」

　そういうもんなのだろうか？……実際、間違っちゃいないけども。

「これなら、このダイード国の王子とかいう連中がいくら凄腕でも安心よね」

「そうだな。放置でいいか」

……というか、王子って挨拶くらいしといた方が良いのか？　いや、お忍びなら下手に声をかけない方が良いだろうから止めとくか。あっちが何も言ってこないんだし、こっちはただの冒険者として扱うだけだ。ここで死なれたら厄介な問題になりそうだけど。

俺はロクコと一緒にマスタールームからダイード国王子たちのダンジョン攻略を見物……いや監視……いややっぱり見物だな。見物することにした。場合によってはこちらから手出しをすることも必要だろうけど。

「ケーマ、何か食べる？」

「あ、じゃあポップコーンでも食うか。あとジュースも付けよう」

モニターに王子たちを映し、大きなクッションに背を預けて映画かスポーツ鑑賞のように気楽な見物だ。なにせうちのダンジョンは万全、多少腕がいい程度のパーティーでは完全攻略することはできないのだから。

ポップコーンをむしゃりと食べつつ、オレンジジュースで流し込む。うむ。冒険者のダンジョン攻略は、安全を確保した上でなら立派な娯楽だよな。いっそ前線の様子をライブで外のモニターに映し出すダンジョンとかも面白いかもしれない。やらんけど。

「それ、メロンパン味とかないの？」

「……見たことないなぁ」

「じゃあいいわ、それ少し頂戴」

「あいよ」

ロクコとポップコーンをシェアしつつダンジョンアタック鑑賞だ。平和だなぁ。

＊　＊　＊

王子たちのダンジョン攻略はとても順調だった。

改めて今日も入口から入って迷宮エリアを攻略していく。ゴブリンやクレイゴーレムでは相手にならない。昨日と同じ要領でガンガン進んでいく。お試し部屋では試用魔剣を抜いた王子が「こんなに簡単に魔剣が手に入るとは」と言いつつ『影』の冒険者に「それは試用品で、この部屋からは持ち出せない」と言われ渋々台座に剣を戻していた。

この『影』は準勇者級なだけあって安定感がある冒険者だな。王子含む他の3人は好き勝手に好きなことをしてるだけな感じだし、情報も集めていないようだ。

……王子達だけならお試し部屋だけですら撃退できそうなところを、『影』がしっかりアシストしている。というか、王子達は遊園地にでも遊びに来たかのような気楽さなのだが、本当に冒険者ランクはダンジョンに入れるランクを持ってんのだろうか？

「というか王子側近の魔法使い、魔法使いのくせに脳筋っぽいなぁ」

「え、魔法と頭の良さって関係あるの？」

「……そういや無いな」

基本的にこの世界の魔法使いに頭の良さはあまり関係ない。魔法を使うことと頭を使うかどうかはまた別の問題なのである。基本的に魔法は弓矢みたいな飛び道具と変わらないモノだ。戦士と比べてもそこには筋力で殴るか魔力で殴るかの違いしかない。所詮魔法とは便利な道具のひとつにすぎない。魔力を使う代わりにいつでも作れて場所を取らないのが利点だ。手札が多いので頭は使う、ということはあるかもだけど。

そうこうしているうちに王子たちは迷宮エリアを突破。『強欲の宿屋』をスルーして螺旋階段エリアへ向かうようだ。

『よし、この先に魔剣があるんだな！　サマーのために頑張るぞ！』

『王子、ここから先は情報が少ないです。先頭は行かないでください』

『む、そうだな。では、露払いをケンホに任せようか』

『まかせとけ！　次期騎士団長の俺がお手本を見せてやる！』

『大きい階段ですね……落ちたら怪我しそうです。気を付けるんですよケンホ』

『……命綱つけておきましょう、ケンホ殿』

螺旋階段エリアに突撃しそうだった王子達を抑え、ついでに露払いの脳筋前衛に命綱を結ぶアシスト。ほんと、この『影』がいなかったらもう決着だろうなぁ。実際命綱が無かったら、このケンホとか言うイケメンマッチョは壁に押し出されたり階段の板が折れて足を踏み外したりで大怪我あるいは絶命していたところだ。5、6回ほど。

『この壁が出てきてこの段が折れる、と……次は俺が行きつつ印つけておくんで、それを参考に来てくださいね』

『うむ。承知した』

『やはりプロの冒険者は頼りになりますねぇ』

この『影』の人、ドルチェさんが聞き出した話では、ダイード王家に仕えてる暗部なのだが、雇われ冒険者という体（てい）で接触して子守り、もとい護衛しているんだとか。

そうこうしているうちに螺旋（らせん）階段エリアを無事攻略され、倉庫エリアに足を踏み入れる王子達。とりあえず魔剣が目当てっぽいし、こういうのはさっさと持って帰ってもらうに限る。下手に後遺症が残るような怪我をされても厄介だし。スイートルームに泊まるならまだ話も違うところだったんだが。

……ちなみにミーシャはスイートルームに寝泊まりしていたが、ドルチェさんは教会に寝泊まりしている。アイディの時に作った客間もあったのだが、教会の地下がひんやりじめじめしてて怨念も溜まってて落ち着くらしい。教会なのになー。怨念とかなー。教会の地下、犯罪者を閉じ込めてる牢屋（ろうや）があるからなー。ドルチェさんが溜まってる怨念もスナック感覚で食べてくれてるっていうからむしろありがたいけど。……ドルチェさんが帰ったら一度うちのエルフゴースト、エルルにも見てもらおう。

「で、どーするのよケーマ？」

「……とりあえずハニワゴーレムに遭遇しないようにして、魔剣を見つけてもらおうか」

適当にゴーレムをけしかけつつ、それとなく魔剣のある部屋へ誘導してやる。こうして王子たちはなんとダンジョンアタック2日目にして魔剣ゴーレムブレードを手に入れることに成功したのである！

『王子、これは魔剣のようです』

『おお！　やったなハークス、これくれよ！』

『良いだろう。まだあるだろうし、その剣はケンホの物とする。さっき階段を降りるときに先行してもらったしな。クルシュとジャンガリアもそれでいいか？』

『ええ、私は構いませんよ。私は後衛ですし』

『私は依頼料さえ貰えるならいいですとも』

と、『影』の冒険者が壁にかかっていた魔剣を一度王子に渡す。で、王子から次期騎士団長らしいケンホがもらい受けていた。……今の口ぶりだと、人数分は魔剣を確保したいのだろう。下手したらもっと獲れるだけって感じか。

「ケーマ、こいつらに魔剣何本くらいあげるの？」

「とりあえず……最大5本かなぁ。1人1本、お土産1本みたいな」

魔剣といっても俺の【クリエイトゴーレム】によるものなので、元手は銅貨1枚もかかっていない。だが本来貴重品の魔剣をバラ撒くと価値が下がってしまう。そこの調整はよく考えなきゃならない所だ。

が、まぁこれくらいの腕前の連中には5本くらいやっても良いだろう。なにせPT全員の/DPを合計するとワタル級だからな。……あ、でもワタルって今どれくらいだったっけかな？　このところ見てなかったから分からんな……

『おお！　これで3本目だな！』

『クルシュの分も手に入ったな！　ほら、持っとけ！』

『フッ、ありがたく受け取っておきましょう』

この日、結局王子たちは俺が予定していた5本の魔剣を持って引き返した。

さーて、これで帰ってくれればいいけど。こいつらにウチのボスが突破できるとも思えないけど、王子を殺すのも問題ありまくりだもんな。

王子たちは魔剣を手に入れた翌日を休養に当てることにしたようだ。

妙にキラキラしたイケメン3人は宿でくつろぎ、今は温泉に入っている。『影』の冒険者はここにはおらず、冒険者ギルドにアイアンゴーレムの死骸を納品しに行っていた。

さあ今日も厄介者の情報収集だ。俺は私室でモニターを開いて王子たちの会話を聞くことにした。風呂の盗撮？　残念、証拠不十分で不起訴です。ダンジョン故に。……尚、イケメン3人は風呂にも慣れているようで。湯あみ着を付けず腰にタオルを巻く程度であった。それでも無駄に絵になっているのは、やはり顔が、そして身体が良いからだろう。細マッチョでいかにも女性にモテそうな身体付きだし。

『ふぅ、俺達にかかれば楽勝なダンジョンだな』

湯船に肩まで浸かり、王子はフフッと笑う。昨日の冒険での余裕がにじみ出ていた。

『王子、何気にケンホは4回ほど死にかけてましたよ』

『そうか？　まぁケンホは先行していたから危険が多かったのだろう』

『そうだぜクルシュ、ハークス。だがそのための雇い冒険者だろ？　おかげでこの通りピンピンして生きてる。つまり大丈夫だってことだ！』

『適当ですねぇ。それがケンホの良い所でもありますが……』

『しかしあの冒険者——ジャンガリアといったか？　あれが冒険者の普通なのか、それとも特に有能なのか……スカウトを断られてしまっているのは残念だな』

と、そんな割とどうでもいい会話を続ける王子たち。冒険者の方は良いから、目的ともう帰るのかどうかを話してほしいのだが、なかなか口を滑らせない。

「あらケーマ、また盗み聞き？」

「人聞きが悪いな。でもその通りだ」

ロクコがいつものように俺の部屋に入ってきた。手には漫画を持っている。

「おっと、ロクコは見るなよ。男湯の映像だからな」

「何よ。どこも私のダンジョンでしょ？　ニンゲンの裸くらい別にどってことないし」

「それもそうなんだろうけど……」

「あと私も手伝いたいわ、ケーマ」

「……なら、覗く先が女湯の時はロクコに頼むとするよ」

今回は男だけのパーティーだから関係ないけどな。

「というか、もうまどろっこしいからケーマもお風呂行って直接聞いたらいいじゃない。まだ居るんですかーって」

「うーん、それが手っ取り早いか……？」

「ええ。いってらっしゃい。私はここで漫画読んでるわ」

……ロクコは俺が不在の俺の部屋で漫画を読んでいる気満々らしい。自分の部屋で読めよ。別にロクコに見せたくないものとかは部屋には隠してないから別に良いんだけど。エロ本とかも持ってないしな。

うーん。しかし王子たちはまだまだ長風呂しそうな気配だ。ここはロクコのアドバイス通りこっそり紛れて話を聞いてみるのがいいかもしれない。一応村長という身分を隠すために【超変身】で一般人に変装しておこうか。これなら仮に怪しまれても、知らぬ存ぜぬ別人ですよと逃げられる。

「……え、ケーマ変装するの？」

「そりゃするだろ。それに【超変身】しとけば万一があっても安心だし」

「ぁー……じゃあいいわ。いってらっしゃい。私ここで漫画読んでるから」

「？　うん、さっき聞いた。じゃあ行ってくるわ」

なぜか急にやる気をなくして部屋でゴロゴロし始めたロクコを部屋に置き、【超変身】で変装した上で湯あみ着に着替えてお風呂に向かった。


風呂場に入ると、王子たちは湯船でぺちゃくちゃとまたどうでもいいことを話していた。

「だから、剣術は筋力だってハークス」

「いやいや。技術だろ。クルシュもそう思うよな？」

「使い道を考える頭脳が重要では？　ケンホはもう少し考えるべきかと」

一体何を話してたんだろう、全然興味がない。とりあえず【浄化】して俺も湯船に入るとしよう――


「おい！　そこのお前！　服を着たまま湯船に入るな！」

――突然、王子が俺を指さして叫んだ。

「……へぇ、何ですか急に」

俺が平静に『何言ってんだコイツ』感を出しつつ一般人っぽく返事すると、王子は俺を見下すようにフンと鼻を鳴らしつつ眉をひそめる。

「なんだ貴様、風呂が初めてなのか？　普通、風呂は裸で入るもんだ。脱げ」

「……その腰に巻いてるのはいいんですかい？」

「タオルは審議が分かれるところだが、無いと股間が見えてしまうから仕方なくな。だがこのタオルは【浄化】してあるからお湯を汚すことはないぞ」

　そう言って、自信満々に腕を組んで胸を張る王子。

　さて。どこからツッコミをいれたものか。まずこの王子たち、日本風の風呂のルールを知っているらしい。タオル自体は帝都でも日用品として出回ってた（タオルを織る魔道具がある）からこいつらが知ってても何らおかしくない。だが、湯船にタオルは審議が分かれるところってのは……たまたまダイード国にそういう文化が根付いてるって可能性もあるが……普通の勇者ならともかく、もしこれが誰かさん（レオナ）の影響だとしたらとても面倒だ。

で、次に。こいつら湯あみ着までは知らないようだ。だがいきなり脱げとか。……国をまたいでの文化の違いというのもあるかもしれないのに視野の狭い王子だ。それでいいのか？　外交とかするんだろ将来。

「さぁ、分かったな？　さっさと脱げ。風呂に裸で入るのは常識だぞ？」

「いや、これは湯あみ着と言って、その腰に巻いてある布と同じようなもんです」

「は？　その服で体を洗うのか？」

「いや、身体を隠すんですが？」

「風呂は裸で入るものだと言っているだろう。そんなことも知らんとは……タオルは風呂で使うから使っても良いんだ。な？　分かるか？」

ヤレヤレとため息を吐く王子。うざい。

ダイード国ではそうなんだろうよ、ダイード国ではな。帝国ではそもそも基本体洗うのも【浄化】で済ますからタオルも体拭くくらいでしか使わないんだぞ。ダイードではどうか知らないけど。

「おいお前。こいつ、こう見えてダイード国の王子なんだ。大人しくしたがった方が身のためだぜ？」

「ええ。王子がこう言っているんです。さっさと脱ぎなさい」

おい取り巻き。権力を振りかざして脱がしに来るな。お前らそんなに俺（が【超変身】で変装した男）の裸が見たいのか。

「いやいや、なんですか？　王子だか何だか知りませんが、よその国の風習をいきなり持ち込まれても困ります。ここは帝国ですよ？　帝国には帝国の風習があるに決まってるじゃないですか……」

「む、それは一理あるな」

部屋にある風呂ならともかく公共の場で裸とかはねぇ。と渋って見せる。

「……なるほど、それは盲点でした」

「そういう考えもあるんだな。へぇ」

あれ？　と思う程に王子たちは思っていたよりあっさり引き下がった。

「なぁ、となると逆に俺達の方がマナー違反になっているのか？　どうなんだ？」

と、今度は自分たちのタオルを腰に巻いているだけの状態が迷惑を掛けているのではないかと聞いてきた。何だコイツ、素直かよ。

「あいや、湯あみ着は別に着なくてもいいんですよ。ただ、お貴族様は知りませんが平民だと人前で裸になるのに慣れていない人が多いもんで、そういう人でも風呂が使えるように湯あみ着があるんです」

「なるほど。では俺達の格好も問題はないんだな？　俺達の身体に人に見られて恥ずかしい場所などないしな」

フッ、と格好つけたポーズを取る王子達。言葉にたがわず、無駄に需要がありそうだと思ってしまったのが腹立たしい。

「ええ。そのタオルも【浄化】してあって風呂を汚さないなら問題ないですよ」

「うむ。勉強になった。礼を言う」

そう言って、王子はキラキラする笑顔で小さく挙手するかのように手のひらをこちらに向けた。それから「ん？」と首をかしげた。

「……なぁ。もしかして平民は礼を示す挨拶も違うのか？　それとも国の違いか？」

「あー、そういう意味のヤツなんですね。王族は頭を下げない的な？」

とりあえず礼は受けた、と軽く頭を下げておく。

「へー、俺はちっともそんなこと考えたことなかったぜ！」

「そういえば我々は頭を下げますよ王子。恐らくこの者の言う通りかと」

「ほう！　お前は中々洞察力があるな。王族に言い返す度胸もいい。……気に入った、俺の部下にならないか？」

……なんか、王子に気に入られてしまったよ。まぁ部下にはならないけど。

そんな風に王子たちの言動に若干の違和感を覚えつつも、とりあえず会話に入ることには成功。余程気に入ったのか「よし、明日ダンジョン潜るからお前もついてこい。魔剣を山分けしてやるぞ！」と誘われてしまった。

……いや、丁重にお断りしたけどね？　だって俺が入ったところで俺に利点はないんだもの、魔剣いらないし。でもそう言ったら「なんて謙虚なんだ！　ますます気に入った！」とぐいぐい距離を詰めてきた。なんなのコイツ。メンタル黒鋼でできてるの？

「あー、じゃあ世間話でお聞きしたいんですが、なんで王子様がこんな所に？」

こうなったらもう手っ取り早く目的を聞き出してサッサとオサラバしよう。

「ふむ。これは極秘なのだが……」

極秘なら名前も言ってない行きずりの自称冒険者なんかに言わない方が良いのでは、と思いつつも都合が良いので何も言わず聞く。

「実は、功績が欲しいのだ」

「功績？」

「ああ。俺には国に愛する女がいるんだ。だが、そいつの身分が低くてな。そこで、俺達の結婚を許可させるために功績を求めている」

……それ王子側が功績を積み上げたらさらに差が出て結婚しにくくなるだけでは？

「俺が立派な手柄を手に入れたら、愛する女を傍に置くくらい認めてくれるさ。我が国は独立を貫く。ツィーアのように帝国へ併呑されるわけにはいかないからな」

覚悟を抱いて燃える王子。ああ、そういう理論なのか……見通しが甘すぎる気がするけど、まぁ、相手の身分が低くても側室とかにするなら問題ないだろうけど。そういう話は聞いたことあるし。

「いい女だぞサマーは。自らが王になることしか考えておらず、民に目を向けていなかった俺にビンタして目を覚まさせてくれたのだ！」

「それは……不敬罪とかになるのでは？」

「それを恐れずに進言してくれた！　信頼のおける女だ！」

あばたもえくぼ。惚れた相手には判断が甘くなる、そういうことだろうか。

「ハークス、俺にも自慢させてくれ。俺も一時期親父との関係で荒れてた時期があったんだが、そんな俺の手を握ってくれたんだ！」

「ふっ、不良筋肉男の手を握るだなんて、とても勇気ある子ですよ。王妃に相応しいというものです。おっと、私の方も彼女の頭が良いエピソードを――」

「待て待てサマーは俺の恋人だぞ。もっと俺に自慢させろ！　まずは出会いから――」

そしてたっぷりその令嬢の惚気を聞かされる。

……このままではのぼせてしまう。そう思った俺は、キリのいいところで話を逸らすことにした。

「それにしても、ここでその彼女さんを傍に置けるようになる手柄があるので？」

「うむ。やはりダンジョンの攻略をしてみせるのが良いだろうと思ってな。我々がこのダンジョンを最奥まで暴き、それをもって鉄の輸入を認めさせる、とかな。なにせ我が国には鉄鉱山がなく、鉄はほぼ輸入に頼っている。どうだ、功績になるだろう？」

「……このダンジョンは既に攻略済みですけど？」

「……そうなのか？」

「え、知らなかったのかハークス？　俺でも知ってたのに」

「ケ、ケンホでも知っていたのか……そうか」

おいおいまさかギルドに『ダンジョンコアまで攻略済みです』って報告入れてあるの知らなかったのか王子……もっとちゃんと調べてこいよと言いたい。無計画にも程がある、こんなのが王になっても大丈夫なのか？　見るからに脳筋っぽい自称次期騎士団長が知っていたのは『影』の冒険者から聞いたかららしい。『影』って便利だなぁ、うちでもそういうのを育てるべきか……

……いやよく考えたらウチの面子(メンツ)って全員そんな感じだったわ。ロクコはあれで結構したたかだし、ニクは外見詐欺で隠密(おんみつ)もできる主戦力。レイは聖女に見せかけて拷問とかもこなすダンジョン管理者だし……ってか、キヌエさんやネルネ、オフトン教のサキュバス達もモンスターだからな。みんな、何かしら裏がある——

——あれ？　俺達ってまさか『一番まともな人間』がイチカ……なの？　食道楽とギャンブルで奴隷落ちしたイチカが……？　うーん、もっとこう、普通の人間の仲間を増やすべきなんだろうか。また奴隷買ってくるかなぁ。

「まぁ他にもアイアンゴーレムがあるだろう。そうだ、我々が狩った分は国に送るとかできないか？　どうだクルシュ良いアイディアだろう、次期宰相として検討してみてくれ」

「大きな欠点がありますね。ここからダイードまでとなると……輸送費がかなりかかります。関税もありますから、2体狩って1体分の鉄が送れるかってとこでしょうか」

「……それでは優位性がいつまでたっても確保できないな」

アイアンゴーレム1体分の鉄を手に入れるために帝国に同量の鉄を納めるとなると、むしろ帝国を強化する（微々たる量だが）ことにしかならない。

「そもそも他国の鉱山で採掘しようというのが無謀であるかと。個人で【収納】に入れられる分はお目こぼしされますが……」

いやはや、ただの村長の俺が言うのもなんだが、ダイード国は弱小国家なんだなぁって……帝国、魔国、あと山脈を挟んで聖王国に囲まれ、緩衝地帯的な扱いをされているらしいし、王族は特に気苦労が多そうだ。うん、ご苦労様？　としか言いようがないね。

「なんというか、大変ですねぇ王子様も」

「分かってくれるか！　よし、お前も俺達の仲間になれ！　好待遇で迎え入れるから！」

「悪いですが、宮仕えは趣味じゃないんで。他を当たってください」

なんで王子は俺をそんなに気に入ってるんだ。

「……いやなに、人材の確保は急務なのだ。お前を信用して話すここだけの話だが、我が国は色々な混乱があって……俺の配下として優秀な人材が欲しいというか……」

「色々な混乱、ですか？　そういえば、前に勇者スズキが……」

「……それもあるが、流石(さすが)にこれ以上は言えぬ。すまんな」

口を噤(つぐ)む王子。前王が勇者に殺された件よりも言えないことってなんだろ……いや、勇者の件は国際的にもうバレてるから言えるだけかな？

その後、俺は王子たちに名前も告げることなくのぼせる前にさっさと退散する。聞き込み調査の結果、目的も『功績を立てること』及び『人材確保』だと分かったし用はない。しかも大雑把で、殆(ほとん)ど無計画と言ってもいい雑な取り組み方である。

これは放置決定だな。【超変身】を解き王子達を撒いて、俺は何事もなかったかのように部屋へ戻って引き続き寝ることにした。スヤァ……

結局王子たちは手柄にならないダンジョン攻略を諦め、さらに2、3日かけてアイアンゴーレムを狩って【収納】いっぱいに鉄塊を詰め込んだ状態で村から出て行った。

本当は奥までサクッと攻略したかったらしいのだが、7F-3、新・謎解きエリア、謎掛け部屋が突破できなかったのである!……なんか謎解きエリアが初めて役に立った気がする。やったぜ。

＊＊＊

ふと思い立ち、たまには【収納】の中身を整理することにした。

何分、俺の【収納】の中身は非常にヤバイ代物であふれている。キーワードで爆発する黒玉や、紫色のダミーコア、『父』から貰った無垢のダンジョンコアやオリハルコンプレード。それらを筆頭に、人に言えないお宝等。そのうち読もうと積んでいた未使用の呪文スクロールなんかもいくつか入っている。

「あれぇ?」

……入っていたはずなのだが。

俺の【収納】をひっくり返しても、何も出てこなかった。入っていたのは、『父』から貰ったダンジョンコアだけ。ぼとっとコアひとつだけが落ちてきた。

「……どうなってんだ？」

幸い神の寝具——『神のパジャマ』はジャージにして着ているし、『神の目覚まし時計』も腕時計にしてつけっぱなしだったので消えてはいない。『神の掛け布団』『神の毛布』はロクコが持ってるから、これらは無事だ。しかし他の物品はどこに消えた？　キヌエさんに作り置きしておいてもらった料理とか、作り貯めしておいたゴーレムブレードもないぞ。

【収納】の中に手を突っ込んでまさぐってみるが、何も感じない。普段ならなんとなく何がどこに入っているかとかが頭に入ってくる感じがあるのだが。

【収納】をのぞき込む。その口は黒い空間をぽっかりと開けているが、顔を突っ込んだら中が見えたりしないだろうか……いや、それで突っ込んだ頭だけ時間が止まって、胴体の血が止まり死ぬかもしれない。１人で試すのは危険だ。これは救助できる人間が必要だろう。

「それで私が呼ばれたのね」

「こういう時に頼めるのはやっぱりロクコだなって。俺が手を動かしながら【収納】の中に頭突っ込むから、もし動きが止まったらすぐに引っ張り出してくれ」

なにせダンジョンコアであれば【収納】の中でも止まらず活動を続けられるからな。

「ふふん、頼られるのは悪い気はしないわ。分かった、いいわよ？」

というわけで、ロクコ保険を伴って、【収納】の中を覗くことにした。……うーん、頭を突っ込んでみたものの、何も見えない。音も光もない空間。


だが突然俺の視界に光が戻る。ロクコに引っ張られたようだ。さらに、肩の一か所をトトトトと弱く、しかし完全に同時に叩かれる不思議な感触がありビクッとする。

「おわっ!?……って、なんだ急に？　まだ5秒も経ってないだろ」

「ケーマ、大丈夫？　止まってたわよ？　15秒くらい」

「え、マジか」

俺自身の意識では一切止まってる感じはしなかったのだが、やはり止まるという認識すらできずに意識を持っていかれたらしい。ロクコ保険をかけておいて正解だった。

あと、肩を何回かぽんぽん叩いたが反応がなかったらしい。何、さっきの感覚はそういうのが蓄積してて一気に頭に入ってきたってこと？　時間停止中の感触は解除後にまとめて認識される感じ？……すごく奇妙としか言いようのない体験をした気がする。

「案外危ないのね、【収納】って」

「まったくだな。うっかり自分の【収納】に入ったらそのまま永遠に固まっちまうとかあり得るんじゃないか？」

「その時は魔力切れで何とか……いや、出入口が消えて永久に亜空間に取り残されるとかありえるわね」

何それ怖っ。……それにしても、ダンジョンコア一つを残して他はどこへ行ってしまったのだろうか？　よもや【収納】に穴が開いて漏れて行ったということもないだろ……いや、原理を知らないんだからそういうことがあった可能性というのも、ありえなくないな。

「ねぇケーマ。これってお父様に貰ったコアよね？　まだとってあったんだ」

ロクコが番外ダンジョンコアを撫でつつ言う。

「ん？　ああ。【超変身】のレベル上げだけならダミーコアで十分だからな」

「ふーん……もしかしてこの中にケーマの荷物が入っちゃってるんじゃないの？」

「え？」

「いやほら、私だってマスタールームがあるじゃない。このコアにマスタールームがあってもおかしくないでしょ」

ぺちぺちとダンジョンコアを叩くロクコ。一理ある話だ。

「……なるほど。ダミーコアじゃなくて、本物のコアだもんなそれ」

「だとしたら収納スペースが増えて便利ね。……まぁどうやって中を見るかって問題があるんだけど」

そう言いながら、ロクコはダンジョンコアに手を当てて、むむむ、と何やら念じる。中に入れないか試そうとしている感じだ。他のコアに入れたりするもんなの？　とか思ったけど、そういえばミカンのダンジョンコアに入れた記憶もある。入れてもらった、が正しいだろうか？

「こう、扉をこじ開ける感じでなんとか入れないかしら。ケーマもやってみてよ」

「お、おう」

俺はロクコに合わせて反対側からダンジョンコアに手を当てた。……いつもロクコのマスタールームに入る感じを思い出し、ダンジョンコアに軽く魔力を流し込む……いや、こじ開ける、ってんだからもっとドバッとやるべきか。

俺がダンジョンコアに向かって魔力を流すと、コアの白い光が明らかに増した。ええと……合ってるのか？　これで？

「んん、もうちょっとで入れそうな気がするのよねー」

「少なくともオリハルコンの剣は取り返しておきたいところだよな」

ロクコも力を籠めると、ふわっとした金色の光をコアが纏う。

んんん。神々しい感じだが……なんか致命的に間違っている気がしてきた。だってダンジョンコアのマスタールームに入るときって別にこんな風にならない、よな？

「なぁロクコ？」

「ん？」

「俺達は今何をやってるんだろうな？」

「え？　そりゃもちろん……えーっと……何してるのかしらね？」

首をかしげるロクコ。おい。しかもダンジョンコアから出る光が強くなってきたぞ。

「……そろそろやめといた方が良いんじゃないかこれ？」

「奇遇ね。私もそう思ってたし今も止めようとしてるんだけど、なんか止まらないのよ？」

「そんなばかな……って、ホントに手が離れないんだけど⁉」

まるで掃除機に手を吸われているかのように、ぴったりと吸い付かれ離れない。そして魔力を流すのを止めても勝手に流れる。微々たる量だけど。

「ロクコ、大丈夫か？」

「あ、うん。手が離れないだけで特に問題は無いわね。ところで唐突だけど温泉に入りたくて仕方なくなってきたの、ちょっと行かない？」

「……行かない」

「むぅ、残念」

手が離れない状況で何言ってんだお前は。男湯と女湯のどっちに入る気だよ。ウチの温泉に混浴はないぞ。……やべっ、トイレ行きたくなってきた。

「にしても、これどうしましょ？　離れないわね……」

「……あ。ダンジョン機能で離れられるんじゃないか？」

「ケーマの【超変身】もアリね。あー、でも、えーっと……もうちょっとだけこのままでもいいかも？　ほら、離れられないから仕方ないしー？」

ロクコがダンジョンコアに手を当てたまま、そっと顔を近づけてきた。ちょ、ま、

「……ケーマ。ちゅー、しちゃう？」

「いやその――」

ロクコがほんのり赤い顔で囁いたその時。ダンジョンコアが強い光を放った。

「うぉっ、まぶしっ!?」

「ひゃあ!?」

咄嗟に目を隠そうと手を動かすとダンジョンコアがぽーんと飛んだ。持ち上げてる途中で離れたらしい。……俺達の手から離れたダンジョンコアは天井すれすれに放物線を描き、開きっぱなしだった俺の【収納】にすぽっと綺麗に落ちた。ナイスシュート。で、【収納】の中から『ドォン！』と光の柱が昇り――数秒で収まった。

「……て、天井には傷一ついていないな……なんだったんだ一体……？」

「さぁ……？　でも【収納】の中身は大丈夫なの？」

「それは元々さっきのコア以外消えてたからな……どうだろ？」

俺は【収納】に手を突っ込んだ。

……ふに、と固いけど柔らかい妙な感覚。んん？　触ると……でこぼこですべすべで、

と思ったのもつかの間、ぬるっとした温かい何かが俺の手をくすぐった。

「わひゃっ!? な、なんだ!?」

「え、どうしたのケーマ？」

「【収納】の中に何か居る!!　手を舐められたぞ……!?」

手を引っ込めると、そこはぬるんと湿っていた。くんくん……うん、唾液の匂い。【浄化】で手を洗いつつ、少なくとも口を持った生物に違いないと見当をつける。

「でも【収納】って生き物の動きも止まるんじゃないの？　ちょっと私にも入れさせて」

ロクコは俺の【収納】に手を突っ込むと、すぐに目を見開いて驚いた。

「わわわ!?　な、なに、何か居るぅ!?」

「な!? な!?　何か居るだろ!?」

「なにこれなにこれ、え、なんかサラサラしてる。毛？」

恐る恐る【収納】の中をまさぐるロクコ。

「!!？　つ、摑まれたわ!?　け、ケーマっ、たすけてっ！」

「い、今引っ張る！」

俺はロクコをぐいっと引っ張る。すると――

――ロクコの手をしっかりと握りしめた、黒髪の少女がぬるんと【収納】から現れた。

見た目として、ロクコに似ているような――どこかで見たことのあるような碧眼。というか全体的な第一声。

少女はぱちくりと目を開く――ふと、予感が走る。少女は口を開き、元気に

「いいや」

「ケーマ、誰これ。知り合い？」

「……え、誰？」

「パパ！　ママ！　はじめまして、私はあなたたちの娘です！」

固まる俺とロクコ。にっこり笑顔の少女は、一度「ん？」と首をかしげる。

「……パパ！　ママ！　はじめまして、私はあなたたちの娘です!!」

「二度言わなくてもいい、ちゃんと聞こえてる」

落ち着いて深呼吸。……よし、大体把握した。

「お前さてはさっきのダンジョンコアだな!?」

「さっきの？　そっか、ダンジョンコアなら【収納】の中でも動けるんだったわね……って、パパとママって、わ、私達のこと？　え、娘……そういえばケーマに似てるわね！」

「いやいや目元はロクコだぞ」

って何で赤ちゃんを前にした夫婦みたいな会話してるんだ俺達は。

「察するに。俺とロクコがあのコアに力を注いだろ？　それで……俺達の何らかの要素を取り込み、ダンジョンコアが孵った……んじゃないか？」

「あっ。なるほど。わかったわ……つまり私たちの子供ね！」

「つまり俺がパパってことかよ」

「さすがパパとママ、状況の把握が早いですね！　大体その通りです！」

ぱちっと手を合わせてにっこり笑顔で肯定する少女。……迂闊だった。というか本当に第一子が誕生してしまったことになるのか？　いやいやそんな、生まれたときからこのサイズで喋る第一子なんて……ダンジョンコアだからあり得るんだよなぁ。

「とりあえずお父様にメールで聞いてみないとな」

「あ、じゃあ私はハク姉様に――」

「絶対に駄目だロクコ！　先に状況の確認をしっかりやってからだ！」

俺を殺す気か、とロクコを止めてメニューを開けば、そこには先回りして『父』のメールが届いていた。『用件：おめでとうケーマ君！　第一子誕生だね！』と。

「マジか……」

メールタイトルから神に娘認定されてしまった。……開いて詳細を読む。

『やぁ、まずはおめでとう。どうやらケーマ君はロクコと番外ダンジョンコアを完成させてしまったようだね！　勇者スキルのレベルを上げるために用意した初期状態コアだったのに、2人の要素で起動（ブート）させたわけだ。よって間違いなく君たちがそのコアの両親だよ。ちゃんと面倒みてあげてね？』

……どうやら推測通りだったらしい。

『追伸。番号は割り振らないからちゃんと名前つけてあげるように！　それと、一応その子にもＤＰ（ダンジョンポイント）カタログは使えるように接続（コネクト）しておいたからね。僕からの出産祝いってことで』

マジかー。あー……うん。出産祝い、出産祝いね。

「お父様はなんて？」

「……こいつは、間違いなく俺達の娘らしいぞ……名前つけてやれってさ」

「やったぁ！　それじゃあ何て名前にしようかしら！」

「はい、はい！　私かわいい名前がいいですっ」

「娘の名前考えるなんて初めてだから緊張するわね！」

生まれたてなのに普通に喋っている点や、発言する時に挙手までしている。これについてロクコは何の疑問も持たないらしい。……ダンジョンコアだからそういうもんなんだろう。初期状態（プリセット）とやらに一通りの基礎知識が入っている、ってことか。まったく、生まれ方からして人間とは大違いすぎる生態だ。

「ちょっとケーマも一緒に名前考えてよ。あなたの娘でもあるんだから」

「お、おう？　まぁそうだけど……って、えーっと。なぁお前、ダンジョンコアの本体はどうした？」

「え？　その中ですけど？」

と、いまだ開きっぱなしだった【収納】を指さす娘。……まさか俺の【収納】がダンジョン化したと？　俺は念のため確認する。

「……つまり……お前のダンジョンは？」

「私のダンジョンはママの【収納】ですね！」

「あー、やっぱり……そうなるよね……ん？　今なんて言った？」

「だからママの【収納】……」

……!?　ママ!?

「ま、まて、なんで俺がママなんだ!?」

「……？　私の知識と照らし合わせて、ママがママだと判断しました！　あれっ、なにか違いました？」

「俺は男だからパパだ！」

「……あっ、なるほど……？　男なら……パパです、か？　私にはない知識ですね」

おい闇神、お前んちの教育（プリセット）どうなってんの。

「神様とそうじゃないのの場合、神様がパパで、そうじゃないのがママです！」

「あっ、確かにそうね。父様もそうだし」

「そうか、ロクコも基礎は同じ教育なんだな……」

ダンジョンコアは神の子供。つまり神に類する。よって……その定義だと俺がママになるのか……くそう、ジェンダーフリーダムな神様感覚だった。

「質問ですママ！　ニンゲンと神様では神様の方が上で優先されるべきなのでは？」

「俺は人間だしロクコも人間型コアだから、人間の感覚を適用してくれ」

「いいから人間ルールで頼む……な、ロクコもパパは嫌だろ？」

「え？　私はどっちでもいいけど？　うふふ、私達の子供っ♪」

駄目だこいつら早く何とかしないと。

「ケーマ。大事なのはこの子が私たちの子ってことよ。どっちがパパでどっちがママとか、些細なことじゃないかしら」

「その考えは立派だが、まるで俺が産んだみたいに聞こえるぞ？」

「……ケーマが産んだじゃないの？」

と、ロクコは俺の【収納】を指差す。そうか。俺がママか……ママはツィーアのスラムにいた連中を思い出して非常に嫌な気分になるのでやめてもらいたいのだが……

「……じゃあアレだ、その。ケーママって呼ばれたら同じ音が連続して聞き取りにくいから、俺をパパってことにしてくれ」

「分かりました！　パパ！」

「私は別に気にならないけど、日本語だとそうなんだ？　それなら仕方ないわね」

いいのかよ!?　いや、いいって言ってるんだから良いんだけど。

「とりあえず次は呼び名だな。番外コアだって話だから、仮にソトと呼ぶことにしよう」

「カリニソト？　どんな意味です？」

いや、なんで「仮に」まで入ってんだ、と俺が訂正しようとしたら、ロクコが良い笑顔でポンと手を叩いた。

「カリニソト！　良い名前ね。ソトは外部、範囲外、番外って意味の日本語よ」

「仮にだっつったろ。いいか、仮にだぞ」

「カリニは一旦、一時的に、とりあえずという意味よ。異世界由来ね！」

「カリニソト、略してソトですね！　とりあえず外……可愛いです！　最高です！」

コアの謎センス！　外国語をカッコいいと感じるような印象なのだろうか？　身悶えして喜んでいる……って、おい、こいつまさかカリニソトで本決定にするつもりか。

「名前はあとでちゃんと考える！　カリニソト！　ソトは却下だ！」

「やです。決めました、私はカリニソト！　ソトちゃんと呼んでくださいっ」

「頼むしっかり考えさせてくれ」

「では靴下をください。脱ぎたて靴下をくれたら考えてあげます……あ、パパは靴下を穿いていませんね！　【収納】の中にも残ってません。残念でした、買収不可です！」

……何を言ってるんだコイツ。確かに俺は部屋の中で靴下穿いてないけど。

「ゆえに、私の名前はカリニソト、ソトで決定です！」

「よかったわねソト。あ、私の名前も異世界で６９５を示す意味でケーマが付けてくれたのよ」

自慢げに胸を張るロクコ。ごめんて。俺が悪かったよ色々……

「わぁ！　パパは名付けの天才ですね！」

嫌味……じゃなくて本気でそう思ってるんだろうなぁ。

現実逃避に寝ていい？　ダメ？　あー、じゃあちょっとトイレ行ってくるね。さっきからちょっと我慢してたんだよ。

＊＊＊

トイレから帰ってくると、当然まだロクコ達は俺の部屋にいた。ロクコに抱っこされて甘えているソト。母娘というより姉妹だな……名前？　うん、もうカリニソトで良いよ。何より本人が気に入って手放さない気満々だし……

「あ。イチカに『ソト』が変な意味の名前じゃないか確認しとかないと」

「それなら大丈夫よ。ケーマがトイレ行ってる間に私がしておいたわ」

俺がトイレに行っている間にイチカが丁度部屋に来たので確認してくれたらしい。特に変な名前ではなかったとのこと。よかった、ニクの悲劇はこりごりだ。

と、未だに開きっぱなしの【収納】が目に入る。なんか閉じないのだけど……ソトのダンジョン化した影響か？

「閉じときますか、パパ？」

「あ、うん」

ソトがすっと手を動かすと【収納】が閉じた。俺の【収納】なのに、俺のじゃないみたいだ。検証しとかないと厄介そうな気がするぞこれ。

「一応、パパにも開閉の権限は返しときますね！」

「あ、そういうのできるんだ？　まぁ、元々俺の【収納】だしな——って。そういえば……ソト。俺の【収納】の中身ってどこ行ったんだ？」

「にこっ！」

ソトはにこっと笑った。わざわざ口に出して。

「……中身どこやった？」

「てへっ！」

てへっじゃない。

「ごちそうさまでした！」

「……うん、食事も入ってたけど」

「おいしかったです！」

「オリハルコンの剣とか爆弾とか」

「堪能しました！　刺激的なエネルギーでした……ふへへ」

「堪能しちゃったかー。そっかー」

……悪食にもほどがある！

いや、ダンジョンコアだから何でも食べられるのは当然といえば当然だけど。

神の寝具シリーズが食べられなかっただけ良かったってことにしとくべきか……オリハルコンの剣なんかも時間はかかるが生産体制が整っているので致命的な痛手ではない。出産費用だと思って諦めるか……


と、その時。バンッと扉が勢いよく開いた。

「ご主人様、ご出産おめでとうございます」

ニクが興奮した面持ちで――いや、無表情だけど尻尾をぱたぱたさせて――言った。ニクはロクコに抱っこされているソトを見つけると、近づいて膝をつき、頭を下げる。

「ソトお嬢様、ですね。ご主人様の奴隷筆頭、ニク・クロイヌです。おみしりおきを」

「わぁ、かわいい！　靴下ちょうだい！」

「？　はい」

そしてソトの言葉を理解すると、躊躇（ためら）うことなくメイド服のニーソをするりと脱ぐニク。褐色の足を晒（さら）しつつ、左右一対、脱ぎたての靴下を両手に載せ、ソトに献上する。

「どうぞ、ソトお嬢様」

「ふへへ、ありがとー……あーんっ」

そしてソトはニーソのつま先部分をぱくりと咥（くわ）え、食べた。もぐっと。

「おいぃ!?　ぺっしなさい、ぺっ！」

「おいしー！　靴下最高！　パパの中で食べた思い出の味！」

思わず叫んだが、ソトは止まらずモグモグと口の中にニーソを送り込んでいく。お餅を食べているかのように見えなくもないが、間違いなく靴下である。ニーソを普通の食べ物のように、まるでお餅かカツラ剥（む）きした大根かというくらいにもぐもぐ食べている。……どういう歯ぁしてんの？　あと、俺の【収納】の中でも食べてたの？　しかも思い出の味になるくらい味わって？

「なるほどケーマに似たのね。よく噛（か）んで食べるのよ？」

「ご主人様の血がしっかりと受け継がれているようでなによりです」

ロクコが平然と替えのニーソを出してニクに渡す。ソトはニーソの右足分を食べきって左足分を食べ始めた。今度はフトモモ側から。……いや、俺こんなことしたことないからね!?　靴下を物理的に食べたりしないし！

「イチゴの美味しい食べ方を知っていますか。ヘタの方から食べるのです。そうすると最後に甘い先端が味わえるので、まんべんなくイチゴを楽しめます。靴下も同じです。つま先が一番おいしい。もぐもぐ」

「いや靴下は食べ物じゃないだろ」

「大丈夫ですパパ。私はダンジョンコアなので、靴下を食べてもお腹は壊しません」

「そういう問題じゃ……そういう問題、なのか？」

子供が変なものを口に入れるのを大人が止めるのは、それが身体に悪かったり誤飲やらなんやらの危険があるからだ。そういう意味で考えれば、ダンジョンコアで靴下を食べても大丈夫というソトを止める必要はないのかもしれない。

「ううむ、でもなぁ」

「ごくんっ。えー、それじゃあ食べるの認めてくれなきゃ……パパの中にあった『コレクション』のこと……ママに教えちゃおうかなー？」

コソリと俺にだけ聞こえるように耳打ちしてくるソト。こ、こいつ、俺の【収納】の中身の、く、靴下コレクションを……!?　ニクやイチカが忘れて行ったりロクコが脱ぎ捨てたりした靴下をこっそり集めていたコレクション……うん、【収納】に入れてたから紛失というからどこに行ったかと言えば、つまりコイツが食べたということ。存在を知っているということだ。……ソトめ、俺を脅すというのか、生後1日目のくせに！　恐るべしダンジョンコア！

「『コレクション』？って、なによケーマ？」

「い、いや、何でもないぞ！」

キョトンとした顔で聞いてくるロクコを雑に誤魔化し、俺はソトをぐいっとひっぱって部屋のカドに連れて行き、内緒話をする。

「お、おい。コレクションのことを持ち出すのは反則だろう」

「えー？」

「【収納】の中の個人情報とかお宝は手を付けたらダメだろ……戦争だろ……！」

「……つまり、この交渉はパパに有効ということですね？」

ニヤリ、と笑うソト。しまった墓穴を掘ったか。

「だ、だが証拠のコレクションはもう無いからな……」

「大丈夫ですよー、食べたものは再現できます！　これこのとーり！」

じゃんっ、とソトがいつの間にか今食べたニクのニーソを穿いていた。汚れ具合を見るに間違いなく先程ソトが食べたニーソと断言できる。

「……食べるフリして、どこかに仕舞ってたのか？」

「ちっちっち。これぞパパから受け継いだ勇者の力――【ちょい複製】です！」

ドヤァ、といつぞやのロクコを思い出す笑みを浮かべるソト。

……勇者の力？　『超』じゃなくて『ちょい』ってなんだ？　念のため俺の【超変身】に異常が無いか脳内を確認——あっ、Lvが4になってる感じ。吸われてた？　そういうアレか。あとでダミーコア壊してLv戻しとこう。……これ俺がダンジョンマスターじゃなかったら大変だったぞ。

「自分が食べたことあるものを1時間に1度複製できます。複製品は1時間で消えます」

「それは便利だな……けどなんで食べたもの限定なんだ？」

「わかりません！　パパが知らないのに私が知ってるわけないでしょ」

まぁ、それもそうか。本来は勇者が食べた食事やポーション類を複製するための代物なのかもしれない。『ちょい』だから怪しい所あるけど……ちなみにニーソが両足揃ってることから、俺の【超変身】と違ってセットで出せるなら複数パーツに分かれていてもいいみたいだ。

「ただ一つ言えるのは——パパの『コレクション』を私は食べ放題！　勝った！」

……つまり、オリハルコンブレードやグラヴィティボムも出せる、ということ。1時間で消えるので素材にしたりは難しいけれど、代わりに『使い捨て放題』だ。

「というわけで、ママにパパのコレクションを提出できますよ？　ふふふん」

だから、コレクションを引き合いに出されたら黙認せざるを得ないっての！　畜生！

「……わかった。ソトが靴下を食べても、俺は黙認するとしよう。ただし今後は『コレクション』を盾にするのは禁止だ」

「わーい！　取引成立ですね！」

ソトは両手を挙げて喜んだ。まったく、末恐ろしいというか、先が思いやられるというか。少なくとも、間違いなく俺とロクコの娘だな。

……うーん、間違いなく。そう、間違いなくソトを『娘』と認識してるなぁ。今日会ったばかりなのに、なんだろうこの不思議な感じ。魂がソトのことを『自分の娘』と認識してるとか？　あり得る。なにせダンジョンコアは神様に準じるらしいから。


ともあれ、俺は仕方なくソトが靴下を食べるのを認めることになった。……そもそもダンジョンコアは生態が違う。試しに鉄の剣をがぶっと食べてもらい、歯形に抉れた刃を見せられては……靴下を食べるくらい普通、というかマシに思えてしまうな。ちなみにその剣はそのまま手品のようにソトのお腹に納まった。

「どこぞの漫画でなんでも食べる子供がいたな……あれはギャグマンガだったけど、現実に見るととんでもないなぁコレ」

「オリハルコンだって食べちゃいますよー」

カチカチと並びのいい白い歯を鳴らすソト。ちなみにその漫画のキャラはゴムが食べられなかったけど、ソトはそんなこともないようだ。こんにゃくも食べられる。

「ソト様は凄いですね？　どうぞ、おかわりです」

「わーい、ありがとう！」

ニクから受け取った鉄インゴットを羊羹のように、銅貨はポテチの如く齧るソト。うーん、末恐ろしい。ソトにかかればこの宿もお菓子の家に見えるのだろうか？

「なぁ、もしかしてロクコも鉄とか食べられるの？」

「え、うーん。もしかしたらできるかもしれないけど、あそこまではできないと思うわ。普通にダンジョンで吸収するならできるわよ」

……ああ、なるほど。恐らくソトの『食事』では、ダンジョンのDP入手手段のひとつである『お宝を捧げる』と同様の処理が起きているのだろう。もしかしたら、アイディがやってたように絶対命令権を利用してどうにかやってみろと命令すれば、ロクコ達他のコアでも同じようにできるのかもしれない。


「しっかし、ソトのことは村人にはなんて説明するかな……俺の隠し子？」

「ニクの妹って感じになりそうねそれ」

ああ、なんかニクって俺の娘扱いされてるところあるもんなぁ。黒髪繋がりで。

「……わたしの、妹ですか？」

「……お姉ちゃんですか！　わーい、ニクお姉ちゃん、今度タイツ穿いてね！」

「タイツですか。わかりました、明日はそうしますね」

「やったぁ！　白ね、白タイツがいい！　お姉ちゃん可愛くて大好き！」

そう言ってソトはニクにむぎゅっと抱き着いた。……白いのが好きって、まさか爆弾から黒狼スライムの影響を受けてたりするんだろうか。

「……まぁ、村の方はそれでいいとして……あとソトを紹介しないといけない難関が残ってるな……さて、どうしたもんか」

「あ、ハク姉様ならもうメール送ったわよ」

「……!?」

何やってんの!? と驚愕する俺に、やれやれと肩をすくめるロクコ。

「いや、娘ができたなんて一大事、黙ってたら後で怒られるでしょ。……ミーシャやドルチェやら相手に隠し通す気？　できると思う？」

「……無理だよなー」

であれば、さっさと報告してしまった方がまだマシというものか。……誠実に対応することで、少しでも被害を軽減できれば……生き残ること、それが俺の勝利条件だ。そう設定しよう。

「ちなみに、その。ハクさんからの返事は？」

「まだない……あ、丁度来たわ」

ひぃ！　怖い、中身を知るのが怖ぃ!!

「……は、ハクさん、なんだって？」

「ふふん、ほら見なさいケーマ。お姉様も私達のことを祝福してくれてるわよ」

「えーっとどれどれ？」

ドヤ顔でロクコが見せてきたそのメールの文面はこうだ。

『おめでとうロクコちゃん。いきなり子供が生まれたと聞いてびっくりしちゃったけど、ロクコちゃんの娘ならきっと可愛いんでしょうね。ぜひ会って祝福したいから、明日すぐ時間を作るわ。ケーマさんにも逃げないように言っておいてね？』

……と、確かにロクコとソトを祝福するような内容で書かれていた。……うん、その祝福、俺は除外されてるんじゃないかな？

「というわけで、顔が見たいから明日『白の砂浜』ね」

「うう、逃げたい」

「駄目よ？　ソトのパパなんでしょケーマは。ハク姉様への紹介は親として避けて通れない大事なところだから、しゃんとしなさいね」

ちらりとソトを見る。……何か期待の籠ったまなざしで俺を見るソト。

「くっ……分かったよ」

ということになった。

＊＊＊

さて。明確に分かっている死の気配を前にのんびり寝ていることはできない。対策を練らねば。というわけで、俺はダンジョンの闘技場に向かった。

ハクさん相手に生き延びるための装備を作るのだ。

……作ってしまおうか、銃を。これまでなんとなく自重していたけど。……あ、でも銃ってこの世界だとそんな強くないな。弾切れしたら終わりだし。銃には一般人を戦士にする強みがあるけど、俺くらい魔力（マナ）がある個人なら銃より魔法の方が絶対強い。弾速……は、一般人には通用するけど、たぶん一定以上の達人には最初の1発（ふいうち）くらいしか通じない。いや、殺気がどうのとかいう理由で最初の1発も避けられかねない。しかも音がうるさいので発射音聞いてから回避余裕でしたとか普通にあり得る。……飛ばす弾がオリハルコンの完全被甲弾（フルメタルジャケット）なら敵の装甲を破壊するような使い道があるだろうか？　使い捨てる感じになりそうで非常に勿体（もったい）ない。作るならソト用装備の必殺弾に――

――って、今は俺の装備を考えよう。そうだ、銃と同じくなんとなく自重していた電気に手を出してしまおうか？　銅があり、鉄や磁石もある。ゴムだってDPで出せる、つまり銅線そして電磁石が作れるわけで。それをゴーレムにして動かしたら、それだけでゴーレム発電機が完成だ。コイルを巻く作業もゴーレムを旋盤のようにつかって回せば簡単だ。

……でも電気を作っても、何に使えばいいんだろ。モーターを回すならそのままゴーレムで十分だし、明かりも光の魔道具でいい。レールガン？　知識が足りない。あれっ、もしかして電気もあんまり役に立たないのでは？　水を電気分解して水素を作るとか……D

Pで水素ボンベ出した方が早いよなぁ。うーん、一般人にゴーレムの存在を隠して動力に使わせるにはいいかもしれないが、俺個人がハクさんのような強敵を相手に戦う戦力にするには意味がない。ていうか魔法の方が強い。

「……【エレメンタルショット】」

ぱきゅん、と光線が闘技場の壁を穿った。……うん、下手な兵器よりよほど強いし速いしガトリング砲のように連射だって利く。あと詠唱が完全になくても撃てるので、口をふさがれたらー、みたいなことを考える必要もない。

俺用の装備を作るとなったら、日本で齧った科学知識よりも魔法を有効利用する方向で考えた方が余程いいだろう。電気については、誰かに技術を売るくらいしかない。一般人の生活向上には何かしら使えるかもしれないけど、俺個人に限って言えばDPカタログや魔法のおかげで特に意味がない。銃なんぞの武器は「広める」＝「それを使って襲撃される可能性をばらまく行為」でしかない。……どちらもこれまで通りお蔵入りさせておくべきだな。うん。

武器は魔法で良いとして、やはり大事なのは防具だ。いくら最強の武器を持っていようと攻撃する間もなくやられては意味がない。なので、専用鎧を作ることにする。具体的にはパワードスーツだ。パワードスーツというとウチには作業用乗り込み型ゴーレム『ダイフレーム』があるが、こいつには重大な欠点がある。それはそのスカスカのフレーム構造だ。元々作業用として作ったためにダイフレームには余計な装甲が付いていない。むしろ視界を確保するためにがら空きになっており、突き刺しやらの攻撃であっさり中の人が死にかねない。実際、以前アイディと戦った際には危うかった。乗ってたのがレイの幻術で作った偽者じゃなかったら何度か死んでいた。

というわけで、今回は鎧型ゴーレム。以前レイ達の命名式の時に作って以来ずっとマスタールームで埃をかぶってた全身鎧ゴーレムを再利用しようかな。邪魔だったから【収納】にも入れておらず、ソトに食べられずに済んだ代物。

で、予定としてはダイフレームのノウハウを生かして関節をオリハルコン合金にすることでスムーズなゴーレムアシストを実現し、ついでに鎧本体をハニカム構造にして肉抜きし軽量化する。最終的にオリハルコンで覆えば、中身がかなりスカスカでも防御力はあまり変わらないはずだ。あ、内側に緩衝材も欲しいな。

オリハルコンの残量については『父』から貰ったオリハルコンソードをソトに食べられてしまったのでだいぶ心許ない。同じく以前『父』に貰ったボススポーンで複製した親指オリハルコンゴーレム1体分のオリハルコンを素材に強化していこうと思う。メッキとして使うならギリギリ足りるだろう、かなり薄く延ばすけど。

……尚、ボススポーンをもってしても親指オリハルコンゴーレムの複製には1ヶ月はかかるのでストックはあまり多くない。レッドドラゴンでも2週間とか言ってたのに、この親指サイズのゴーレムがどうしてそんなにかかるのか。素材として有用すぎるから？　あり得る話だ。

早速作製に入る。鎧をばらし、コツコツとハニカム構造に置き換える。表面積が増えた穴の内側までをオリハルコンメッキにしては流石に足りなくなるので、ハニカム構造の板をアルミホイルで包むように鉄板を張り、それからオリハルコンでメッキする。あー……単純作業だが、心落ち着くなぁ。

鎧のパーツから肉抜きした六角形のかけらがぽろぽろと床に散乱する。試しにひとつ肉抜きしたパーツを持ち上げて、随分と軽くなったことを実感。流石にこんだけ抜いたらいくらハニカム構造でも強度が足りなくなるのかもしれないが、オリハルコンメッキのおかげで強度の不安はない。こうして、鎧のデザインをそのままにオリハルコン色に輝く鎧になるわけだ……うん、なんか全身オリハルコン色が無駄に輝いて趣味悪いな。この輝きは主人公が覚醒し最終形態になった時くらいでないと許されざるよ？　目に痛いしペンキ塗って隠しとこう。地味な感じでいいんだよ、地味な感じで。

しっかし、目の所が開いてるのは地味に弱点として怖いな。ポーションの瓶を砕いてオリハルコン粉を混ぜたら防弾ガラスにならないかな……ダメか。いっそフルフェイスのヘルメットのようにしたかったが……ん？　まてよ？　そういやこの鎧はゴーレムでモンスターなのだから、モニターでその視界を見ることができるはずだ。それをゴーグルの内側に投影する形にすれば……うん、焦点が合わない。駄目か……否！　ここはＶＲゴーグルの原理を利用し、さっきのガラスでレンズを用意すれば。モニター表示をそれっぽく歪めて——できた！　できたぞ！　元の兜にＶＲゴーグルを埋め込んだ感じになってしまったが、これで目を防御しつつ視界も確保だ！　これ普通の人なら何も見えない被り物だが、俺専用だったら問題ないな！

そうだ！　アイアンハニワゴーレムにも搭載していたウォーターカッターの魔道具も装備させてしまおうか……って、武器は魔法でいいんだよ魔法で。俺の鎧にするならそれで充分。時間もないしさっさと仕上げてしまわねば。

というわけで、そのまま誰も来ない闘技場で、がっつり鎧を作製した。肉抜きしてペンキを塗って——を繰り返していたら、気付いたら日が変わっていたらしく、ロクコが闘技場まで呼びに来た。俺はボーッとした頭であくびしながら完成した鎧を着こもうとして、

「ちょっとケーマ、もう行くわよ？　ほらっ！」

「あっ、ちょっ」

まだ脛当てしかつけてないのに、俺はロクコに引っ張られてハクさんの待つ『白の砂浜』へと向かうことになったのだ。

＊＊＊

そして俺とロクコ、ソトの3人は『白の砂浜』へとやってきた。ちなみにソトはロクコのダンジョン設置で移動できなかったので俺の【収納】でついてきた形になる。まぁ最初からソトの住処は俺の【収納】なわけだが……。

ああ、脛当てだけでは心許ない。せめて作った鎧を【収納】に入れておければよかったのだが、ペンキを乾かすために干しており、持ってき損ねてしまった。くそう。

「……来ましたか、待ってましたよ」

そこには白の女神と呼ばれる魔王が待っていた。来たくなかった。とても来たくなかったよ。その黒いオーラは何なん？　ゴゴゴと地鳴りがするような気配すら感じる。

「姉様、おはようございますっ！」

「おはようロクコちゃん。今日も可愛いわね」

ロクコに対してはコロリと態度を変えるハクさん。器用なことにロクコを避けて殺気が飛んでくるようなそんな感じ。吐きそう。ロクコにハグして頭を撫でた後、今度はソトににこりと笑いかけるハクさん。

「……で、その子が話にあった番外コア？」

「は、は、初めまして、ハクおば様！」

「おば様……ふむ、確かにロクコちゃんの娘なら伯母になるものね。名前は何かしら」

「は、はい！　ソトと申します！　な、なにとぞ、なにとぞよろしくお願いしますっ」

「……なぜドゲザしてるのかしら？」

あっ、ズルいぞソト！　先行ドゲザされたら俺が頭を下げるタイミングを逃してしまうじゃないか！　ここはソトに連動して俺もドゲザを発動……脛当てが邪魔ぁ！　もっと動きやすさを工夫すべきだった……!!

「立ちなさい。ロクコちゃんの娘ということは、私の姪でしょう？　ならばその頭は簡単に下げていい程安くないわ」

「は、はひっ!!」

バネ仕掛けの玩具のようにビンッと勢いよく立ち上がるソト。

それを見て、くすりと笑うハクさん……ゆ、許され……あ、ソトだけっすね？　殺気で主張しないでください、死んでしまいます。くそう、脛当てのせいでドゲサもし損ねてしまった……よもや身を守るはずの鎧に足を引っ張られるとは思わなんだ……！

「おいで、ソトちゃん」

「は、はい、おば様」

ソトは柔らかな笑みを浮かべたハクさんに手招きされ、ロクコとの間に挟まった。わぁ良い匂いしそう。そこ代われとは間違っても言えないけれど。命が惜しいから。

「ふふ、目元がロクコちゃんそっくりね。可愛い子」

「うわぁぁすっごい美人……ああ、やば、好き……この人の靴下になりたい……！」

何言ってんの俺の娘。

「姉様、髪の毛はケーマに似て真っ黒ですよ？」

「んんー、そこは減点ポイントかしら。でも、子供に罪はないものね」

「なんと！　ならば染めます！　赤でも青でも白でも金でも！　パパ、そういうアイテムありますよね!?」

おいこら、親から貰った髪色だぞもっと大切にして！　と、ここでヒヤリと背筋に寒気が走った。

「……パパ、そう、パパね。……ケーマ、さん？」

ニコォ……と、凍るような笑みを遂にこちらに向けてきたハクさん。……よし、先程はタイミングを逃してしまったが、今度こそドゲザをだな。

「とりあえず、腕の4、5本は覚悟してるわよねケーマさん？　遺言はそれから聞いて差し上げましょう」

「あの、人間に腕は2本しかないんですが？」

「異世界人のケーマさんには馴染みが無いのかしら。世の中には回復魔法という便利な拷問道具があるのよ？　実地で教えてあげましょう。体で覚えれば、2度と忘れませんよね？　まぁ、それが、今後生かされる機会があるかは全く別の話ですが」

ひぃ!?　回復魔法をそんな使い方!?

「ああ、そういえばケーマさんには【超変身】もありますね。3日に1度死ねるなんてとても素晴らしいスキルが。うっかり手元を狂わせても大丈夫とか、なんと都合が良い。まぁ、うちの経験豊富で優秀な部下はニンゲンをうっかり死なせるなんてミスしませんからあくまで保険ですけれど」

「そ、それは大変羨ましい部下ですね！　では俺はこのあたりでお暇を……」

「逃げられるとでも？」

　大魔王からは逃げられない!?　おかしいよ、ハクさん魔王派閥じゃないのに！

「ちょっと姉様。ケーマのことからかうのはそれくらいにして、お話ししましょう？」

　ロクコがそう言うと、ハクさんはチッと舌打ちした。

「……ケーマさん。事情を説明、しなさい？」

「えーっと、不慮の事故が発生しまして」

「なるほど。事故で避妊に失敗したと？　私の、ミーシャやドルチェの目を掻い潜りロクコちゃんを穢して孕ませた罪――さて、如何程かしら？　何度死刑になりたぁい？」

　ひぃいいい!?　殺気がますます濃く！　触れたら具体的な処刑方法がじわりじわりと伝わってきちゃう感じの幻覚を伴うオーラがハクさんから放たれて……！　ひぃ、ごめんなさい！

「んん？　まって姉様。孕むってなんですか？」

ロクコが口に手を当てつつハクさんに質問する。

「おなかで子を作り、育てることよ？　この子、ソトが……ここに居たのでしょう？」

ハクさんがロクコのおなかを撫でる。さすさすなでなで。

「ひゃっ、くすぐったいです姉様。……あー、孕むって、妊娠のことですか」

「そうよ。……くっ、教えてないのに。つまりケーマさんに教えられたと――」

「あ、いえ。ケーマじゃなくて村の妊婦から聞きました」

「……あら、そう？　そう、まぁ、村だしそういうこともありますか……うう、それでロクコちゃんが知ってしまったのね……滅ぼすべきかしら……いえ、もう遅いし本来それは私が教えるべきであったこと。不問にしましょう」

とハクさんは物騒なことを呟く。

「あとそれなら孕んだのはケーマですよ姉様。おなかというか、【収納】でですが」

「――ん？？　ケーマさんが父親なのでしょう？」

あら？　と首をかしげるハクさん。と、ここでソトが挙手した。

「おば様！　パパはニンゲンだからニンゲン基準で男をパパと呼ぶようにって言ってました！　なので本当はママなんです。ここだけの話です！」

「……ん？　あら？」

ソトの言葉にこてりと首をかしげるハクさん。……そして。

「ロクコちゃん。この子どうやって作ったか教えてくれる？」

「え？　えーっと、前にケーマがお父様に貰ったダンジョンコア覚えてますか？　あれをケーマがずっと温めてて……」

「え、あの時のコア？　564番のときに貰ったアレ？」

「はい、それです。それから……」

ロクコの説明を一通り聞いているうちに、ハクさんの殺気は鳴りを潜めて行った。

「……あー、そ、そうよね。ニンゲンとしてだと、いきなりこんな大きい子供にはなりませんか。……前に私の教えた通りの作り方ですね……なるほど」

「私もうっかり忘れてて……その、ハク姉様から教わったのを思い出したのはソトが生まれてからだったんですけど」

「そういうこと。なるほど、ケーマさんの言うように不慮の事故と。そう、そうなの」

……なるほど。どうやらソトに俺をパパと呼ばせたのは失敗だったらしい。

ロクコのメールで俺が『父親』だとハクさんは認識し、『俺は神ではないので』人間の作り方で子供を作ったのだと。婚姻するために通す筋を飛ばして事に及んだのだと、そう考えてしまったわけだ。

「……というか、ハク姉様？　『生殖行為』について……嘘ついてましたね？」

「ジジッ！……いやその、ち、違うのよ。それは、その」

「酷(ひど)いです姉様。私、信じてたのに……いえ、でも子供を作るというのはとても責任が求められること。責任を取れない子供が子供を作ることの無いよう、嘘をついてでも遠ざけておきたかったと。そういうことですよね？」

「そ、そうなのよロクコちゃん！」

「じゃあ、ケーマがソトの親だって認めてくれますよね？」

ニコリと笑うロクコ。うぐっとたじろぐハクさん。

「……ケーマさんは神の子供の作り方を知らなかったのですね？」

「は、はい！　知りませんでした！」

ギン、と赤く光る眼(め)で睨(にら)むハクさんに、素直に答える。

「嘘検知にも反応なし。分かりました、今回は許しましょう……ソトちゃんに免じて」

「ハッ、ありがとうございます！」

許された！　許されたよ、五体満足で生き延びた……！　ありがとうソト。あとでイチカの脱ぎたて靴下をあげるように言っておこう！　キヌエさんのもつけてやる！

「……折角用意した拷問器具が無駄になりましたね」

「ハ、ハハ」

と、ハクさんは【収納】からどさどさと痛そうな武器やらなにやらを砂の上に落とす。わざわざ見せてくるあたり、次は無いぞという警告だろう。気を付けよう。

「わっ、美味しそうですね。ハクおば様、これ食べても良いですか？」

そしてそれをじゅるりと涎を垂らす勢いで見つめるソト。

「えっ。……食べ物じゃないけれど……欲しいなら別にいいけれど、食べ、え？」

「わーい、いただきまーす！」

そう言ってソトは、ハクさんが出した拷問器具を【収納】――ダンジョンにぽいぽい入れた。いきなり齧りだすよりは、ダンジョンコアであるハクさんには納得しやすい光景のようだ。

「やっぱり魔法付き！　あぁー味わい深い……エネルギー満ちるぅっ」

「あら。なるほど、それが【収納】のダンジョン。そう、食べるってそっちの意味だったのね。……中はどうなっているの？」

興味深そうに真っ暗な【収納】ダンジョンを覗き込むハクさん。

「入りたいですか？　ふふふ、ハクおば様であれば、特別にご招待してあげましょう！あ、入場料は今穿いている靴下……そのタイツで結構ですよ」

「え、タイツ？」

おいいいソト!?　失礼なことを言うんじゃない、親の責任とか言って吊るされたらどうする!?　俺まだお前に何か教育した記憶ないんだけど！　親だけど、ソトは俺が育てたとか言えないよ!?

「そういうお遊び？　ふむ。ちょっと待ってなさい………」

しかし何と、ハクさんはごそごそと服のスリットから指を突っ込んで、恥じらうことなく俺たちの目の前で黒タイツを脱ぎ脱ぎして、ソトに手渡した！

「はい、これで良いの？」

「……わ、わきゃぁあああ!?　まじですか！　女神級レジェンドレア！　殿堂入り確定！ありがとうございます、ありがとうございます！　家宝にします！」

受け取ったタイツを恭しく掲げつつ頭を下げるソト。さっき軽々しく頭を下げるなとか言われてたと思うんだけど、あまりの勢いにハクさんも虚を衝かれてしまったらしい。

「な、なんかルールが良く分からないけど……お邪魔していいのかしら？」

「はい！　はい、どうぞ、どうぞお楽しみください！　何もない狭いダンジョンですが！」

「じゃあ、入らせてもらうわね」

「暗いので足元お気をつけて！」

ハクさんが【収納】に入り込む――と同時に、ソトはハクさんの目が離れたすきに、がぶっとタイツを口に放り込み、一気食いした。【ちょい複製】のあるソトは食べ物を我慢する必要がない。むしろ一度食べてしまえば、後でいくらでも複製で楽しめるのだから。

……だからといって、タイツを頬張る我が子というのもなんというか、その、引く。

「～～ッ！　っぷぁあ、お、美味しすぎるっ！　美味しすぎて、こ、腰、腰が抜けちゃうっ！　抜けたっ！　立ってらんない！　ママ、つかまらせて！」

「えぇ？　もー、まったく。ケーマの子らしいわねー」

何で俺に原因を押し付けてるんだ。お前の娘でもあるんだぞロクコ。

「あ、そういえばハクおば様、普通にダンジョンの中で動いてますね？　時間止めたままなのに」

「ああ、そういやダンジョンコア、というか亜神だと【収納】の中でも止まらないらしいぞ。ロクコも止まらないはずだ」

「へぇー、そうなんですか。ニクお姉ちゃんは昨日中で止まってたんだけど、そういうことだったんですねー」

おい、俺が鎧作ってる間に何してたんだ。

そうしてしばらくした後、ハクさんは【収納】から戻ってきた。

「昔のロクコちゃんを彷彿とさせる造りだったけど、奥に部屋があったわね。でも少なくともただの【収納】のサイズではないわ」

「……そうなんですか？」

「知らなかったの？　ちゃんと調べておきなさい、ソトちゃんの命に係わる所でしょう」

「いやまぁ、人間が入ったら止まるみたいなんで。明かりも使えないし」

「……なら仕方ないかしら」

ハクさんはふぅと溜息をついた。

……ハクさんのことだから俺の命は無視して調べとけとか言うと思ったのだが。少し拍子抜けしたようなそうでもないような。まぁ、止まってしまうなら俺には調べようがないもんな。ロクコとソトに指示を出して調べていくことはできるけど。

「ああそうそう。ところで丁度いいのでケーマさんにひとつ仕事を頼みたいのです。別に、断っていただいても構わないのですが」

にっこりと笑うハクさん。……あっ、これ断れない奴だ。

「……はい、なんでしょうか」

「先日、ダイード国の第一王子がゴレーヌ村に来ていたそうですね。……実は、そのダイード国で厄介なことが起きているようなのです」

厄介なこと。

「まず、我が国の皇女、エミーメヒィは知ってますね？　ダイード国の第二王子がエミーメヒィを妻にしたい、と求婚してきたのです」

「はぁ、おめでとうございます？」

「何言ってるんですか。ダイード如きが帝国の皇族との縁を望むなど即刻断る話ですよ」

「……さいですか」

ダイード国は帝国からしてみたら木っ端で、王子といっても地方領主とさほど変わらないという感じらしい。どうしても結婚したいなら帝国に併呑されてダイード領になってからであれば検討できるくらいなのだが、そもそもダイード国は周辺国の色々な事情で今のところは潰さない方が良くて。仮に本人同士が望んでも結婚は絶望的、だそうな。しかも今回はエミーメヒィも乗り気ではないらしい。

「でもそれなら当然即刻断ればいいだけ、ということに……あー、何かあるんですね？」

「話が早くて助かります。念の為なぜそんな申し出をしてきたかと調査したのですが」

当然、そうなるには事情があるということ。それが今回の肝だ。

ハクさんは一息おいて、神妙に口を開いた。

「ダイード国にオフトン教が広まっており――そこに、オフトン教のシスターを名乗る黒髪赤目の女が居たそうです」

「……ええと。俺にどうしろと？」

それは間違いなくレオナであろう。俺の手に負える話じゃない。

「ともかく調査してきてください。結果的に可能であればレオナを私の前に引っ張り出して欲しい所ですが、そこまでの無理は言いません。まずは調査をお願いします」

なんてこった、混沌案件の調査仕事か。物凄く気がのらない。

「それと、他にも厄介なことが起きているそうです。おそらく関連していますが……」

「なんですか？」

と、ここでハクさんは何かを言おうとして、やはりやめたように口ごもる。

「…………いえ、やはりケーマさんの目で見てきたことを報告してください。先に送り込んでいるワタルでは対処できないようでして」

ワタルで対処できないとは、いったいどういうことだろうか。

「エミーメヒィを短期留学の名目で送り込み、その護衛としてワタルを付けたのですが……ワタルには問題を認識できないようなのです」

「問題を認識できない？」

「はい。恐らくワタルの【超幸運】効果なのでしょうが、問題がワタルを避けていくそうです。本人も無意識のうちに何かを避けるように道を曲がったりしているそうで」

推察するに『ワタルでは対応できない問題』が起きているのでワタルが問題に遭遇できないのではないか、ということ。危険に遭遇しないことこそ最大の護身術。恐るべし【超幸運】、なんという護身完成。

「エミーメヒィもワタルに守られる形で大きな問題には遭遇しないでしょうが……この報告を送った偵察兵からはその後連絡が途絶えました。最後の連絡ではワタルの避けた場所を調べてみるという話でしたが」

恐らく消されたかと、と微笑むハクさん。

うん、不穏すぎる。そしてそこに俺を送り込もうということは、遠回しにやっぱり死ねということだろうね。うん。うん……

一応皇女であるエミーメヒィをむざむざ殺すわけにもいかないので、エミーメヒィはワタルと離れないよう指示を出してあるらしい。俺もワタルと行動したいなー。

「私が何か言うより気付くことがあるかと思いますし、これ以上は言いません。調査してください。報告は小まめにメール機能でお願いします」

「ええと、はい」

こうして、俺はハクさんから仕事を受けた。

……ん？　あの、そういえば報酬は……あ、いえ、何でもないです。

＊＊＊

――こうして俺は無事にゴレーヌ村村長邸に戻ってくることができた。もしかして夢なのでは？　と思って一度寝て起きたが無事心臓が動いていることを確認できた。

「……生きてる！　生きてるぞ俺!!」

「やったねパパ！　いえーい！」

「ああ。ありがとうソト。ロクコもありがとう……すべての命に感謝を！」

ハイタッチを交わす俺とソトに、ロクコはあきれ顔で肩をすくめた。

「何言ってるのよケーマったら大げさねぇ。ハク姉さまにからかわれたくらいで」

「いやいやいや」

仮にロクコに人間として手を出していたら今頃は『土の中にいる！』ってことになってただろうけどな！　埋葬的な意味で。

「そういえばソト。ハクさんがダンジョンに入ってるとき、『時間を止めたままなのに』とか言ってなかったか？　もしかして、中の時間を好きに動かせるとか？」

「うん、可能ですよ！　といっても、現実より速くするのはできませんけど」

ほほう。

「ってことは、それなら普通に俺でも中を調べられるじゃないか。あとなんでハクさんにはそのこと言わなかったんだ？」

「え？　だって、パパ……ハクおば様に情報伏せるようにしてるじゃないですか？　私の情報も伏せた方が良いかなって！　【ちょい複製】も黙ってたし！」

なんだ、俺のこと良く分かってるじゃないか。……俺の要素とやらを抜いた時にそこら辺の事情もなんやかんや伝わったのだろうか。俺に教えなかったのも、下手に知らない方が余計なことも言わないからだろう。

「まぁいいか。それならソトのダンジョンを調べさせてもらいたいところだがいいか？　俺の【収納】でもあるわけだし、どうなってるか把握しときたい」

「はーい。あ、今後パパの持ち物は専用の部屋作って取っておきますね！　DP（ダンジョンポイント）ちょーだい！」

うん、ハクさんも普通の【収納】より広いって言ってたけど、さらにダンジョンとして増築もできるのか。どうなってんのホント。

「……まさか他の人の【収納】につながったりとかはしないよな？」

「え？　だめ？」

「えっ」

冗談で言った言葉に、そんな返事が返ってくる。……にっこりと笑うソト。ちょっと待て、もしそうだとしたらヤバイだろ、色々ヤバすぎるだろ。

「あはは、冗談ですよー。せいぜい接続できるのはパパと魂的なつながりがあるママやダンジョンモンスター、それとマスターのニクお姉ちゃんくらいです！」

「そっかー、他人の【収納】にはさすがに——おいそれは十分にヤバいって話だろ」

うーん、まぁ。見知らぬ商人の【収納】を勝手に抜き取るとかが不可能で良かった……

……ん？

「今、ニクがマスターとか言ってなかった？」

「ああ、昨日マスターになってもらいました！　こういうのは早い方が良いので！」

「まじかよ……」

俺は頭を抱えた。なんということでしょう、ニクがダンジョンマスターになりました。

別段、ニクがマスターになったからといって、特にデメリットもないが……いや、DP入らなくなるのはデメリットではあるけど、今の村の収入からしたらニク1人分くらい無くなっても余裕だし……

……まぁ、ソトのマスターに変な奴がならないって確定したってのがメリットかな。ウチの娘は下手な奴にくれてやらん、的な意味で。

「それで、姉様から請け負った仕事はどうするのよ？」

「そりゃぁ……やるしかないだろ。一応帝都から道は繋がってるらしいけど」

「移動だけで何日かかるやら、ってとこかしら？」

確かに初めて行く場所だし、結構移動時間はかかるだろうなぁ……

「1人で行くの？」

「いや、護衛は欲しいな。ニクを連れて行きたいところだが」

と、ここでロクコが「ふむ」と何かを思いついたように頷いた。

「ねぇケーマ。子供が生まれたのに、パパだけ出張でいないってのも寂しいわよね？」

「うん？」

「だから、私もケーマとソトについていくことにするわね！　そう、家族旅行よ！」

「え？」

家族旅行……だと!?

「旅行！　やった！　お出かけですね！」

「ソトが【収納】を繋げられるって話だけど、ソトのことを秘密にするなら最初からついていかなきゃねー。『神の寝具』を使えばケーマの【転移】もほぼ使い放題なんだからいいでしょ？」

「え、ちょっとまって、本当に来る気？」

「行くわよ？　まさか『神の寝具』だけ持ってく気とは言わないわよね？」

と、ロクコは荷物をぽいぽいと自分の【収納】に放り込んでいった。なんて雑な旅準備だ。……え？　足りない荷物があったらソトに持ってきてもらえばいいって？　ＤＰでどこでもアイテム購入できるのでも十分反則的だったのに、そんな方法で拠点からアイテム輸送し放題とか……ＲＰＧにたまにある、どこでも倉庫のアイテムを引っ張り出せる不思議なアイテム欄かよ。

そんなこんなでロクコにゴリ押され、気が付けば俺は帝国からダイードに向けてソトとロクコ、そして護衛のニクとイチカを連れて家族旅行することになった。どうしてこうなった。

＊＊＊

というわけで道に沿って【転移】しつつ、ロクコに膝枕されて魔力（マナ）を回復させる俺。

「てかロクコ様、家族旅行ってのに、ウチもついてってってええんか？」

「イチカがいたほうが色々と便利だもの、いいのよ」

ソトの【収納】ダンジョンに格納して時間を止めておくことで【転移】にかかる魔力も節約できるので、人数が増えても問題ない。特に今回は貴族として行くのでイチカのようにそこを心得ている従者は必須だろう。

「にしてもご主人様。ネルネからロクコ様の膝枕拒否してたって聞いとったけど？　今日はばっちりやん。随分仲良いやんなー？」

「……あー、魔国留学のときか。あのときはハクさんちの御者がいたからな」

ハクさんのことだから護衛を付けてくるかと思ったが、幸か不幸か、ロクコやソトの事情を考慮した上で使える部下に手の空いている者がいなかったらしい。ということで今回はダイードでワタルが待っているが、そこまでは身内だけという感じだ。

「いやぁ、なんかイチカ連れて出かけるのも久しぶりな気がするな」

「せやね。ウチらがBランクになった時以来かな？」

「あのときはワタルやミフィ、ゴゾー達も居たわねー」

ロクコが誘拐されたりして大変だったなぁ、と思いを馳せる。

「そういえば、イチカはダイードに行ったことはあるのか？」

「もちろんあるで。つっても当然ご主人様の奴隷になる前、随分と昔になるし、案内できるかは分からんなぁ……あの店まだ残っとるやろか」

「何よ、食べ物のお店？」

「せやでー、ダイードにも中々美味いモンあるからな。期待しときー？」

にしし、と笑うイチカ。うん、イチカが美味いというなら間違いはないだろう。

「ま、完全に初めて行く俺達よりマシだろ」

「あの国、帝国と魔国と聖王国に囲まれてるからまた独特の食文化があってなー」

「……食べ物以外は？」

「賭け事のルールも入り混じっててややこしくてなー。ダイスを振る前にしっかりルール確認せんとあかんで？　ええな？　ウチとの約束や！」

うん、まぁイチカだし食べ物とギャンブルだよね。知ってた。

のんびりとレジャーシートに寝転がりつつ、ニクとソトを見る。こっちはこっちで暇つぶしに遊んでいるようである。

「見てくださいニクお姉ちゃん、もぐもぐもぐ……ぷぅー」

「……鉄、ですよねこれ？」

何をやってるのかと思ったら、ソトがフーセンガムのように鉄を口で膨らませて見せていた。ソトが手のひらにぺっと吐き出すと、コロンコロンと硬くなった鉄が転がった。口の中に入れていると鉄が柔らかくなるということだろうか。

「ソト様ってばホントご主人様とロクコ様の子なんやなぁ、ご主人様みたいやわ」

「ん？　ロクコに似てると思うんだけど」

「ああいや、あの鉄を柔こくするトコ。ご主人様の【クリエイトゴーレム】で色々こねくり回す時にそっくりやんか」

言われてみれば、俺もああいう風に鉄をくにゃりとすることができるんだった。ということは、俺も鉄の塊をもぐもぐ食べられるのか……あ、消化できないから駄目だな。ああしてフーセンガムのように遊ぶのはできるだろうけど。

見てると、ソトは鉄風船をぱくっとマシュマロのように齧って食べて飲み込んだ。

「あれってやっぱ胃袋の中で『回収』か『吸収』してんのかな？」

「ウチに聞かれてもわからんけどな」

やっぱりダンジョンなんだなぁ、とほのぼの眺める。……いやうん、ソトに【クリエイトゴーレム】とか教えとこうかな、スクロールで。口の中でちっちゃいゴーレム作って発進とかできそうだ。

「……ご主人様。敵襲ですが、いかがしましょう」

「ん？」

ニクに言われて体を起こすと、ニクが矢を1本手に握っていた。……うん、盗賊だね。

そしてニクは普通に飛んでくる矢をつかみ取りしたんだね。遊んでるように見せかけてきっちり見張ってたとか優秀な護衛だよ。

「……殲滅、いや、折角だからできるだけ生け捕りにできるか？　どうせ回復できるから色々切り落としても構わないぞ」

「かしこまりました」

　そう言ってニクが盗賊に襲い掛かっていき、盗賊どもはあっさり片付いた。

　ついでに盗賊を使って、ソトの【収納】ダンジョンに閉じ込めてDP源にできるかとかの実験もした。意識を奪った上でダンジョンの牢屋に放り込んでみた所、時間を止めてるとDPにならないようだけど、等倍速度にすることで1日あたり500Pくらい入手できた。DPの入手には時間経過も必要らしい。

　盗賊達については「娘のDP源になるから、入れっぱなしにしときましょう！」というロクコの提案で、元々俺の【収納】であるダンジョンに盗賊を入れっぱなしなのは何となく気分がよろしくないけど、そういうことになった。

「貴族が盗賊を返り討ちにした場合、襲われた貴族が好きに処罰して良いって帝国法で決まってるのよ。生殺与奪権ってやつね、ふふん」

　いつのまにそんな法律なんて覚えたんだ？　と思ったけど、村でドルチェさんに教えてもらったらしい。ロクコ、ますます頼もしくなって……！

　まぁそんな感じで俺達はのんびり（？）と道中過ごしつつ、数日がかりでダイード国へとたどり着いた。

◆閑話　ハイサキュバス、哀のナツノ

　時は暫く遡り、ケーマ達が564番ダンジョンコアとのダンジョンバトルを終えた少し後のこと。魔国にあるとある森の中、ハイサキュバスと、サキュバスの2人組が道を歩いていた。

　高い木に囲まれた頼りない細い道。本当にこの道で合ってるのかと聞きたくなるが、まぁ、1本道なのでその足取りに迷いはない。人目も無く、居るのは鳥とか虫とか、まぁそのくらいだ。

「それにしても死ぬかと思ったわよ。なんなのよリスって、リスがあんな凶悪な生物だとは思わなかったわ。しばらく夢でうなされるわねコレ」

「お疲れ様です、ナツノ様」

片方、ハイサキュバスの方は564番ダンジョン四天王、哀のナツノ。彼女は殺意のやたら高いリスの群れ相手に白旗を上げあっさりと逃げ去った。無条件降伏したことで564番に殺されることを危惧して逃亡することにしたのだ。

　そしてもう1人はというと――

「あなたは、564番の相手するのはもういいの？」

「ええ、もう全く痛くないんですもの。あんなのではちっとも気持ち良くなれませんから。

それに、もっと素晴らしい悦びを見つけましたし」

　564番にサンドバッグ代わりに殴られていた名前のないサキュバスであった。こちらもどのような手段を用いたのかは不明だが、ちゃっかりあのダンジョンから抜け出してきていたらしい。そして今は、ナツノの前を歩いて案内人となっていた。

「それにしても、あなた私と違ってあのダンジョンで産まれたサキュバスだったのよね？よく裏切って逃げてこれたわね」

　ダンジョンで産まれたモンスターは、生き死にをダンジョンと共にするのが普通だ。それを歪めて、ましてやダンジョンを裏切るようにこっそり出ていくというのは、その普通から考えてあり得ないことであった。しかし――

「それは簡単です。564番様は私に、いえ、私たちに興味があまりおありでなかった。だから私はあのお方と接触し放題だったのですよ。実はあの闘いよりも前に、私はあのお方の下僕だったのです」

　――そう。先だってこのサキュバスは別の者の配下になっていたのだ。それは564番とケーマがダンジョンバトルをするよりも前のこと。

「その中でも私が、私だけが選ばれたのは――特に理由はないそうです。しいていえば偶々ですね。神に感謝を捧げましょう」

「神、というか、その『あのお方』にでしょう？」

「何か違いでもありましたか？」

ニコォ、と口角を上げて笑うサキュバス。その目はこれっぽっちも笑っていない。

「……無いわね。あれは邪神か何かだと思うわ」

「よくお分かりで」

そうして、同僚だったサキュバス達が564番とミカンのダンジョンバトルで惨殺される中、このサキュバスは平然と姿をくらませたのだ。命乞いをして堂々と逃げたナツノも人のことは言えないのだが。

『あのお方』にスカウトされた、という意味であればナツノもそうなのであるが、このサキュバスの頭の中では自分こそ選ばれた存在という認識になっているようだ。事実で言えば、564番のダンジョンにいたサキュバスの中でナツノとこのサキュバスのみがスカウトされたので、あながち間違いでもない。

「どうせなら全員引き抜いちゃえば良かったのに」

「そこは彼女たちの犠牲があればこそ、私ひとりが消えたところで564番様に気づかれずに済むんですよ」

「最低の屑（くず）ってやつね。逃げた手前、私も人のこと言えないけど」

「ありがとうございます、ウチの業界ではご褒美という奴（やつ）ですね」

「……あのお方配下のサキュバスってみんなこうなるの？　私、仲間になるのやめるべきだったかしら」

「くすくす、そんなことおっしゃらないで。ナツノ様は今度の企画(プロジェクト)の主役(メインキャスト)に予定されているんですよ？」

『企画(プロジェクト)』はともかく『主役(メインキャスト)』の言葉に嫌な予感を隠せないナツノ。

「ええと。ちなみにどういう企画(プロジェクト)なんだっけ？　コンヤクハキザマァがどうのとか、実はよく分からなかったのよね」

「実験……いえ、劇のようなものですよ。ナツノ様はヒロイン役のイメージにピッタリだそうです。尚(なお)、我儘(わがまま)だった令嬢に『このままでは断罪されて死ぬ』という未来予測を物語調にした記憶を植え付けて人格矯正するなどの仕込みは既に済んでいるそうです」

「……うん、やっぱりよくわからないんだけど、あなたの主人は何がしたいわけ？」

「私には到底推し量ることは出来ませんが、これからはあなたの主人でもありますよ。もっとも、ナツノ様の身分は今後ダイード国のとある男爵令嬢ということになりますが」

にっこりと笑うサキュバスに、ナツノは「はぁ……」とため息を隠さずついた。

「何がしたいかの答えになってないじゃない。……つまり、自分で考えろってことね」

「あのお方はナツノ様の『行動』こそを求められていると思われますよ」

「なによそれ。ますます頭こんがらがるわね……」

「とりあえず、歩きながらこちらに目を通しておいてください」

と、サキュバスはナツノに紙束――資料を渡す。

きっちり揃った妙に質のいいその紙には、『極秘資料』『社外秘』といった赤いハンコが押されており、書いてある字も妙に整っている。これが噂に聞く印刷物というものかとナツノは思いつつ、ぱらりぱらりと1枚1枚に目を走らせていく。

「設定資料集？　こういう風に、って要望かしら。……妙に細かいのが厄介ね。なによこの平民として生活していた貴族の隠し子とか。籠絡対象リストとか……」

「ハイサキュバスであるナツノ様であれば、容易いでしょう？　ああ、それとそのリストはあくまで参考だそうで、1人だけを選んでも構いませんしリスト外の人物を籠絡しても構いません。現地ではナツノ様の采配に１００％任せるとのことです。色々試してみると良い、だそうですよ」

「ほんと、何をしたいのやら。……あら、王子の攻略法とかもあるじゃないの。これ作ったのってやっぱりサキュバス？　すごいわね、これが本当なら国獲れるじゃないのコレ」

とにかく、ナツノの自由にしてよいということらしい。それこそ、誰も籠絡せずに男爵令嬢として一生を過ごしても良いとか。籠絡対象の婚約者を籠絡しても良いとか。本当に、何をさせたいのか分からない。

「……お気に召さないようであれば、今からでもやめて構いませんが？」

「やらないとは言ってないわ。こうなったら私も精々楽しませてもらおうじゃないの。うまくすれば国が獲れるかもとか、サキュバス冥利に尽きるわよね！　やるわよ！」

「くすくす、賢明な判断です」

そう言って、サキュバスはこっそり出していたナイフを【収納】に仕舞う。肉厚で刃渡りが長めの、攻撃力が高そうな戦闘用コンバットナイフだった。……尚、『夢魔殺し』の魔力付加エンチャントもかかっていた。

下手にここで断っていたら、生命活動も終わっていたかもしれないことをナツノは知る由もなく、2人はダイード国へ向かって足を進めた。

「ところでこれ、国外まで徒歩？　まさかダイード国まで歩けとは言わないわよね？」

「……さ、流石に、途中で迎えが来るとは思いますが……少なくとも森から出ないと難しい所ではないかと」

森の中、心底頼りない道を進む2人を尻目に、黒い鳥がばさばさと飛び立った。

◆第2章

この世界の暦でいう5月1日に、俺達はダイード国に着いた。オレンジ色のレンガによる外壁を持つ、ツィーアより少し大きいくらいの城郭都市……どうやら首都、というか、ダイード国唯一の都市であり、ダイードには大きな町がこの1つしかないらしい。宿場町や村は道中にあったが。

逆に考えると、このクラスの町がいくつもある帝国が異様にデカく思えてくるな。魔国も同レベルだからダイードが小さいだけ……か？

首都入口の大門で検問を受ける。一応貴族用の門であるため、並ぶ時間は非常に短かった。それにしても【収納】があるような世界ってこういう検問どうすんだろうな、こっそり密輸し放題だろ色々……とか思わなくもなかったのだが、その分は嘘検出の魔道具があるのでそこで判別するような感じらしい。特に貴族は平民と比べて犯罪規模もデカくなりがちなので遠慮なく堂々と使ってくる。

「違法な、あるいは違法と思われるものの持ち込みは？　申告していない犯罪歴は？」

「どちらも特にないな……っと、実験に使うから道中襲ってきた盗賊を【収納】にいれてあるよ。何か問題あるか？」

「はい、問題ありません。ご協力ありがとうございました」

で終了である。一応、全員に同じ質問はするがそれだけだ。実際、特に違法な薬物とかの持ち込みはない。ソトの【収納】に入っている盗賊団も帝国法で合法だ。これをダイード内で放逐するなら別だけど、それは召喚騒乱罪とか別の罪に当たるから持ち込みとは関係ないらしい。

ただし、検問自体は問題なく終わったのだが、入る際に渡したハクさんから預かっていた手紙（門で渡すよう言われていたもの）のせいか「迎えを呼ぶのでお待ちください」と応接室で待たされることとなった。案内された貴族向けの応接室は、きちんとした内装になっていた。特にこの座り心地のいい赤いソファーだ。座るとギミッと弾力があり、ぽよんぽよん跳ねたくなるな……というかソトは跳ねてる。

「こら。お行儀悪いぞソト」

「えー、でもこの椅子凄いですよパパ？　なんか跳ねるんです！」

「確かに、こんなソファー珍しいわね。ウチの宿のマッサージチェアーもこんな跳ねないわよね、ケーマ？」

まぁ、ウチの宿にあるのはマットレスをいい具合にはっつけた椅子なので、むしろ沈み込む感じだもんな。ハクさんに売りつけたのも同様。

ちなみにニクとイチカはメイド兼護衛なので、そっと部屋の壁際に立っている。別に座ってても良いんだけどね？　2人ともBランク冒険者で貴族扱いなんだし。

30分くらい待たされて、ようやく迎え――ワタルとエミーメヒィがやってきた。ふむ、これはなんとも豪勢なお迎えだ……メインは厄除けとしてのワタルをロクコ達に付けることで、エミーメヒィはオマケだろう。確かワタルから離れないように言われてるんだっけ？　ハクさんがそんなことを言っていた。レオナの気配漂う中での安全地帯なので俺も離れたくない。

「お久しぶりですケーマさん！」

「おう。元気そうだなワタル」

「ええそりゃぁもう！　というか、ロクコさんとクロちゃん、それにイチカさんも来たんですね。……えっと、あの、その黒髪の子は？」

と、ワタルはソトを見て不思議そうに聞いてきた。そりゃまぁ初対面だもんね。俺は正直に特に隠さずソトを紹介することにした。

「俺の娘で、ソトっていうんだ」

「はぁー、ケーマさんの娘さん……娘さん!?　ちょ、え!?　どういうことですか!?」

当然驚くワタル。俺はこれを華麗にスルーして、おっとさすがにこれ以上放置するのはまずいかと皇女様への挨拶をする。

「で、ご機嫌麗しゅうミフィ様。久方ぶりですね」

「やっほーなのよ、ケーマさん。……あの、妾も驚きなんだけど、ケーマさんて娘が居たのよ？」

エミーメヒィも気になって仕方なさそうだ。仕方ない。

「ソト、挨拶だ。帝国の勇者様と皇女様だからなるたけ丁寧にな」

「はーい。……初めまして！　ソト・ゴレーヌです！　にこっ！」

ソトはロクコ似の可愛い笑顔でワタルとエミーメヒィに挨拶した。

「元気でよろしいのよ！　妾はエミーメヒィ・ラヴェリオなのよ。親しい人はミフィと呼ぶから、ソトちゃんもそう呼んでいいのよ？」

「あ、はい初めまして、ワタルです。……あの、ケーマさん。は、母親は誰なんです？　一応聞いときますけど」

「私よ？」

ふふん、と得意げに鼻を鳴らして答えるロクコ。

「いつの間にこんな大きな子を……」

「そしてわたしの妹です」

ずいっとニクが割り込んできた。

「クロちゃんの妹……えっ、あれ!?　じゃあ、もしかしてクロちゃんもケーマさんの……でも獣人……」

「クロとソトは母親が違うんだ。良くある話だろ？」

「そ、そう、なんですか……？　あれ、でもなんでケーマさんは娘のクロちゃんを奴隷にしてるんでしょうか……」

「あと父親も違うんだよ」

「それだと単に他人じゃないですか！」

「他人とは失礼な！　私とお姉ちゃんは魂で結ばれたソウルシスターなのです！」

「はい。ソト様とは魂の姉妹です」

面倒なことになりそうだからここはちゃんと訂正しておいたのだが、ワタルの反応にソト達が怒って割り込んできた。そうだね、具体的に言えばダンジョンコアとマスターで魂が繋がっているからね、うん。

「そ、それはすみませんでした。血は繋がらなくとも家族は家族ですね」

「わかればよろしい！」

謝るワタルを偉そうに許すソト。

「まぁ、先に言っておくとソトもこの間娘になったばかりだからな。今までお前に隠してたってわけじゃないぞ」

「えっ、あ、えーっと」

「これ以上深くは聞かないでくれ。ロクコの実家はだいぶ面倒なんだ。ワタルも一応貴族なんだし、分かるだろ？」

「アッハイ。複雑な事情だというのは理解しました……ハク様の妹ですもんね」

嘘ではなくかつ適度に推察できそうな情報をワタルに渡して、あとはご想像にお任せしますとした。まぁ都合よく考えてくれ、真実はさておくものとする。

「こんなところで長話というのもなんですし、僕らの宿に行きますか」

「そうだな。俺達も同じ宿に泊まることになってるはずだ」

ワタルの誘いに乗り、ダイードにおける宿に行くことにした。基本的にワタルと同行していれば安全ということなのでできるだけワタルと一緒に居たいところだが……ハクさんからは少なくとも調査中は別々に行動するように指示されている。同じ宿で休めるだけでもまだマシというものだろう、なにかあれば駆け付けられる距離ならワタルの【超幸運】の恩恵に与れる、はず、だといいなぁ。

で、俺達はいよいよダイード国の中に踏み入った。オレンジ色のレンガと木の組み合わさった中世的な建築物が立ち並ぶ大通り。そこには結構な数の屋台が出ていた。やはり内外を繋ぐ大門ということで、物を売るには好条件の場所なのだろう。門の外には屋台等ほとんどなかったが、門の通行料を考えれば当然だろう。

「ほほぉー、なんや、随分とウチの知っとるダイードと違うとるなぁ」

「ん？　そうなのかイチカ」

イチカが知ってる頃のダイードは、もっと閑散としていたらしい。

「ああ、なんでも最近随分と急速に発展したらしいですよ。……ケーマさんもビックリするとおもいますよ？　ほら、あの屋台を見てください！」

ワタルが指さした先には、何とも香ばしい匂いを漂わせる唐揚げの屋台が。その隣には甘い香りのベビーカステラ。その隣はソースの良い匂いを発する焼きそば、お好み焼きの屋台。と、なんとも日本的なラインナップが並んでいた。

……ゴレーヌ村もドラゴン騒動でじゃがバターとか人形(ゴーレム)焼きだけならず、ヤキソバ、オコノミヤキなんてそのまんまの屋台が出たりしてたから人のこと言えないんだけども。これ絶対レオナが関わってるよね。

「なぁー、ご主人様。食は文化。食べ物を見れば国のことが分かるっちゅー言葉があってな？……な？」

チラッチラッとこちらを窺(うかが)うイチカ。

「分かった分かった、適当に一通り買ってこい」

「さっすがぁーご主人様は話が分かるっ！　ほな行ってくるでー！」

銀貨数枚を小遣いに渡すと、イチカは喜び勇んで屋台へ向かった。

「いやはや、ゴレーヌ村以外でこんな屋台が並んでいるなんて驚きですよね！」

なぜか得意げなワタル。

「『欲望の洞窟』みたいにソースやらがドロップするダンジョンでもあるのか？」

「違います。なんと、材料から作ってるんですよ。その材料もダンジョン品ではなく、国内外で収穫された作物だそうです」

「へぇ」

そりゃ凄いや。とはいえ、日本にあるソースとかだって誰かが材料から作ったんだからこっちでも作れない道理はない。まぁ十中八九レオナが関わってるんだろうけど。

「そしてですね！　なんと、この国の高級トイレには――おっと、これ以上は実際に体験してもらった方が驚きますよ。フフフ」

……表情で察したけど、さてはウォシュレットでも付いてるな？　トイレットペーパーもあるのかもしれない。俺も開発しようかと思ったけど、どっちも生活魔法の【浄化】で良いよねってなったヤツ。

「ロクコ、妾のおすすめはイチゴクレープなのよ。甘くてかわいいクリームに包まれた酸味あるイチゴがキュンキュンする可愛さで、イチゴちゃんを彷彿(ほうふつ)とする食べ物なのよ。あ、イチゴちゃんっていうのは妾がファンの歌って踊れる吟遊詩人なのよ」

「へー、フルーツをクリームと包んで……メロンは無いのかしら？」

「メロン……昔市井の冒険者を呼んで話を聞いたとき、調子に乗った冒険者が食べ過ぎて吐いた話したっけ？　ロクコも食べ過ぎには気を付けるのよ」

「大丈夫、私はいくらでも食べられる体質だから」

うん、まぁロクコはダンジョンコアだからね。と、そんな会話を小耳に挟みつつ、イチカが食べ物を抱えて帰ってくるのを待って、宿へと皆で向かった。

「それにしても、ダイード国も中々発展してるじゃないか」

「そうなんですよ。庶民の生活については帝国を越えているかもしれないレベルでして」

町中を歩いて宿までやってきたが、確かにワタルの言う通り中々の発展をしている形跡が窺えた。目についたところでいえば、ガラス窓。大通りだけでなく、なぜか回り道に入った裏通りでも、窓にガラスがはめられ引き戸になっている所を多く見かけることができた。しかも建物の内側に見えた鍵は偶然にも日本でとてもよく見かける、ハンドルを上げて鍵をかけるヤツ（クレセント鍵と呼ばれるタイプ）だった。いくらなんでも形状がここまで一致するのは間違いなくレオナの手が入ってるな！　いきなりこんな痕跡を見つけてしまうとは……

「今更なんですが、今回はネルネさんは居ないんですね」

「ん？　ああ。特に興味なさそうだったし置いてきた。別段魔道具が発展してるとかそういう噂（うわさ）もなかったからな。……あと危ないし？」

「ああ……なんか、危ないらしいですね？　僕には良く分からないんですけど」

……ちなみにワタルの回り道については無意識だった模様。初日の出端からしてワタルの【超幸運】が回避するレベルの危険があったってこと？　なにそれ怖すぎるんだが。やっぱりロクコ達は連れてくるべきではなかったのではなかろうか。

あと、ワタル一押しの高級トイレは、予想通りウォシュレットだった。ただしこちらは天井から伸びるホースにくっついたボタンつきの棒という、まったく日本の電動ウォシュレットとは違う代物。棒には水が出てくる穴があいてて、これをケツに向けてからボタンを押すと、プシュッと水が出て濡らしてくる仕掛けらしい。でもこれ結局乾かすのに生活魔法の【乾燥】を使う。……やっぱ【浄化】でいいよね？ってなったけど、ワタルがそれはもう嬉しそうだったので、心優しい俺は特に触れずに曖昧に笑っておいた。

＊　＊　＊

翌日、俺とニク、それとソトでダイード国の調査を行うことにした。今日のニクはメイド服ではなく私服なので、2人の娘を連れてる男親になった気分だ。

ロクコとイチカについてはエミーメヒィと一緒にワタルに護衛されつつショッピングを楽しむらしい。あちらはあちらで、ワタルの視点と比べて分かる『この世界としておかしい点』を探して行ってもらおう。ロクコとイチカならきっと上手くやってくれるはずだ。

「それで、どうするんですかパパ？」

「どうするのでしょうか、ご主人様」

幼女2人に問われ、俺は方針を話す。

「まずは教会に行ってみよう。それが一番手っ取り早いだろうしな」

とにもかくにも気になっているのはオフトン教だ。一応教祖として、この地のオフトン教を調べねばなるまい。確実にレオナの仕業なんだろうし、ここを調べなければ始まらないというやつだ。ダイード国オフトン教教会の場所は、朝飯を屋台で買いつつ店主に聞いたらあっさりと分かった。

買った朝飯を食べ歩きつつ、教会へ向かう。

「タコス！　変な名前ですね、ニクお姉ちゃん！」

「おいしいですね。サラダ巻きみたいです」

うーん。しかしこれ、見た目も名前もタコスなのか。以前ミーカンの町で食べたサラダ巻きも同じような代物なのだが、あっちはタコスじゃなくてサラダ巻きって名前だったのに……これは翻訳機能さん的に何か起きてるんだろうか？　まぁ、良く分からんけど。

「あ。ソト。今更だけど、外ではニクのことはクロ、もしくはただお姉ちゃんと呼ぶように。良いな2人とも」

「はーい」

「……かしこまりました」

了解するソトに、少しだけニクは不満そうに尻尾を揺らした。

で、オフトン教教会に着いたが、そういえば俺は教祖である。教会を調べるにあたってその身分を出すか否かを考える必要があるな……そもそも俺はここのオフトン教にノータッチ。教祖とか言っても「何言ってんだコイツ」って目で見られるに違いない。

少し教会の近くを散歩して様子をうかがってみる。まずは教会そのものを見て見るが、ガラス窓と言ったものはなく、木戸が観音開きに付けられているようだ。というかどうもこの教会、一部改装(リフォーム)されたような跡があり、最近建てられたという感じではない。少なくとも10年、いや50年以上は経(た)っているのではないか、という古めかしさを感じる。下手したら100年とか超えるのかもしれないが、さすがに専門家ではないので分からない。

「歴史ある聖堂、って感じだな……」

「齧(かじ)っちゃダメですかね？」

「やめなさい」

何でも口に入れたい赤ちゃんのようなお年頃かよ。確かに生後0年だけどさ。

次は出入りする信者たちを見て見る。老若男女、貧富の差もなく教会に出入りしているようで、オフトン教の寛容さが窺える。そして、首から下げた聖印は穴あきコインのそれだった。つまり俺達が使っているオフトン教の聖印と同じものだ。これはレオナが広めた証拠といっていいだろうか？　単純な意匠だから偶然被ったという説も……いやそもそもオフトン教なんてふざけた名前の宗教、他にあるわけないよな。

それにしても少し様子をうかがってみただけでも結構な数の信者が出入りしている。なんとも、ウチの村ののんびりした教会よりも繁盛してるな。単純に首都で人が多いっていうのもあるだろうけど。とりあえず、教祖ということは隠して一信者として潜入した方がよさそうだ。

「旅人の一オフトン教信者として行こうか」

「畏まりました。ご主人様の聖印も鉄にした方がよさそうですね」

「そうだな。それじゃソトの分の聖印を……あ、いやまて、娘がオフトン教に入信したいという体でいくか」

「面白そうですねパパ！」

俺はいつもの聖印ではなく、ニクから受け取った鉄製の聖印を身に着けた。さて、いざオフトン教教会。

「ここがオフトン教の教会なんですね、パパ、お姉ちゃん！」

「おー、ここがこの町のオフトン教教会かぁ」

「はい、さっさと入信りましょうか、ソト様」

小芝居しながら教会に足を踏み入れると、そこはいかにも神秘的ですよと言いたくなりそうな教会だった。バロック建築のような芸術的な内装は、まさに外国の教会に見える。

シスターが信者たちに「オヤスミナサイ」と挨拶をし、信者たちも笑顔で返事する。その際に胸元の聖印を取り出してカチンと当てて挨拶するのは、ウチの村にもあるオフトン教の挨拶だった。

和やかな教会だな。シスターがサキュバスだったりはしない、かな？　俺はふとつけっぱなしの指輪サキュバス、コサキの存在を思い出してちらりと指輪に目をやる。なんやかんやこいつも俺の護衛なんだよね。『ん？　あのシスターならサキュバスの気配しないっすよー』と念話で返事が聞こえたので、まぁ普通の人間なんだろう。

「オヤスミナサイ、お祈りですか？」

「ええと、今日は娘がオフトン教に入信したいと言ってくれましてね」

「まぁ！　それは素晴らしいです。犬獣人のお嬢さん……は、既に聖印を持っていますから、そちらのお嬢さんですね？」

「はい！　オフトン教に入るにはどーしたらいいですか？」

元気な声でソトがシスターに尋ねる。

「ええ、貴女（あなた）が自らをオフトン教徒である、そう決めた時点で、貴女はオフトン教の教徒です。サブ宗教にすることもできるので、元の信仰をそのまま持っていていただいてもかまいませんよ」

「はーい！　私はオフトン教徒です！」

「はい、私が聞き届けました。貴女はオフトン教徒です」

どうやらここでもオフトン教の入信はお手軽簡単らしい。しかもサブ宗教という点もウチのオフトン教とまったく一緒だ。

「聖印をお求めであればあちらの売店でご購入いただけますよ」

シスターが示した先には、売店コーナーのような一角があった。木製の屋台で、他にも枕やポーションといった代物が売られているようだ。俺達はシスターにお礼を言って、売店に向かう。

「パパー、聖印買ってー？」

「おいおい、そんな引っ張るなよ」

ソトの可愛い（かわい）おねだり。服の袖をつかんで売店に引っ張っていくという、いかにも父親に欲しい物をおねだりする娘という感じが上手い。演技なのか本気なのか俺には分からないレベルだ。

「お姉ちゃんも早く早く！」

「はい、ソト様。……ふむ、鉄の聖印がないですね？」

「えー？　私、パパやお姉ちゃんとお揃（そろ）いが良いのに」

ニクの確認した通り、そこには銀銅の2種類の聖印が置いてあった。鉄だけじゃなくて金もないな。こっちは高いから単純に店頭に置いてないだけかもだけど。

「すみません、鉄の聖印はありますか？」

「鉄の聖印ですか？　特注になりますね」

ちなみに銅の聖印は銅貨3枚、銀の聖印は銀貨2枚。鉄の聖印は特注で、おおよそ銀貨1枚と銅貨50枚くらいだろうとのこと。結構高いなぁ。

「帝国では鉄の方が主流だったんですけどねぇ」

「おや、帝国のお方ですか？　まぁ、鉄は他でも需要がありますからね」

一応銅鉱山（ダンジョンではない）はあるので、銅は比較的安いらしい。そういやウチの村に来てたダイード国の王子もそんなこと言ってたな。それでも買えなくはないくらいには出回ってはいるらしい、ほぼ輸入品だが。

……帝国からの輸入ってことは、ウチの村で獲れたゴーレム鉄が流れてきてる可能性もあるんだな。不思議な気分だ。

「それにしても、オフトン教って結構最近の宗教だと思ってたんですが、立派な教会ですねぇ」

ソトには銅の聖印で我慢してもらって（という小芝居をして）、俺は建物のことについて売店に居るシスターに聞いてみた。

「ええ、ここは歴史ある聖堂ですからね」

「歴史ある、ですか」

俺がオフトン教作ったのつい最近なんだけどなぁ。

「……ちなみにどんな歴史があるんですか？」

「はい。元々はこの聖堂は８００年前、ダイード国建国前からあったと言われています」

「元々はオフトン教とは関係ないという建物なわけですか」

なるほど、それなら歴史のある聖堂でなんらおかしくはないな。そう納得しかけたその時、シスターが首を振って否定した。

「いいえ。こちらは古代オフトン教の建物なのです」

「古代、オフトン教」

「はい。古代オフトン教です。詳しく話しますと――」

古代オフトン教。それはかつてこの世界を創った、唯一なる創造神を奉る宗教であった。その歴史は創生の時まで遡り、そもそもこの世界に『宗教』という概念が生まれる前の話であったという。すべての人間、いや、すべての生き物は、安寧を信条とするオフトン教を崇め、そして祈りの眠りを捧げた。古代オフトン教はすべての生命体に信仰されていた。

――故に、古代オフトン教は何も特別なものではなく。生活そのものとなり、溶けるように消えて行った。

そして宗教が氾濫する今、オフトン教は蘇った。

「というわけで、今代に蘇ったオフトン教は『サブ宗教』という立ち位置ですが、本来は逆なのです。オフトン教こそがすべての基礎、すべてのオフトン。今信仰されている神々全てがサブ宗教なのです」

「……ということは、オフトン教ってのは創造神を崇める宗教なわけですか」

「いいえ。古代オフトン教はそうでしたが、創造神はもう『オヤスミ』になられたので……今代のオフトン教は神を信仰しない、人のための宗教となっているのです」

つまり、今のオフトン教は同じオフトン教の名前を冠して古代オフトン教の延長にありつつも、古代オフトン教とは別物ということか。

「それで、なんで今のオフトン教が『蘇った』ということになるんですか？」

「この聖堂は先ほども言いましたが国ができるより前から在ったものです。国民の誰もがなぜここにあるのか由来が分からなかった建物なのですが、教祖様が教えて下さったのです。そして、古代オフトン教のことも」

あー。あーはいはいレオナレオナ。そういえば古代オフトン教については前にレオナもそんなことを言ってたなぁ……って、教祖？

「その、教祖様、ですか？……シスターではなく？」

「ええ、教祖様ですね」

はて。

「えーっと。その教祖様ってレオナって名前だったりしますか？　黒髪赤目の」

「？　教祖様のお名前は、ティンダロス様ですよ。この国の魔術師団長でもあらせられるティンダロス様が、新生オフトン教の教祖様でもあるのです」

誰そいつ。いや、今まさにシスターさんが教えてくれたけど。魔術師団長？

「ちなみにその教祖様がオフトン教を広めたのはいつ頃なんですか？」

「それについては諸説ありまして、不思議なことに10年前とも1年前とも言われることがあります。まぁさすがに1年はあり得ないですが。なにせ私が子供の頃にはあった宗教ですし」

「へぇ」

見たところ、このシスターも20歳くらいではありそうなのだが。子供の頃って。記憶操作でもされてるんだろうか。

その後、シスターは腕の欠けた像や、誰も気にしていなかった柱の傷とかにも古い由来があったんだとか嬉しそうに教えてくれた。へぇ、これが600年ほど前に寝台戦争で創造神の子によって投げられ壊れた石像。神代じゃなくて寝台。つまりどちらが2段ベッドの上になるかでの争い……子供か！

もちろん情報源は教祖様。鑑定スキルを使える者に調べさせてくれたらしい。

時に、『世界5分前仮説』という有名な仮説がある。これは、『世界は実は5分前に始まった』という前提で、全ての記憶や記録はその5分前の時点で創られたものだという仮説だ。それが実現可能かという話はともかく、反証のための証拠もすべて5分前に作られたので証拠が証拠にならず否定不可能という説だ。

……では、世界とまでは行かずとも、ひとつの町のすべての人間に『長い歴史があるという記憶』を植え付け、『それを裏付ける建造物や完璧に捏造(ねつぞう)された証拠』がある『数日前に作られた町』があったとしよう。それは、『歴史がある町』ということになるのだろうか？　うーん、『非実在(フィクション)の歴史がある町』というのが正確か？

で、だ。この『歴史ある宗教』は本物か、それとも偽物か。

俺は後者だと確信している。どうやらその教祖様――魔術師団長のティンダロスとやらが怪しいな。絶対レオナとのつながりがあると思う。

「……ちなみに黒髪赤目のシスターとかいらっしゃらないので？」

「ええと……ああ、そういえばティンダロス様が手配してくださった鑑定スキルを使える者が、黒髪赤目のシスターでしたね。彼女もオフトン教だったのかしら」

ほら早速これだ。手がかりはあるし、ほぼ確実にこの町にレオナはいるのだろうな。

……かくれんぼの鬼でもさせられてる気分になってくるよ。はぁ。

「パパ！　私この『寝るときに穿くあったか靴下』ってのが欲しいです！　お姉ちゃんの分と合わせて買ってください！」

「そんなもんまで売ってるのかこの売店は」

とりあえずもこもこで温かそうだったので、ロクコ達へのお土産も含めて買っておいた。


で、買い物が終わったところで丁度ミサが始まった。

普通の教会のような長机に長椅子が並んだ部屋。俺達は目立たずそこそこ真ん中あたりのいい位置での参加だ。オフトン教の神父とやらが前にある教壇でオフトン教の物語を語っていく。

「かつて、この地には古代オフトン教があり――――」

先ほど聞いたばかりの話と同じようなことを話す神父。

売店のシスターさんもこの説教を聞いて育ったということ――そういう「設定」なのだろうか。そして最後は「今こそ人の世に神の無いオフトン教を。気まぐれな神に頼らぬ安寧を人の手で手に入れよう」と締める神父。どうやらこれでミサは終わり。

羊数えの儀式はしないのかな、ヒツゥディガァーイッピキーて……あ、それは週1なんすか？　へー。ちゃんとあるんだ。完成度高いな……おいソト、ヨダレ垂れてるぞ。【浄化】っと。

さて、怪しい人物は魔術師団長のティンダロスとかいうことなので、ここは権力に頼って面会してみるのが良いだろう。今俺達が頼れる権力とは何か？　そう、帝国の皇女様である。

＊＊＊

調査を終えて宿に戻った俺達は、皆と合流してエミーメヒィに相談した。

「というわけでミフィ様。この国の魔術師団長に面会させてもらえませんかね」

「うーん、それはできないのよ……」

「できない、ですか？　帝国の皇女様なのに」

「妾も始祖様に頼まれてダイードのオフトン教くらいは調べたのよ。で、教祖とかいうティンダロスってやつには妾も面会しようと申し込んだんだけれど、なんとも避けられているようなのよ」

避けられているのか、それともワタルの【超幸運】で知らずに避けているのか。仮にそのティンダロスとかいうやつがレオナか、もしくはレオナに非常に近い人物であるとすれば後者の理由で会えなくなっているものと考えた方が良いかもしれない。

ちらりとミフィの護衛として随伴しているワタルを見る。

「……いやぁ、ケーマさんが本当の教祖だって僕は知ってますよ？」

「ああうん、そうじゃなくて、ワタルが席を外すようにすれば会えるんじゃないかと思ってな」

「え？　何言ってるんですか、ダメですよ。僕はハク様からミフィ様の護衛を頼まれてるんですから。外国の要人と会うだなんて絶対に護衛が外せないシーンじゃないですか」

……エミーメヒィを守れなかったら護衛として責任を取る必要も出てくるもんなー。一体ワタルの【超幸運】はどこまでカバーしてるんだろうか。

「別に俺だけで会えればいいんだけど」

「妾の紹介なのに、そういうわけにもいかないのよ……相手もこの国の魔術師団の団長という身分なのだから、紹介するにもしっかり立ち会わないと失礼に当たるのよ」

エミーメヒィが国外に居るなら紹介状を書くだけでもいいらしいのだが、なんとも複雑な事情があるらしい。国家間の外交に関わる問題もあるので、

「ならいっそミフィ様が帝国に帰ればいいのでは？」

「無茶言うなのよ。妾も学園に留学という形でこの国にきてるし、そうホイホイ帰ったりもできないのよ」

「そうですか」

まぁ今の案は無茶だったな。と、ここでロクコが膝に乗せたソトの頭を撫でつつ聞く。

「ねぇミフィ。その学園にそのティンダロスってやつの身内とかいないの？」

「おお、良い目の付けどころなのよロクコ！　言われてみれば、学園に孫がいるはずなのよ。たしかにそっちなら、妾の護衛とか言って学園に来れば会えるかもしれないのよ！」

ふむ、とロククは少し考える。

「ねぇミフィ。私達もその学園に入ることってできるかしら？」

「え？ 今言ったけど護衛なら行けると思うのよ？」

「違うわよ、学生として、よ？ ほら。皇女ともなれば取り巻きの1人や2人、国から連れてきても可笑しくないでしょ？」

ロククのとんでもない提案。それに、エミーメヒィは「ふむ」と考える。

「確かにそうなのよ。いやむしろロククが正体すら話せないやんごとなきお方として、取り巻きが妾というのもありなのよ？ むしろこっちの方が事実に近いと思う次第なのよ」

冗談か本気か分からないエミーメヒィの発言。まぁハクさんの妹だからねロクコ。

「ママー、私はー？」

「ん、そうね。せっかくだからソトも入学したらいいんじゃないかしら。学校だなんて行く機会滅多に無いもの。ね、ミフィ。初等部ってあるんだっけ？」

「あるのよー？……というか、ソトちゃんも何者……いや、言わなくていいのよ。見た目ロククに似てるから、始祖様の関係者だってことは分かったのよ」

若干達観したようなエミーメヒィ。とりあえずその推測は正しい。

「お、それならケーマさんも学生ですね！ 学生服のケーマさんとか楽しみだなぁ」

「何言ってんだワタル。俺はロククの護衛だぞ、お前は学生服着て護衛してんのか？」

「……が、学生服ですよ？ ねぇミフィ様」

「えっ、ワタルは普通に今と同じ格好で護衛してるのよ？」

つまらない嘘がバレたところで「はぁー」と残念がるワタルとロクコ。

「ミフィ。駄目じゃないのそこは学生服って答えないと」

「そうですよミフィ様。空気読んでください」

「えっ、これ妾が悪いのよ？」

「いやいや。そこの2人が馬鹿なだけなんでミフィ様は正しい回答をされましたとも」

危うく学生服を着させられるところだった。まったく、俺が制服を着てたのとか一体何年前だと思ってやがる。

「ならウチはロクコ様の侍女やな。ウチがロクコ様の隣についてたらご主人様は自由に調査できるやろし。先輩はソト様の護衛かな？」

「それがよさそうですね」

と、こっそり横で残り2人の学園における立場が決まった。……学園かぁ。

＊＊＊

ダイード国の国立学園。エミーメヒィが留学しに来たそこは、ダイード唯一の貴族の子弟向けの学校だ。いわゆる平民は余程優秀でなければ入学することはできないらしい。本来は入学金についてもそれなりにお高いのだが、エミーメヒィの『お友達係』ということで短期間のため、その分お安くなってくれた。まぁ、あとでハクさんに経費として請求しよう。というか頼んだ翌々日には転入できるとか、権力ってすごいね。

大学の講堂みたいな階段のような教室。正面の黒板の前でロクコが自己紹介をする。

「初めまして、ロクコ・ツィーアです」

入学するにあたり、帝国に実在する貴族の名、というかツィーア家の名を借りた。ハクさんの指示でもある。平民として入学したら面倒事も多そうだし、そもそも外国人で平民でというのは不自然極まりなさ過ぎるからな。ラヴェリオだと皇族になっちゃうし、ラビリスハートは出したくない。かといってマスダとかゴレーヌとかは名乗らせたくないハクさんとの妥協案だ。ソトも今頃初等部でニクを護衛兼メイドに連れ同様にソト・ツィーアを名乗って自己紹介していることだろう。

「ロクコー、こっちなのよ。妾の隣があいてるのよー」

「ミフィ。ええ、隣座るわね」

ロクコがエミーメヒィに呼ばれ、隣の席に座る。帝国の姫と親しいあの令嬢は一体何者だ、帝国の貴族だろうけど余程の大物なのか、と、すこし教室がざわついた。ちなみに今更知ったことなのだが、ツィーア家は侯爵らしい。ツィーア地方をまとめ上げるだけあって相当偉かった。村の教会に気さくに顔を出す身分じゃなくない？　まぁいいけどさ。あとついでにパヴェーラ家も侯爵なんだって。

で、俺は自己紹介の必要ない護衛であるため、教室の一番後ろに立って控えそれを見守っていた。護衛だからね、おとなしくお嬢様方を見守るのみだよ。他の貴族子女の護衛達に軽く頭を下げ挨拶し、交ざる。ワタルがやけにニコニコと手を振っており、それを見てギョッとするヤツが居るのが少し気になった。

「ワタルお前、お前の知り合いってだけでビビられるようなことをしたのか……？」

「やだなぁ。ちょっと稽古つけてくれと頼まれたので応じただけですよ」

果敢にも勇者に挑んだヤツがいたらしい。まぁ、護衛として共に戦うかもしれない者の実力が気になったのかもしれないけど。

「ところで椅子とかないのか？　足疲れるんだけど」

「使用人控室とかはありますが、護衛の仕事中は基本的に立ちっぱなしですよ」

「……そっかー」

イチカはそっちの使用人控室の方に行ってるんだよね……俺は学生じゃなくて護衛として潜入したことを早速少し後悔しつつあった。まぁゴーレムアシスト使うんだけどね。

さて、この学校ではどのようなことを教えているのか。最初の授業は算術だった。

「……これくらい普通にできるわよね？」

「まぁ、妾もこのくらいは皇女として余裕なのよ」

ふむ、四則演算。掛け算と割り算かぁ、小学校レベルだな。ロクコにとって問題なくこなせる代物で、エミーメヒィにとっても問題ない。ダイード国の貴族子弟達もそこはちゃんと予習しているのだろう、滞りなく授業は進む。……数人、予習不足の奴がいるみたいだが。

「いやぁ、こうしてみると予習不足が存外目立つって、護衛して初めて知りましたよ。こういう所が弱みにならないように貴族は家庭教師付けて勉強するんですね」

「貴族も大変だなぁ」

教室の後ろで授業の邪魔にならないよう小声で私語を交わしつつ、2人を見守るワタルと俺。護衛なのだが気分は授業参観だ。他にも護衛はいるし、そもそも教室内で護衛って要るの？　テロリストの襲撃に備えてるの？　うーん暢気なものだ。寝たい。

「貴族なので、何をするにも護衛がつく状況に慣れるようにってことらしいですよ」

「貴族も大変だなぁ……なぁ、宗教上の理由で昼寝してて良い？」

「別にいいですけど、護衛はいいんですか？」

そもそも本来の目的を考えるとロクコ達の護衛はワタルに任せてティンダロスの孫を探しに行くべきなんだろうけど。少なくともこのクラスのクラスメイトというわけではないようである。……しばらくは様子見して、のんびり探すとしよう。

仕方ないので壁に背を預けてゴーレムアシストで姿勢を固定。布の服ゴーレムに身体を預けて護衛しつつ休んだ。

次の授業はダンスレッスン。なるほど、貴族向けの授業となるとそういうのもあるのか。

「では男女で2人組を作ってください」

で、出たぁー！　対ボッチ撃滅兵器、『はーい2人組作ってー』である！　このクラスに参入し初日のロクコは一体どう動くというのか！

「これどうするのミフィ？」

「んー、妾は護衛のワタルと組むのよ。皇女たるもの、みだりに男と踊るわけにもいかないからしかたないのよ」

「あら。じゃあ私もケーマと組もうかしら。他の人とかお断りだし」

なんと。護衛も対象にいれていいのか。救済処置……って、おい。つまり俺もダンスレッスンを受けろとそう言うことか？　俺、ダンスなんてしたことないんだけど。

そんな風に俺が戸惑っていると、ロクコがこそっと耳打ちしてくる。

「ケーマ。最初はお手本を見学すればいいでしょ？」

「あっ、なるほど」

そう。俺達にはゴーレムアシストという裏技がある。お手本を完コピして、ばっちり踊ることもできるのであった。ただし、俺とロクコの組み合わせ限定だけど。だって臨機応変とかできないもん。

そんなわけで、お手本として教師ペアのダンスが披露された後に俺たちは完璧にステップを踏んで見せるのであった。まるで何かに操られているかのように背筋もピンと完璧な姿勢で。

「ケーマさんとロクコさんって、ダンスできたんですね」

「見よう見まねだよ」

ていうかワタルとエミーメヒィもばっちり踊れていた。さすが勇者と皇女様。ちなみにうっかりミスって足を踏んでも大丈夫なように、お互いの靴に鉄板を仕込んでおいたのはここだけの話。

魔法の実技、そういうのもあるのか。こういうのがあると、異世界って感じがするな。

俺たちは運動場にやってきた。ロクコ達生徒は運動着に着替えている……が、その運動着、特に下半身を見て若干動揺してしまった。ブルマだと？　何故ブルマなんだ。日本で絶滅したはずのブルマが、異世界に進出しているとは……しかしこの紺色の下腹部を守る衣類だが、下手したら今日び知らない若者の方が多いんじゃなかろうか。いや、多分だけど。……ふとももが眩しいぜ。

「なぁ、ワタル。あの、ズボン……？　大丈夫なのか？　だいぶ足が露出してるんだが」

「え、ああ。ブルマですね。勇者伝来の由緒正しい女性向け運動着らしいですよ」

勇者伝来ならなんでも許されると言わんばかりだなぁ。だが実際恥ずかしそうにしてい

る者は誰もいない。いいのか……

というかブルマとかレオナの仕業なんじゃないかと思ったんだけど、別の勇者が広めた可能性もあるのか。

全員が集まり鐘が鳴ったところで、授業が開始された。

「炎よ、弾となりて敵を穿て――【ファイアボール】!」

教師のお手本の火の玉は、10m先にある的にボンッと命中した。

「……と、このように的に向けて魔法を撃ってください。ボール系の魔法であれば、あの的が壊れたりすることはないので存分にどうぞ」

どうやらこの授業は、魔法のコントロール力を磨くというものらしい。確かに、スキルスクロールで魔法を覚えたとしてもそれを使いこなせるかは別の話。特に魔法というのは飛び道具であることが殆どなので、そのコントロールは使い手の技量次第なわけだ。

俺の【エレメンタルショット】のように完全にまっすぐ飛ぶような魔法でも、動く的にしっかり当てられるかは別の話、ということだ。

「魔力は使えば使う程、回復力が増えます。魔力総量を増やすにも回復力が高い方が有利なので、どんどん使いましょう。手持ちのマナポーションを使っても構いませんよ」

魔力総量は、満タン状態で使わずに瞑想やお祈り、イメージトレーニングを行うなどすれば増えていくらしい。以前イチカもそんなこと言ってたっけな。

で、殆どの生徒たちは魔力切れを起こすまで魔力を使い、ぐったりすることになった。

なったのだが——

「ロクコ……まだ平気なのよ？　まだポーション飲んでないのよ……？」

「うーん、それが全然余裕なのよね。むしろ喉が疲れてきたわ」

——驚くべきことに、ロクコはいくら【ファイアーボール】を使い続けても全然余裕だったのである。

「……ケーマさん。ロクコさんってあんなに魔力あるんですか？」

「まぁ、あの人の妹だぞ、察しろ」

「アッハイ」

と、ワタルには言ってみたものの俺にもなんでか分からない。もしかしてダンジョンマスターである俺と魔力量が共有とか……あり得るなぁ。あとロクコが毎日『神の寝具』使って寝てるから魔力総量が天元突破している説もあったわ。ロクコもオフトン教なら睡眠はお祈り、そして魔力も寝具効果でほぼＭＡＸを維持。魔力が増える条件は整っている。

真相は不明だが、とにもかくにも【ファイアーボール】を1時間連続で撃った程度でロクコの魔力が尽きることはなさそうだった。

ちなみにコントロールの方は、最初は隣の的に当たったりしていたのだが、終盤になると的に10回連続で当てる課題をクリアできる程度にはなっていた。

運動の後に歴史の授業とか、眠気が高まり過ぎるのではなかろうか。せめてもの救いはお昼を食べる前だということか。いや、俺はもう眠いけど。見てただけだというのに。

「えー、ではここを……ロクコさん」

「はい。ダイード国初代国王デンカ・ダイードは、帝国、魔国、聖王国の巨三国を相手に独立維持のための政策を行いました。それが三国協争協定です。初代国王は調停の賢者とも呼ばれており――」

と、ロクコは教科書も見ずにつらつらとダイードの歴史を答えた。

「――素晴らしい。良く学ばれていますね。皆も良く見習うように」

「凄いのよロクコ。さすが妾の親友なのよ」

「あら、こんなの余裕よ。見たままを記憶すればいいだけだもの」

「ろ、ロクコは天才なのよ……！」

そう言ってさらりと自慢するロクコだが、そのカラクリは俺にだけ見えていた。比喩表現ではない。そう、ダンジョン機能を使っての録画である。教科書の内容を事前に録画しておき、他人には見えない設定で堂々とカンニングである。汚い！　ロクコ汚い！　これぞ俺の頼もしいパートナーである。

ちなみに、ロクコも完璧ではなくボロが出るところがあった。それがマナー、礼儀作法の授業である。

「ロクコはお茶会のマナーはどのくらいできるのよ？」

「うーん、良く分からないのよね。一応、お姉様やアイディ、お友達とお茶会とかはするけど、特にマナーとか意識したことないし」

そう。こういうマナーは知識と日頃の積み重ねがモノを言う。社交とかは精々身内での楽しいお茶会しかしたことのないロクコには中々に厳しいものだった。

「普段ならそれでいいかもだけど、今のロクコはツィーア侯爵令嬢だからそれに合わせたマナーがあるのよ。この機会に習っても良いと思うのよ？　ケーマさんと結婚すると……今のところ男爵夫人なのよ？　もうちょっと上がることを考えても、下の身分のマナーを覚えておいて損はないのよ」

「一理あるわ。しっかり教えて頂戴、ミフィ」

「……妾も皇族だからあまり下の身分のマナーは詳しくないのよ。降嫁しても元皇族で別枠になるから……こ、こういう時のための教師なのよ！」

そんなわけで、ロクコもマナーについては一から習うことになっていた。とはいえ、ハクさんの優雅な動きを見て覚えているため、時折ついつい漏れる無意識な上から目線の所作以外についての評価は結構良かったらしい。それに一度自己紹介された相手の名前を完璧に覚えられていたのもグッドだそうな。

「ロクコさんって頭良いんですね、一度自己紹介された相手の名前、完璧に覚えられるなんて。僕ならメモをとって確認しながらじゃなきゃ分かりませんよ」

「……そうだなー」

ワタルに言われてふと思い当たりマップを見たら、教室内の連中に名前のタグが付けられていた。なるほど、これなら一々覚えなくても本人の名前を確認できる。なんというチート技。名前を間違える心配もないね。ダンジョン機能もロクコの能力なんだから、ただ自分の能力を万全に使っているだけなんだけど……汚いを通り越してもういっそ清々しい。

尚、お茶会ということでちゃっかりメイドとして参加したイチカだが、こちらは完璧な給仕だった。借金のカタに貴族屋敷でメイドした経験があるらしい。流石うちの常識枠、食とギャンブルが関わらないことについては案外やるもんだねぇ。

さて、そんなこんなでお昼になった。俺達は初等部に行っていたソトとニクと合流し、お昼ごはんを食べることになった。

「パパ、ママ、学校って楽しいですね！　なんか伝説の樹とかあるらしいですよ！」

と、合流するなりソトが元気にそう言った。無事楽しめているようでなによりだ。

「伝説の樹って、卒業の日にその樹の下で告白したら幸せになれるとか？」

「はい、当日は予約が必要らしいです！」

予約制なのかよ伝説の樹……そうでもしないと混んで告白どころじゃなさそうだけど。

「それでクロ。ソトはどんな様子だった？」

「はい。お嬢様は、真面目にお祈りを捧げられていました」

「寝てたか」

「はい」

そうか、寝てたのか。さすが俺の娘。

「横から聞いてて、一瞬なんて真面目なんだって思った僕の気持ちを返してください」

「ワタル。オフトン教のお祈りを忘れてる方が悪い。お前もオフトン教だろ」

「いやまぁそうなんですけど……」

ああもう、と頭を掻くワタル。

「ちゃんと寝ながら聞いてたので大丈夫です！」

「はい、教師に指されても全く問題ありませんでした」

「……器用ですねー」

うん、それ多分ニクがマスターとして授業を録画しつつ、答えもコッソリ教えたりしてたんだろうね、ダンジョン機能を使って。母娘だねぇ。

学食は、食券システムだった。ウチの宿でも食券システムを採用しているだけあって慣れたものだ。

「ロクコ様ー、一応ウチ侍女やから持ってくるで。何にする？」

「イチカのおすすめは？」

「んー、このキツネウドンかな！　さっき食べたんやけど中々のモンやったわ」

　イチカは侍女として主人の面倒をしっかり見れるようにという名目で時間をずらし、一足先に食事を堪能したらしい。

「キツネウドン……キツネさんのお肉が入ってるんですか？」

「いや、油揚げが入ってるんだ。油揚げはキツネの好物だからキツネウドンってわけだよソトちゃん。……あれ、この世界でもキツネの好物って油揚げなんですかね？」

　ソトと会話しつつ首をかしげるワタル。

「イシダカが広めたレシピなんじゃないか？　魔国のウドンもイシダカレシピだろ」

「あぁー、食の神、勇者イシダカですか。確かに」

　食べ物関係は大抵イシダカの仕業だからな。……ん？　となると、ダイードに来た時にあった屋台群もレオナじゃなくてイシダカの？……いや、それならもっと昔からあるはずだからイチカも知ってただろう。つまりやっぱりレオナの所業。

　エミーメヒィが6人席を確保しており、そこに着く俺達。イチカが傍に控えると、丁度6人だ。俺とロクコの間にソトが座り、向かいはエミーメヒィを中心にワタルとニク。ワタルは正面の俺を見て「うん、親子ですねコレ」と言った。そうだよ親子だよ。

「おはし、つかいにくいです……」

　ウドンをたどたどしい箸使いでもちあげ……麺をつるりと逃がしてしまうソト。

「分かるのよソトちゃん。妾もお箸使えるようになるまでだいぶ時間がかかったのよ」

「使えるようになると便利なんですけどね。棒2本だけなので携帯にも便利ですし」

そう言ってミートソースパスタをフォークで食べるワタル。使わないのか。まぁパスタだもんな。

「無理しないでフォーク使っていいんだぞ？」

「やです！　私もパパたちみたくおはしで食べます！」

ソトはそう言ってまた箸でウドンを捕まえ、今度は滑り落ちる前に自分から顔を近づけてパクッとウドンを食べた。そしてちゅるるんと吸い食べる。微笑ましい。

「そういえばケーマさん達は普通に箸使ってますよね？」

久々に探りを入れてくるワタル。

「まぁな。というか冒険者では地味に使えるヤツもいるだろ？　なにせ歴々の勇者お勧めの食器だからゲン担ぎというのもある、使わないヤツの方が多いけどな。見ろよ、ニクも使ってるだろ」

「はい。わたしも使えますよ」

右手に持った箸を器用にカチカチと鳴らすニク。

「……そういえば、そうですね。というか、この学校にも使える人多いみたいで」

「ウチも使えるでー？」

控えつつもサンドウィッチを食べながら言うイチカ。こいつは箸で食べるべき物をちゃんと箸で食べるために習得したらしいけどな。食にかける情熱が違う。

食後のデザートにショートケーキをいただく。新鮮な果物が入ってる生クリームたっぷりのケーキとか、ウチの宿でも特注されなきゃ出さないぞ。貴族向けの学校だからか、だいぶ力が入ってるな。

「……これ1個でいくらなんだ？」

「銀貨は間違いなくいきそうよね」

「ふっふっふ、今日は妾の奢りなのよ。そんなことは気にせず食べると良いのよ」

「いよっミフィ様万歳！　ウチ、ミフィ様のこと大好きやで！　姫の中の姫！」

「もっと褒め称えていいのよ！」

イチカに煽てられてエミーメヒィも満更ではなさそうに平らな胸を張った。

「私は一切れじゃなくて丸いのでたべたいですね！」

「同意です、ソト様」

もぐもぐとすごい勢いで食べていくソトとニク。ソトの場合は【ちょい複製】使えばあとでまた食べられるだろう。……そういや食べた物を複製して食べた後、1時間して消えたら太らないのかな？　だとしたらダイエットにはよさそうだ。遭難時の食料にはできないけど。

「それにしても、ロクコさんって随分優秀なんですねぇ。授業、ビックリしましたよ」

「伊達(だて)に宿のオーナーとかしてないわよ」

ワタルに褒められ得意げなロクコ。算術と魔法実技はともかく、他はダンジョン機能とかでズルしてるけどな。

「あんなに優秀だと、だいぶ目立つのよ？」

「それが狙いよミフィ。魔術師団長の孫とやらに会うなら優秀な方がいいでしょう？　それに、噂(うわさ)を集めたりするのにも有用よ」

「確かに、多少目立つし、無能より有能な人の方が好感も持てるでしょうね」

「ワタルもそう思うなら、方針に間違いはないわね。ケーマもそう思わない？」

ふふんと鼻を鳴らすロクコ。

「思うけど、普通に名簿探してアポとったらダメなのか？」

「……職員室に行けばどこのクラスかくらいは教えてくれるかしら？」

あとでイチカに調べてもらうことになったが、結論を先に言うとあらかじめ職員に自分のことを他の人に伝えないようにしてくれと口止されており教えてくれなかった。なんでも、情報収集やら情報操作も貴族的な授業の一環らしい。要人との接触をするために必要な情報は教師以外の伝手(つて)を使って自分で集めろということだそうな。

そんなわけで、俺達は引き続き学校生活を送りつつ魔術師団長ティンダロスの孫を探すことも並行して進めることになった。

　そんなこんなで数日学園生活を満喫した。

　ロクコはすっかり優等生としての地位を確立し、男女問わず人気者になっていた。俺はそれを後ろから見守ったり、イチカとワタルに場を任せて学園内を探索したり（職員に見つかった場合は護衛のための下見と言い張り）、ソトの様子を見に行ったり、ついでに校舎裏の日当たりのいい場所で昼寝したりもした。

　……しかし校舎裏は案外人が来るもんで。なにやら女生徒が言い争ったり、告白されてカップル成立していたり、魔道具の実験をしに来て爆発させてる奴（やつ）が居たりした。いやぁ、青春だねぇ。

　それにしてもティンダロスの孫については全く接触できない。これはおかしい。明らかに何らかの力が働いていると言わんばかりに会えない。ワタルの【超幸運】が怪しい。

　そうしてその日ものんびり1日を終えて、宿の部屋にてくつろいでいる所でロクコが俺の部屋にやってきた。

「ケーマ、少しいいかしら？」

「ああ。……そんで、ロクコの方は何か分かったか？」

「全然ねー。でも面白い噂話は聞いたわよ、学園の七不思議とか」

学校の七不思議、とはなんともよくある話だ。いかにも学校らしい。というかそういやウチの村にもあるんだったな七不思議。色々な場所の定番なのかもしれない。

「どんな内容だ？　トイレの花子さんとか？」

「あれ、知ってるの？　そうそれ、トイレのハナコさん」

「本当にあるのかよ花子さん」

なんか一気にレオナの仕込みって気配がしてきた。だってハナコさんだもの。

「他にはどんなのがあるんだ？」

「……ええっと、ハナコさんの他は、真夜中に響く吟遊詩人の歌声、開かずの間、踊る骨格標本、夜中に段が増える階段、喋る初代国王の肖像画、時を遡る鏡。……最近では消える靴下なんてのが増えるかもって話だったわね」

「うん、なんとも七不思議っぽいなぁ、8番目が追加されるかどうかってのも」

伝説の樹とかもあるらしいし、諸々レオナの仕業なのかもしれない。そんな風に考えつつ話を聞いていると、ロクコはもじもじと脚をすり合わせた。

「ん？　トイレか？」

「違うわよ！……その、ケーマ。明日は学校がお休みなんだけど、デートしない？」

「デート？……デートか。2人で出かけようっていうこと？」

「そ、デート。2人で出かけましょう？　クラスの人から色々話を聞いたのよ。カップルで行くと幸せになれるデートスポットがいっぱいあるらしいわ！」

ロクコからの誘いは魅力的ではあるが……この危険極まりないダイード国でのんびり遊ぼうっていう気分にはならないだろう、初日にワタルが不自然な回避行動をとった以外には特にこれといった問題も無いが、だからこそ何が起きているか分からず怖い。

「さすがに今の状況ではちょっと怖いな。ソト達もいるし」

「むぅ、仕方ないわね……」

もっと安全が確保できてからなら喜んでデートしたいところだったけども。

そんなわけで、俺はロクコからの誘いを断った。

＊　＊　＊

「ねぇロクコ、ケーマさん。そういえば、ダンジョン実習っていう授業があるのよ」

結局ティンダロスの孫にも接触できずに昼休み食堂でご飯を食べているとエミーメヒィからそんな話題があった。

「ダンジョン実習？」

「なのよー」

学校の授業に、ダンジョン実習というものがあるらしい。ダンジョンに潜り戦闘を経験するという目的の講習だ。心と体を鍛え、将来に役立てるとかなんとか。

「というか、ダンジョンがあるのね。この国にも」

「むしろこの学園の中にあるのよ。開かずの間、って噂知ってる？　アレの部屋がダンジョンらしいのよ」

学園に？　とロクコが聞き返すと、大体あっちの方、とエミーメヒィが学園の中央の方を指さした。

「……ダンジョンのある所に学校を作ったのかしら？　それと国も」

「なのよ。学園創設、いやむしろ元々建国当初からあったらしいのよ」

「どんなダンジョンなんだって？」

「妾もよく知らないけど、いろんなモンスターが出るらしいのよ」

スライムやゴブリン、コボルトやウルフ、ビッグなコウモリやナメクジ、ムカデやヘビにクモにクマ等々、多種多彩なモンスターが出るダンジョンだそうな。学校の授業で経験を積むにはうってつけらしい。留学生にも存在を知られてもいい程度の特に隠されているわけでもないダンジョンだとか。

昔からあるダンジョンというのであればレオナとは関係ないか……いや、レオナの手下と言う可能性もあるな。

「私もダンジョン実習行きたいです、ミフィちゃん！」

はーい、と手を上げるソト。

「うんうん、実はこの実習、丁度初等部と高等部の合同授業なのよ。妾達が初等部の面々に教えつつ、ということで、一緒に行くことになってるのよ」

「……それって私達が既にダンジョン実習を受けてること前提になってない？」

「妾達は留学生だから受けてないけれど、そうでなければ初等部、中等部で受けてるものらしいのよ。それで妾達には救済措置として護衛の同行が認められてるのよ」

初等部では高等部に護衛されつつ、中等部では単独で、高等部では初等部を護衛しつつ入る、といった内容らしい。……あれ、それだとダンジョンが結構古くからある、少なくともここ2、3年とかいう話ではなさそうだ。……いやいや、オフトン教だって捏造されてるんだし、そういう歴史が作られている可能性があるか。

「……わたしはどうなるのでしょう？」

「初等部の生徒も護衛がついていけるからクロちゃんも一緒なのよ」

それは都合が良いな。もしかしてワタルの【超幸運】の影響もあるだろうか？　尚、ティンダロスの孫は中等部らしく、ダンジョン実習では接触しないところになっている。もう諦めてティンダロス本人にアポ申請する方が早いんじゃなかろうか？　いや、やっぱり会えないんだった。ああ、なんか柔らかい壁に阻まれてる感じでモヤモヤする。

「少しいいだろうか？」

と、談笑している俺達に小学校高学年くらいの男子が話しかけてきた。将来は中々のイケメンになりそうだ。取り巻きを連れて一体何者だろう？　エミーメヒィがにこりと笑みを作る。

「あら、ジェドハ第二王子。何か用なのよ？」

「ミフィ様、ご機嫌麗しゅう。いやなに、噂の転入生と話をしたいと思ったのです」

「妾、ジェドハ殿下に愛称で呼ぶ許可を出した記憶がないのよ？」

「これは失礼、エミーメヒィ様」

と、どうやらこの銀髪男子はエミーメヒィに婚約を申し込んだ第二王子らしい。改めて第二王子はソトを見て口を開く。ん、噂の転入生ってそっちか？

「俺はダイード国第二王子、ジェドハ・ダイード。そなたがツィーア侯爵令嬢、ソト・ツィーア嬢か？」

「はい？……あ、はい、そうですけど？」

こらソト。話をする時くらいはケーキを食べるのをやめなさい。

「ククッ、俺に靡かないか。面白い女だ、さすがエミーメヒィ様の友人……ああ、なるほど。あのバカ兄貴もサマー嬢に対してこういう気持ちだったのかもしれんな？」

「殿下」

「ああ、分かっている。俺は色にかまけて腑抜けたりはしないさ」

取り巻きとの小芝居を見せられてるんだが、俺はどう反応したらいいんだろう。おひねりでも投げればいいのかね？　一応ロクコの護衛なんだから背景の如くそっと見守るのが正解なんだろうけど。

「それで、何の用で？」

「おっと、ソト嬢。君を風紀委員にスカウトできないかと思ってな」

「風紀委員？」

首をかしげるソトに、第二王子が答える。

「以前までこの学校は生徒会——第一王子が治めていたのだが、今は風紀委員がその役を担っていてな。優秀な手伝いが欲しいと思っているのだ……それに、俺は大事を成すために優秀な人材を集めている。お前はその候補に選ばれたのだ」

「なるほど、私は優秀ですからね！　靴下にもこだわりがありますし！」

ふふん、と自慢げに胸を張るソト。

「でも遠慮しておきます。私、オフトン教なので余計な仕事はしない主義なんです」

「そ、そうか？　ならしかたないな。ではダンジョン実習でパーティーを組まないか？」

第二王子はすかさず別の要求を出してきた。さては一旦要求を断らせて次の要求を断りずらくさせるという交渉術か。となれば、こちらの要求が本命だろう。

「どうせ誰かとパーティーを組まないといけないのだ、よかろう？」

「んー、私、ミフィちゃんたちと組むつもりなんですけど」

「安心してくれ。高等部とは関係なく、初等部でもパーティーを作るんだ」

ダンジョン実習には高等部初等部それぞれ4人組でパーティーを組む必要があり、計8人＋護衛の結構大きいチームで潜ることになるらしい。しかし帝国の皇女と下手な人物を組ませるわけにもいかないので、第二王子が入るのは理に適っているとのことだ。

「それなら、条件付きで受けてあげましょう」

「条件？　なんだ？」

「対価にクラスメイト全員の靴下ください」

「えっ、く、靴下？」

驚いて目をぱちくりさせる第二王子。

「さすがにクラスメイト全員のは……派閥もあるし難しいな」

「む、ダメですか。ではお城で働くメイドさん達の靴下で良いです。王子様の命令なら、簡単に回収できますよね？」

「……まぁ、それなら……？」

「交渉成立ですね、よろしくお願いします！　あ、もちろん使用済みで！」

先程やられた交渉術を真似て返すソト。しかも交渉が成立している。いいのか第二王子。

「あー……残り2人のメンバーはソト嬢によく絡んでくるあの双子でいいか？」

「はい。それでいいですよー」

あの双子、というのはどうやらソトのクラスメイトらしい。常人には見分けがつかないほどそっくりな双子を、ソトがことごとく完璧に見分けるので懐かれたんだとか。

「では、よろしく頼むぞ」

そう言って、第二王子は去っていった。……ん？　高等部でも4人集める必要があるって言ってたけど、こっちもあと2人必要になるんだよな？

「なぁエミーメヒィ様、あと2人に心当たりはあるのか？」

「……な、なんとかするのよ！　妾、皇女だから！」

この時俺は、まさかあんなことになるとは思ってもいなかった……とか、フラグでも立てておくべきだろうかと思っていた。


そして5月13日、ダンジョン実習の当日。運動場にて、残り2人のメンバーと会うことになった。

「お初にお目にかかります。ナイアトホテプ侯爵家、ハイヨルが娘。コレハ・ナイアトホテプと申します」

「は、初めまして、サマー・ヨグソトスです！　あ、ヨグソトス男爵家の娘です」

灰色髪のコレハ侯爵令嬢と、桃色髪のサマー男爵令嬢。この2人は非常に注目されている存在だった、主に第一王子の恋愛関係で。

ダイード国第一王子ハークス。彼の元婚約者がコレハ。学園に入る前に婚約を解消したので元婚約者である。その後ハークスは学園でサマーを見初めたという。2人の間には特に諍い(いさか)はないものの、生徒会の面々がサマーを溺愛していること、コレハが完璧な令嬢でやはり王子の婚約者はコレハしかいないのではないかと噂されていること、そして、サマーが元々平民で王子の嫁として相応しくない身分であるということから、2人は色々と対立しているものと見られているらしい。

「……おいミフィ様。どうしてこんな厄介な2人を選んだんだ」

「わ、妾ってば皇女だから下手な相手を選べなくて選んだのがコレハちゃんで、サマーちゃんはそんなコレハちゃんの推薦なのよ……！」

しかも面倒なのはそれだけではない。コレハは俺とワタルの髪の毛と顔をチラチラと見ては「日本人……よね？」とか呟いてるし、サマーは俺を見て「ついに見つけた……」とか言って小さくガッツポーズを取っていたのだ。何なのお前ら。

「コレハはちまたで話題のカフェテリアやレストランの出資者なのよ。妾から見ても中々の代物なのよ。帝都にあったら御用達にしてるかもなのよ」

「ああ、あの店ですか。僕も一緒に行きましたが、中々いいお店でしたよ」

「皇女様方にはお気に召していただいたようで、なによりですわ」

うふふ、と取り繕って笑うコレハ。そのままの流れでワタルに挨拶する。

「本日はよろしくお願いします、護衛の方々」

「はい。お任せくださいお嬢様」

挨拶するコレハに、ワタルが作ったような笑顔を返す。……ん？　ワタル、さっきの呟きが聞こえてなかったのか？【超幸運】で突発性難聴にでもなったのか。俺はワタルに耳打ちする。

「おいワタル、こちらのお嬢様、さっき日本人がどうとか言ってたぞ」

「それが何か？」

「それが、ってお前。なんか日本人を探してたんじゃないのか？　俺は見た目が日本人なだけだが、こっちは前世日本人とか、そんな感じのアレじゃないか？」

ワタルは俺が日本人かどうかで探りを入れてて、気にすると思ったんだが。

「あー、以前言いませんでしたっけ？　僕は、日本に帰る手段を探しているって。僕が帰るためじゃなく、帰りたい後輩のためにって」

「……うん？　そういやそんなこと言ってたな？」

「この人からは……なんかそう、その気配がしないので、別にいいです」

気配て。いや、【超幸運】を持ってるワタルなら、そういう感覚的なとこが大事なんだろうけども。コレハもサマーも俺達に話しかけたそうにしているが、俺とワタルが話しているので割り込めないようだ。その調子で遠慮しててくれ、面倒そうだから。

その直後、授業が始まり改めてソト達と合流した。

「パパー！」

手を振って俺に駆け寄ってくるソト。抱きとめてよしよしと頭を撫でる。メイドらしく少し距離を取ったままぺこりと頭を下げるニク。後ろには第二王子と双子の男の子がついてきていた。そして、ここでついにサマーが俺に話しかけてくる。

「あ、あの！　パパということは、その、あなたはその子の父親なのですか？」

その視線は俺と、俺に抱き着いてすりすりと顔を擦り付けてくるソトをいったりきたりしている。

「ん？　ああ、そうだぞ」

「そんな……えっと、その、母親は……」

「ん」

俺は多くを語らず、ちらりとロクコを見た。俺の目線をたどり、サマーは顔色が青くなった。

「……そ、そうきたかぁー……！」

どうきたんだろう、俺には良く分からない。

「何、貴様がソト嬢の父親なのか！」「はじめまして、ソト嬢を俺達に下さい！」

自己紹介もまだなのに双子の男の子たちがなんか言ってきた。

「俺達は」「ダゴン伯爵家の」「ミータ」「ラシー」「と申します！」

うん、君たち交互に喋（しゃべ）ったり同時に喋ったりしない話し方はできないのかな？

「んん？　待て、ソト嬢の父親ということは、貴殿がツィーア侯爵家の当主、ボンオドール・ツィーアその人であったのか!?」

第二王子が指摘してきた。言われてみれば、ツィーアの苗字を名乗っているということは、そういうことになってしまうのであろうか？　さてどう言い訳したものか、と思っているとすかさずエミーメヒィが割り込む。

「ちがうのよジェドハ第二王子。ソトちゃんはツィーア侯爵と血がつながっていないのよ、こちらの方は本来の父親、というコトなのよ。なにせ、ロクコもソトちゃんも優秀だから」

「……ああ、養子ということであったか。納得した」

ナイスフォローだエミーメヒィ、しかも本当に養子ですとも言っていない。これが皇族の政治力か。見直したぞ、ただのアイドルオタクじゃなかったんだな！

まぁ双子については話し方がうっとうしいので要約すると、この2人、あまりにもそっくりすぎて親でも見分けがつかないことがあるのだそうだ。だからよく入れ替わってからかったりするのだが、なんとソトは2人を完璧に見分けることができるという。これは愛のなせる御業に違いない、故にお嫁に下さいということらしい。

「……いや、馬鹿なことというなよ。それならこれから俺がお前らを完璧に見分けたら俺に求婚する気か？」

「そんな」「ことは」「「ありえない!!」」

「うん、とりあえずお前がミータでそっちがラシーだっけ？　俺後ろ向いてるから入れ替わるなり入れ替わらないなり好きにしてみろよ」

そう挑発して、もちろん俺は双子をバッチリ判別してみせた。そうだね、ダンジョン機能のタグ付けだね！　ロクコやソト、マスターになったニクにも同じことができるぞ。

「で、愛がなんだって？　駄々っ子共」

「す、すごい……」「一体どうやって……」

「分かったか、特にソトが凄いわけじゃない。ワタルだって判別できるさ。なぁ？」

「え、ぼ、僕ですか？」

「なにを！」「見分けて見せろ！」

双子は、今度はワタルに向かっていった。いやぁ元気だねぇ。


そんなことがあったりもしたが、全員の自己紹介も済んでダンジョンに向かった。ダンジョンの入口は学園の中央に中庭のような場所があり、今は開いているが、普段は鉄格子と鍵で閉ざされているであろうところにあった。

第二王子、それと双子が前衛に立ちつつ、中衛に女性陣。後衛は俺達護衛という形で潜る。初等部の子供を前に出していいのか、とも思ったが、そもそも初等部が経験を積むための授業である。この方針を決めたのはコレハ侯爵令嬢だし、俺達は危なくなったら助けるだけだ。

そして護衛として少し離れたところ、ワタルがヒソヒソと話をしにきた。

「あの、ケーマさん。さっきの双子のこと、どうやって見分けたんです？　僕はあてずっぽうで答えたら全部当たってたらしいんですけど……」

「ワタルならそうなるだろうなって思ってたよ。……まぁ、タネを言っちまえば、相手に分からないようコッソリ印をつけただけだ。簡単だろ？　多分ソトも同じ手使ってるぞ」

「なんと。相変わらずそういうの得意ですね。そしてケーマさんの娘、か……」

ワタルをだますには、これっぽっちも嘘をつかないのがミソである。

ダンジョンに一緒に入るにあたり、俺達はあくまで護衛。戦闘はあくまでいざというときの備えであり、何も問題がなさそうなら見てるだけ。むしろ手を出したら減点になるので本当にピンチでなければ手を出してはダメなのだ。

「光の槍よ、敵を貫け――【ライトニング】！」

侯爵令嬢コレハの魔法が不定形なスライムのコアを的確に貫いた。素晴らしいコントロールだ。こればかりはスクロールだけでは身につかない。

「助かる。スライムに剣は効きにくいからな。コレハ嬢のコントロールは流石だ、王妃教育の賜物だろうか？　兄上も愚かなことをしたものよな」

「お褒めに与り恐縮ですわ」

第二王子に褒められて頭を下げるコレハ。

「次にスライム出たら私がやるわね？　授業なんだし私にもやらせなさいよ」

「ええ、お願いしますロクコさん」

「2人とも頼もしいのよ。ね、ソトちゃん？」

「そうですね！　私達、やることないんじゃないかって気がしてます」

和やかな中衛——と、ここでこっそり後ろにやってくる男爵令嬢、サマー。どうやら俺に内緒で話したいことがあるらしく、ちょいちょいと手招きしてきた。

「あの、ケーマさん、でしたっけ？」

「ん？　何か御用で？」

「ヒロイン、攻略対象、という言葉に心当たりはありますか？」

唐突に、訳の分からないことを言ってきた。

「んん？　何ですかね、演劇ですか？」

「……えっと。すみません、なんでもないです。それより、ケーマさんってすごくカッコいいですね！　さっきは思わず見惚れてしまいました！」

ヒロイン、ということは何かの物語のヒロインなんだろうか。元平民の、男爵令嬢。ピンクの髪。そして攻略対象？　ああその言葉。心当たりあるとも。なんとなくレオナが何を企んでいるか分かってきた気がする。恐らく、恐らくではあるが——

——レオナはこの国を使って、『物語』を作ろうとしている。

リアリティーショー、という奴だろうか？　参加者と環境を用意し、あとはお好きにはいどうぞ。そこから始まる予想のつかない物語。事前の台本のない、現実故に予測不可能で困難な状況が売りというジャンルの見世物だ。多くは恋愛物であることが多い。

　それをこの国で考えてみると、例えばオフトン教とか、不自然な屋台とか、日本のような商業通りとか。そういう状況を用意して、そのヒロインの1人として——いや、主人公と言うべきか？　この男爵令嬢、サマーが選ばれたのだろう。ぱっとしないように見せかけて絶妙に顔のパーツ配置が良い上にこのピンクブロンド。愛されヒロインにぴったりと言えよう。実際、第一王子や生徒会の面々はこいつに籠絡されたらしいし。

　しかしなぜ自分から俺に対して「ヒロイン」などと言ったのか？　レオナの手の者っていうには、少し迂闊で不自然なところを感じるが……このサマーって令嬢が何をしたいのか分からない。とりあえずは警戒しておくとしよう。相手がレオナな以上警戒しすぎてし過ぎということは——あるかもしれないから困るな。

「良ければ私と仲良くしていただけませんか？　事情を察するに、奥さんと子供を領主様に取られて今はフリーなのでしょう？　なら私があなたを癒して差し上げられるんじゃないかなって思うんです。泊っている宿でも教えていただければ後ほど会いに——」

「お戻りを。あくまで俺達は護衛です」

　こいつ、レオナの手先じゃなくてハクさんの用意したハニートラップ要員だったりしないよな？　どうにせよお断りだよヒロイン様。俺はサマーを「しっしっ」と追い返した。

その後、第二王子が適度に活躍しつつ特に何事もなくダンジョン実習は終了。追い返した後からサマーは始終何か言いたげな顔をしていたが……俺を観察するように見るだけで特に何もせず大人しいものだった。

あ、一応こっそりダンジョン内でダンジョンマスターに呼びかけたりしてみても特に反応はなかった。他にも侵入者がいたし、気付かれなかっただけの可能性もあるけど。

そんな風に、レオナの企みが少し透けて見えたところで、俺達は今後の方針について改めて話し合うことにした。また宿に集まる俺達。

「まず、ティンダロス関連なんだけど、ワタルがいると会えないんじゃないか？」

「僕ですか？」

「ああ。半月掛けてここまで遭遇できないのは明らかにおかしい」

何らかの力が関わっているとしか思えない。真っ先に思いつくのは、ワタルの【超幸運】で避けられてる可能性だった。そもそも俺達が呼ばれたのもハクさんがそれを疑ったからだとも言える。

「ふむ……」

「だから、ティンダロス関係を調べるなら完全にワタルと関係ないように調べて、情報も共有しないし、調査でワタルやミフィ様の名前も一切出さない。そうすれば会える可能性も出てくると思うんだよ。どうだろう？」

「……その可能性はありますね。でもそうなると僕は何したらいいんでしょうか？」

「ミフィ様の護衛を続けてくれ。あ、ミフィ様は何もしないように」

「妾、皇女なのに何もしないことをお願いされたのよ……皇女なのに」

むしろ皇女らしく後ろでどしんと構えておいてもらうべきでは？　と思わなくもない。

「というか今更なのだけど、悠長なことを言っていたら妾が娶られてしまうのよ？　妾の伴侶はイチゴちゃんだけでいいのよ！」

イチゴちゃんは妾の嫁！　と言い切るエミーメヒィ……これがアイドルオタクか。いっそこっちをミカンのところのダンジョンマスターに勧めるべきだったかな？

「といっても、別段やらせられることはないんだよな。何かあるか？」

「ぬぬぬ……あっそうだ！　再来週、夜会に出てダイード王に挨拶しないといけなかったのよ。そこでならティンダロス本人に接触できる可能性もあるのよ？　これって妾じゃなきゃできないことだと思うのよ！」

と、ここで夜会という言葉にロクコが反応した。

「夜会、ってパーティー？　へぇ、ちょっと面白そうじゃないの。私、そういうの出てみたいと思ってたのよね！　せっかくマナーも習ったし」

「うんうん、こんなこともあろうかとってメッセージと共に、始祖様からドレスが届いていたのよ。ソトちゃんの分もあるのよ？　さすが始祖様なのよ」

「えっ、本当ですか！」

ドレスにソトも食いついた。ハクさん、いつの間に作ってたんだそんなの。採寸とかいつの間にしたんだ。

「パパ、ママ、パーティー行きましょうパーティー！」

「ふむ……」

その夜会ではワタルと一緒に行動するっていうなら安全に近いだろう。ワタルが【超幸運】に遠ざけられることなくちゃんと参加できればの話だが……

「じゃあその夜会を境目として、以降俺は独自にティンダロスを探す。これでどうだ？」

「……分かりました、それでいきましょう。それまでは今のまま調査ですね」

「妾もそれでいいと思うのよ」

「分かったわケーマ。で、それまではどうする？　このまま学校に通っておく？」

「ああ。それでいいと思う」

そうなると、色々怪しいサマーについて詳しく調べるのも夜会に行って単独で調べ始めてからの方が良いだろう。ワタルの【超幸運】で何が起こるか分からないし。今現在ティンダロスの孫にすら会えていないように、強制的に手がかりとの縁を切られてもおかしくないからな。

＊＊＊

調査に特に進展もなく、夜会当日——5月31日を迎えた。驚くほどにティンダロスの情報が入ってこない、これはやはりワタルの【超幸運】が跳ねのけているに違いない。ついでにサマーと遭遇することすらもなくなっていた程だ。

「相当なもんだろこれ……明日からは俺独自で調べていくことにするからな？」

「ここに至ってはしかたないですね、約束ですし」

まさか【超幸運】が調査の足を引っ張るとは、と肩をすくめるワタル。うん、でもここまで【超幸運】が超徹底的に避けるようなことを調べ始めたら即消されそうだ。ワタルのことは安全地帯として活用させてもらうけど、今から怖いぞ？

「ロクコ様の着付け終わったでー。次ぃソト様なー」

「はーい、お願いしますイチカお姉ちゃん！」

ハクさんから届いていたというドレスを着つけるイチカ。ホントお前何でもできるなと感心せざるを得ない。イチカに呼ばれて部屋を出たソトと入れ替わりに、ドレスに身を包んだロクコが入ってきた。

「ケーマ、どう？　似合う？」

肩を出す紺色のワンピースドレス。フリルは少なく、スカート部分も長さこそあるものの、身体のラインが分かるスレンダーな代物だった。手足にはダンス用に長手袋&ニーソゴーレムも装備しているので、踊れなくもない。あと腕にはブレスレットを付けている。耐魅了装備でもある強心のブレスレットだが、似合ってるな。さすが闇神製。

「おー、すっごい似合ってるぞ」

「もっと感慨というものを込めてしっかり褒めなさいよ」

やれやれ、と肩をすくめるロクコ。

「知的な感じが出てるよ。さすがハクさんの見立てだな？」

「……ふふん、そうそう、そういう感じよ。ケーマも、そういうちゃんとした格好似合ってるじゃないの」

ちなみに今の俺もしっかりとタキシードでおめかししている。

「いつもよりシャキッとしてて、なんかこう……機敏そうね！」

機敏そうって。ロクコも俺に似て、褒め言葉のセンスはいまいちらしい。

次いで、ソトが白黒のドレスのスカートをふわっと浮かせつつやってきた。こちらはスカートの中にもこもこした別のスカートを穿いているのか。パニエってやつ？　なんかピアノの発表会って感じがするな。

「パパ！　どーですかこれ、可愛いですよね！」

「ああ、すっごい似合ってるぞ」

「ケーマ、それさっき私にも同じこと言った」

　仕方ないだろ、女性の服を褒める語彙なんて俺に期待するんじゃない。

「……あー、モテそうですか！　モテそうだな！」

「モテそうですか！　やった！」

　うん、とりあえずソトが喜んだので良しとする。

「ご主人様。馬車がきました」

　メイド服のニクがぺこりと頭を下げる。イチカともども侍女として参加する予定だ。

「さぁ！　お城に向かうのよ！」

「行きましょうか、皆さん！」

　ふわふわに着飾ったエミーメヒィと、いつもの勇者なワタル。ワタルについては、勇者なので普段の冒険者的な格好こそが正装になるとか。俺も冒険者で貴族になったクチだからそれじゃダメなのか？　と思ったんだが、エミーメヒィ曰く冒険者爵ならともかく男爵だから駄目だそうな……

「というか、今更なんだがミフィ様の侍女ってどうなってるの？」

「妾は1人でドレスも着れるのよ！　皇族たるもの、1人で身の回りのことは出来なければならないのよ！」

　ドレスも実は1人で着れるようにしてある特注品らしい。尚、この国に来た当初は侍女もいたのだが、いつの間にか消えていたんだとか……ああ、さてはワタルの行かなかった場所を調べた諜報（ちょうほう）……

「まぁ良くあることなのよ。始祖様関連の予言とかだと尚更（なおさら）で、慣れっこなのよ」

「達観してるなぁ」

人の命が軽い世界だ。とにもかくにも、俺たちは馬車に乗って王城へ向かう。

事故があったとかで馬車が城へ直通の道を通らず迂回（うかい）したりしつつも、俺達（たち）は特に遅刻することも無く城に着いた。迂回しなかったらどうなっていたのか、というのは今更気にしても仕方ないことなので考えないものとする。

エントランスを抜けると、シャンデリアきらめくパーティー会場があった。ケータリングの食事と、ダンスができそうな開けた場所。彫刻的な手すりの階段の上には2階席。エミーメヒィを先頭に、俺達はその2階席の方へと行く。……こっちはVIP席らしい。

階段を上り切ると、赤い布張りの豪華なソファーに座った王様が正装で寛（くつろ）いでいた。まだ40歳前だろうか、王様としては若い方だ。

「おお、エミーメヒィ殿下。良く参られた」

「本日はお招きいただきありがとう存じますのよ、ダイード国王様」

エミーメヒィが完成されたカーテシーで挨拶。皇族らしくこういうマナーは完璧だ。対する国王は小さく挙手するかのように手のひらをエミーメヒィに向けて見せた。ダイード王族の頭を下げる代わりの所作だっけか。

「それで、ジェドハとはどうだね？　先日ダンジョン実習を一緒に受けたと聞いたが」

「とても可愛らしい、弟、のように思っておりますのよ」

あくまで弟と強調するエミーメヒィ。婚約する気はないという意思表示のため、しっかり言い切る必要があるらしい。

「ふむ。……まぁ、本日は楽しんでいっておくれ。そこに休憩できる場所も空けておくので、いつでも来てくれていい」

「ありがとうございますのよ。それと、なんやかんや挨拶ができていない魔術師団長ティンダロス様に今日こそご挨拶したいのですが、どちらにおられるのよ？」

「あやつは来とらんよ。なんでも、今日は大事な儀式があるそうでな」

そしてこの空振りである。またか。

「……せめてご家族の方にご挨拶はできないのよ？」

「う、すまんな。余もティンダロス家には中々口出しができなくての……」

どういうことなの。……え？　王様ってば最近先代が殺されて代替わりしたばかりで権力基盤がガタガタ、発言力もストップ安。一方ティンダロス家はダイードオフトン教の教祖にして魔術師団長とかいうやべぇ立場。武力でも求心力でも負けているって？

……そんなわけで、今日も魔術師団長ティンダロスには会えなそうだった。

切り替えて、夜会を楽しむことにした。

楽団の生演奏でダンスしたり、ケータリングの食べ物を食べたり……って、その2つくらいしかやることが無い。なにせ社交は全く関係ないしエミーメヒィに付いて立っているだけの背景だ――と、そう思っていたのだが、ダンジョン実習でも一緒になったコレハとサマーが夜会には参加していた。第二王子と双子は姿が見えなかったが。

「ご機嫌よう、ミフィ様、ロクコ様、それにソト様も」

「ご機嫌よう、コレハ嬢、サマー嬢。2人も来ていたのよ？」

しかも2人はともに行動していたらしい。

「ええ、なにせ本日は私の元婚約者――第一王子とその側近、生徒会メンバーの帰国を祝う夜会ですもの。サマー様の恋人達ですものね？」

「コレハ様、人聞きの悪いこと言わないでください。皆は友達です。その、本命は……」

そう言ってチラチラ俺を見るが、隣にいるロクコとソトにも目線が行って、結果挙動不審に目を泳がせるサマー。

「あぁー、本命はこの人だったんだけどなぁ……結局全然会えなかったし……」

ばっちり聞こえたぞ。何だよ俺が本命って。

それからサマーは深呼吸をし、ぐっと握りこぶしを作って俺に話しかけてきた。

「あの！　少し、2人きりでお話しできませんか？」

「出来かねます。パートナーを置いて他の女性と2人きり、という訳にはいきませんので」

「ええと、えーっと。ではロクコ様もご一緒に」

どうしてもサマーは俺と話がしたいらしい。俺はロクコを見る。

「良いわよ私は」

「……それじゃワタル。ソトを頼むぞ？」

「ええ、お任せください」

ロクコの許可もとれたところで、ソトを安全圏(ワタルの側)に置き、俺はロクコとサマーを連れバルコニーへ向かった。

バルコニーは肌寒い風が吹いており、他に人もいない。内緒話にはうってつけだ。

「それで、何用ですか、サマー嬢？」

「ええーっと……あ、ロクコ様、少し離れていては貰(もら)えませんか？」

ニッコリとロクコに笑いかけるサマー。

「え、嫌よ。なんで私が付いてきたと思ってるの？」

「!?　そ、そこをなんとか！」

「嫌だけど？」

「ど……どうしても駄目ですか？　ね、ね？」

「駄目よ？　ケーマは私のパートナーなんだから」

すげなく断られ、涙目になるサマー。今度はこちらを向いてきた。

「2人だけで話がしたいのです。ケーマ様からもお願いしていただけませんか？」

……うん、先程からサマーの目が赤く光っている。そして、

『ヘイマスター！　私のことちゃんと覚えてますよね？　しっかり防衛してますからね！』

俺が手袋の下に付けている指輪サキュバス、コサキからそんな声が聞こえてきた。ありがとう、もしかしたらこんなこともあろうかとしっかり装備してて正解だったよ。

「サマー嬢。先に言っておくが、俺達に【魅了】は効かないぞ？」

「な、なななんのことでしょおか!?　わ、私っ、そんなっ！」

ピンクの髪に赤い瞳。そういえばよく似た存在をウチの村でも見かけるなぁ。俺はがしっと肩を捕まえて、言う。

「お前、サキュバスだろ」

「ッ」

露骨に怯えるサマー。

「ち、ちがいますし。そんな、ひどい言いがかりですっ」

「うんうん、俺達に【魅了】を仕掛けて何をいまさら。対魅了装備つけて無かったら危なかったよ？　残念だったな。……さて、何を企んでるんだ？」

「た、対魅了……ぐっ……こ、こうなったら……！」

サマーは俺の拘束を振りほどき、距離を取った。そして――

「どうか私と話をしてください、お願いします！」

――見事な土下座を決めて見せた!!


「……？　ねぇサマー嬢？　私、あなたとどこかで会ったことあったかしら？」

「だ、ダンジョン実習でご一緒いたしましたが……」

「うーん、なんか引っかかるけどまぁいいわ。とりあえず話をしてみなさいよ。聞いてあげるから。でしょ、ケーマ？」

「ああ。早く立ってくれ。バルコニーとはいえ令嬢を土下座させてるとさすがに目立つ」

手を差し出し、サマーを立たせる。

「は、話を聞いていただけるんですか？」

「ああ。サッサと話してくれ」

元々話を聞くためにここまで来たわけだからね。それに、サキュバスか。サキュバスと言えば、当然連想されるのはあの邪神である。全く調査が進んでいない俺達を見かねて次の手がかりを投げつけてきた、ということだろうか？　レオナめ。

「ええと、まず貴方(あなた)がいつどうしてこの国に来たのか、この国でどのように過ごしていたか教えてくれませんか？　できるだけ詳細に」

「……なんで俺の話を？」

「大事なことなので」

真剣な瞳のサマー。……うーん、あまり話したくないなぁ。さしあたり、ハクさんからの依頼をいい具合にぼかして伝えてみよう。

「俺たちは、ミフィ様の婚約話を破談にする目的でこの国へ調査しに来たんだ」

「エミーメヒィ様の婚約話――そうか、それがフラグ！　あ、ごめんなさい続けて」

「機密だから調査する内容は言えないが……そうだな、オフトン教が関わっている、とだけ言っておこう」

「オフトン教……話が繋がってきたわ」

「１人で納得してないで俺達にも事情を教えてくれ。まずお前は混沌神の眷属なのか？」

何やらふんふんと納得しているサマー。

「えっ、あ、えっ？　な、なんであのお方のことが」

あのお方。へぇ。

「そうか。じゃあ知っていることを話してもらおうか」

「御免なさい、今は時間が無いわ。……明日じっくり、何でも、私の知っていることは何でも話してあげるからそれで勘弁してもらえないかしら」

ふむ。

「……契約魔法で約束してくれるならいいぞ」

「わかったわ。明日、私は貴方に会って知ってることは何でも話す。約束する、破ったら、私のことをどうしてもらっても構わないわ。抱くなり売るなり好きにして」

「そこは煮るなり焼くなりじゃないのか？」

「えっ、そんな趣味があるの？　引くわー、サキュバスでも引くわー……いや、冗談よ、冗談。ちょっと人間のふりしすぎて特殊性癖に対する反応が、ね？　もちろん、どんなプレイにだって付き合ってあげるわ！　なんなら顔だって変えられるから、そこの彼女さんにはできないプレイなんかも代理で！」

うん、まぁいい。取り敢えず俺は契約魔法【トリィティ】を使って、サマーと約束を交わす。その際、サマーは「間違いのないよう日付指定で6月1日。会えなかったら翌日へと繰り越しでいいわ」と提案してきたくらいなので、しっかり答える気があるのだろう。

そして、俺はサマーに俺達がこの国に来てからどういう行動をしてきたかを話す。

「えーっと、その店に行ったのは大体昼頃かな」

「もう少し細かい時刻が分からないかしら？」

「腹が減ったあたりで適当に行ったから分からないって」

「あら、その時間なら大体昼の鐘の20分後くらいよ」

「……何でそんな細かく覚えてんのロクコ？」

サマーは日付と時刻に拘りがあるのか、そこを根掘り葉掘り確認してきた。とにかく、俺は秘密を話さないよう気を付けつつサマーの質問に答えてやった。……時間がないって言う割には細かいところまで聞くなぁ。

「ありがとうロクコ様。あなたのおかげで色々助かったわ」

「ふふん、良いのよ。私とサマーの仲じゃないの」

うん？　いつの間にロクコはサマーを呼び捨てにする仲になったんだよ。【魅了】されてないよな？　ちゃんと強心のブレスレット付けてる？

『ところどころマスターとロクコ様の関係を褒める言葉があったんで、それでお友達認定したんじゃないすか？』

おっとコサキの進言だ。どうやらスキル外のところで絆(ほだ)されてしまったらしい、サキュバスの手口の一つだ。まったくこれだからサキュバスは……！

「おいサキュバス嬢。ウチのロクコを誑(たぶら)かすな」

「サマーです、人聞きの悪いこと言わないでください、こっちは少しでも情報を得ようと必死なだけです」

それにしても、一体何で俺のことをそんなに聞きたかったのか。……これだけ質問に答えたんだし、今、少しくらい質問に答えてもらってもいいんじゃないか？

「なぁサマー嬢――」

と、俺がサマーに声をかけようとした時だった。

「第一王子、ハークス・ダイード様、おなーりーー!!」

なんというタイミングか。第一王子が会場入りしてきたらしい。

「げっヤバ」

苦いものでも食べたかのような顔をするサマー。ヤバ、ってなんだよヤバって。

「サマー！　サマーはどこだ！……おお！　そんなところに居たのかサマー！」

しかも第一王子はこちらに向かって猪突猛進に突っ込んできた。おい、王様とかへの挨拶はいいのかよ王子！　ついでに取り巻き2人が一緒だ。……村で見た中では、『影』の冒険者がいないといったところか。恐らく任務完了したから帰ったのだろう。

「サマー！　ああ、俺の愛しい人！」

「ハークス王子、あー、その、お、おかえりなさいっ」

子供を高い高いするように抱きあげられつつも、『きゃるんっ☆』と効果音が出そうなくらいに可愛らしい笑みを浮かべて見せるサマー。

「少し妬けますが、仲睦まじいですね。ちょっとくらい分けてくれてもいいんですよ？」

「まったくだ。こっちにも寄越せハークス」

「ははは、いくら我が両腕の2人でもこればかりは譲れんな！　挨拶くらいは構わんが」

「ええ、クルシュ様とケンホ様もお帰りなさい」

王子の許可を得たから、と言わんばかりに取り巻き2人に挨拶するサマー。嬉しそうに笑顔になる取り巻きズ。あ、それでいいんだ？

「む、この男は誰だ？」

「……え、俺？　あー、えーっと」

じろり、と睨まれる俺。うーん、何と説明したものか。

「失礼。私はサマー嬢とは学校で親しくさせて頂いております、ロクコ・ツィーアです。殿下、彼は私の夫です」

ロクコが俺のことを夫と言うと、表情がにこりと一転した。

「おお、そうか。サマーの学友、その夫であったか！……よもや、サマーを第二夫人にという話ではない、よな？」

「滅相もない。俺は一途なんですよ。なぁロクコ」

「ええ」

「む、そうか。一途な男は好感が持てる。かくいう俺もサマー一筋でな……」

聞いてもいないのにのろけが始まった。

「……時に殿下、御父上へのご挨拶は宜しいので？」

丁度話の区切りがいいところでロクコが口を挟んだ。

「おっと、そうであった！　ではサマー、また後で」

「はい……」

サマーは、少し疲れた顔で王子と取り巻きを見送った。

「そういや、王子達の恋人なんだって？」

「あの王子、もうほとんど降臣が決まったようなものですけどね。公爵なんで十分玉の輿ですけど……まぁ、少し相手してあげたらあっさりとこう……ええ、取り巻きもあわせて、もう慣れたもので。あ、【魅了】も使ってないですからね、そこは、矜持で」

サキュバスの手管に掛かれば、王子もチョロインと。……いや、単にあの王子達がチョロいだけなのか。むしろ【魅了】を使っていれば、王族ならもってる可能性の高い耐魅了の魔道具が仕事してくれたかもしれないのに。

「というかロクコ、さっきさりげなく俺のことを夫って」

「なによ、文句ある？　子供もいるのよ？」

「うぐぅ。ハクさんの耳に入ったらどうするんだよ全く」

「その時は、子供がいるからそう言いました、でいいわよ」

うん、なんかもう逃げ場ないね。帰ったら対ハクさん向けの鎧ゴーレム強化しなきゃ。

「おかえりなのよー」

「お帰りなさい！」

サマーと別れて戻ると、一同は料理を堪能していた。ニクとイチカもちゃっかりと。

「はい、お姉ちゃんたちもあーん」

「いやー、命令じゃしゃーないよなー、メイドは従わんと！　あーん」

「もぐもぐ……」

尚(なお)、コレハはいなくなっていた。第一王子の取り巻きの1人――コレハの兄であるクルシュと話をしに行ったらしい。

「さっき出てきたローストビーフです。美味(おい)しいですよケーマさん。……それで、何か情報は手に入りました？」

「ワタルに言ったら【超幸運】でどうなるか分からんから言わない」

「ううむ、本当に僕はこの件では役立たずですね。せめて効果をオフにできれば……」

それはそれでオフにした瞬間に反動が襲ってきそうで怖いなぁ。

と、そんなことを話していた所、また会場の入口に動きがあった。

「第二王子、ジェドハ・ダイード様、おなーりーーー!!」

今度は第二王子が会場にやってきたようだ。ざわざわと騒がしい声がする。第二王子がなにか珍しい物を持ち込んだらしい。

「おや、こっちに近づいてきてますね」

「……なんか妾(わらわ)のこと見てる気がするのよ」

気がするじゃなくてどう見ても見てるよ。さっきのサマー嬢を見てる第一王子と同じ感じだから間違いない。

第二王子が近づいてくると、その後ろに付いてくる珍しい物も明らかになる。どうやら卵のようだ、それも子供の身長くらいもある、大きな青白い卵。それが藁を敷き詰めた箱に置かれ、荷台でメイドによって運ばれていた。

「エミーメヒィ様。ご機嫌麗しゅう」

「これはこれはジェドハ殿下、御機嫌よう。そちらの大きな卵は何かしら？」

「ええ、こちらですが——」

第二王子はエミーメヒィの前に跪き、その手を取ってエミーメヒィの顔を見つめた。

「——俺はドラゴンを倒した。これはその証、ドラゴンの卵。……あー、ドラゴンを倒すこと、それが貴女へ求婚する条件だと聞きました。エミーメヒィ様、どうか、俺の気持ちを受け取ってください」

ドラゴンの卵。第二王子がそう明言して求婚すると、会場がしぃんと静まり返った。会場中の視線が、2人に集まる。エミーメヒィの返答を固唾をのんで見守る構えだ。

「ど、ドラゴンの卵……それがそうなのよ？」

「はい。ドラゴンに勝負を挑み、手に入れたものです。……といっても流石に仲間を連れてですが。ドラゴンに勝利した後に巣を探索したところ、こちらの卵を見つけました」

ちらり、と俺達の方を見るエミーメヒィ。

「……ここは、ドラゴンに詳しい人に本物かどうか確認してもらうのよ！」

「その者は……勇者ワタル。ドラゴン退治の勇者ともなれば否やはありません」

「というわけで頼むのよロクコ！」

「え、私？」

と、ここで唐突に話を振られたロクコ。言われてみれば確かにロクコはドラゴンとお友達でお茶会もよくする仲である。それは流石に秘密だとしても、以前一緒に旅をした際にロクコのドラゴン愛についてはエミーメヒィも聞いていたのだろう。暇な時間は山ほどあったわけだし。

「ちょっと待ってくださいエミーメヒィ様。ワタルではないのですか？」

「じゃあワタルにも見てもらうのよ。頼むのよ」

「えっ、僕もですか？　えー、自信ないなぁ……ケーマさんも見てくださいよ、ドラゴンの専門家とお友達なんでしょう？」

「鍛冶屋の友達だからって剣が打てると思ってんのかお前。ロクコの方が詳しいわ」

「それでも一般人よりマシでしょう。あんなスゴロクも作ったくらいですし」

まぁそこらの人よりドラゴンに詳しいのは間違いないけど、ロクコの方が詳しい。なにせお隣さんの無精卵を見せてもらったこともある。俺は『有精卵はともかく、無精卵は旦那でもない雄に見せるようなもんじゃないからッ！』とお断りされた。解せぬ。

「で、ロクコ。何か分かるか？」

「そうねぇ。模様も無いし、良くて亜龍……ワイバーンか何かの卵じゃない？」

レッドラゴン(レッドドラゴン)とイグニ(フレイムドラゴン)の無精卵は模様があったとのこと。

「……ロクコさんが専門家だったんですか？」

「いや、ロクコはドラゴン愛好家なだけだ。ロクコがイグニの母親に見えるか？」

「あ、そうですね。イグニさんが専門家の娘さんでしたっけ」

でもワタルもイグニから無精卵の玉子焼きをご馳走(ちそう)になってたんだぞ。本人は知らないけど。尻尾の代わりとか言ってたぞ、ひゅーひゅー。

「えー、というわけで、ワイバーンか何かの卵ではないかと。卵から感じる力からして、僕もそう思います」

卵確認者代表として、一番説得力のあるワタルがそう告げた。

「ふむ……ワイバーンとなれば一応は亜龍だから、最低限の条件は満たせるのよ、けれど、あくまで最低限。候補者の末席に名前が加わる程度なのよ」

「それでも構いません。いずれ、本物の龍を倒してご覧に入れましょう。貴女の為(ため)に」

そう言って、第二王子はエミーメヒィの手の甲にキスをした。その瞬間、わぁっと歓声が沸いた。

いいのかそれで。第二王子なのに候補の末席で。それほど帝国は強大なのか……

「皆の者！　静まれ！」

　ここで大声が会場に響き渡る。２階席、そこで王が立ち上がり皆を見下ろしていた。王の一声で会場は静まり返る。しかし、熱気はそのままだ。

「よくぞ、龍の――亜龍の討伐を成し遂げた、ジェドハよ」

「はっ！　お褒めに与り光栄にございます」

「その功績をもって、ジェドハを王太子とする。異論のあるものは居るか？」

　静まったままの会場。しかし、そこに孕む熱気は膨れ上がったように感じる。

「では、第二王子ジェドハを王太子に――」

「まってくれ親父！　異論だ、異論ならある！」

　と、ここで第一王子が１階、ダンス広場から声を上げた。

「王太子は、俺ではないのか!?」

「では、ハークス。貴様は何か相応しい功績を挙げたというのか？　学業を放り出し、旅にまで出たというのに――貴様はアイアンゴーレムを狩った程度という話ではないか。期限を忘れず帰ってきたのは褒めてやろう」

「ぐっ……」

　言葉に詰まる第一王子。アイアンゴーレムとワイバーンでは明らかにワイバーンに軍配が上がるというもの。その討伐難度も桁が違う。

「ジェドハの功績は仲間に頼りきった物だ。しかし俺はこの手で狩ったのだ！」

「その仲間を従えるのも、王の資質よ」

どうやらジェドハの仲間には相当腕がたつ人物がいるらしい。少なくともワイバーンを狩ることができる程度には。

「これでは……これではサマーを王妃にできぬではないか！」

「ハークス様、私は別に構いません。王妃など滅相もない」

「なんと健気（けなげ）な！」

隣に立っていたサマーが遠回しでもなく遠慮するも、第一王子はサマーを王妃にしたい様子。これでは仮にサマーを王妃にしても、誰も幸せになれないだろうに。あ、第一王子の頭は幸せか。

「……くっ、これではサマーを王妃に、コレハを側妃にする計画が」

「ハークス王子。そもそもコレハ様との婚約はもう解消されていますよね？」

「しかし、サマーだけに王妃の仕事をさせられないだろう⁉」

「ですから、私は王妃など畏れ多いと――あ、もういいです。帰って良いですか？」

と、サマーはため息をついた。何かを諦めたように――

突然、ぞわり、と鳥肌が立った。

「ふむ。どうやらあの子、諦めたようですね」

真横から聞き覚えのある声。冷や汗が垂れる。

「……レ、レオナ？」

「はぁい、ケーマさん」

見ると、そこにはいつの間にか、全く予兆も何もなく、黒髪赤目のシスター、レオナが立っていた。俺に向かって小さく手を振る。……すぐ近くにいるのに、ワタルやロクコがレオナに気付いた様子はない。

……まるで、俺とレオナだけ、空間を切り取られたかのように。

突然の襲来に、背筋が凍る。

「何しに、いや、なんでここに」

にこり、とレオナが笑う。

「そんなの、決まってるじゃないですか。クライマックスシーンを見逃さないためです。この日はこうして、外から見るようにしてるって決めてたんですよ？」

クライマックスシーン。それはつまり、レオナの仕込んだ『劇』の。

「とはいえ、ここで諦められるとツマラナイんですよねぇ。もっとこう、足掻(あが)いて、足掻いて、みっともなく、恥も外聞もなく暴れてくれてもいいんですけど」

「……悪趣味すぎる」

「まぁ！　ケーマさんにそう言っていただけるなんて……褒め言葉ですっ」

くすくす、と笑うレオナ。全く褒めてない。

「何が目的だ？」

「何って。ふふふ、実験ですよ、実験。今はそれ以上答える気はありません。気になるなら私以外に聞いてください。なーに、時間はたっぷりありますからね」

そう言って、レオナは手のひらに魔法陣を浮かせてみせる。ただの魔法陣ではない、魔法陣が幾重にも重なり、球体になっている立体魔法陣。回転が速く、断片すら読み切れない。それが結界に守られていた。

「今回はもう完成しているので、何をしても無駄ですよ」

「ならネタ晴らししてくれてもいいんじゃないか？　俺とお前の仲だろう？」

「うふふふ、駄目です。まだ終わっていないので……ほら見てください、第一王子達が悪役令嬢を糾弾していますよ？」

レオナに言われて第一王子を見る。空間の外から声が聞こえてきた。

「コレハ、貴様の仕業か！　サマーに何を言った！」

「違います、私は何もしていません」

「まったく、我が妹ながら見損ないましたよコレハ。友人を装って近づきこんな……」

「違いますって言っているのですが、耳が聞こえないのですかお兄様？」

「しかしサマーがこんな風になるなんて……お前の仕業に違いない、サマー嬢！」

「人の話を聞かない脳筋共！　私は悪くないって言ってるでしょう!?」

そんなふうに糾弾されているコレハを、サマーは擁護しようともしない。むしろ、諦めきったようにぼーっと床に座り込んでいる。諦観した顔、というのはこういう感じか。

「ああもう、どうしてこんなことに。これが強制力!? ちょっと、サマーさんも何か言ってください! このままじゃ私処刑されちゃう!」

「あー、もういいです。もう終わったんで、えーまー、お疲れ様でした?」

「何を言ってるんですかサマー!?」

「ええい、元婚約者だったからといって未だに俺に気持ちがあると思うなよ! お前とは絶対に結婚してやらんからな!」

「何度も言ってますがもう婚約はとっくに解消されていますから! それに私はどちらかといえばジェドハ殿下の方がショタかわいくて好みですから!!」

当事者なのに我関せずの姿勢を崩さないサマーを挟んで言い争う王子達。それを見てレオナはふぅとため息を吐いた。

「そうなりやすいように仕込んだとはいえ、少し不自然が過ぎるかしら? どう思いますかケーマさん」

「お前の仕込みかよ。それで文句付けるのは間違ってるんじゃないか? 想定通りなら想定通りってことで満足しとけよ」

俺がそう言うと、ふむ、とレオナはうなずいた。

「少し飽きて、贅沢になっていましたか。それもそうですね。これはこれで良しとしましょう。というわけで、今回は終わったみたいなので失礼します」

　レオナがそう言った直後、球体魔法陣を囲う結界が消え去り、魔法陣が黒く輝いた。

「次はどうでもいいことを調べてないで、もっと積極的に参加してください。それではまたお会いしましょう……停止解除（リリース）」

　——そして、世界が暗転した。

……

………

「……マさん、ケーマさん？　どうしたんですか？」

　俺は座り心地のいいソファーに座っていた。ワタルに起こされ、俺はハッと意識を取り戻す。

「あれ、ワタル。どうなったんだ、夜会は……？」

「夜会？　何のことです？」

　首をかしげるワタル。窓の外は明るく、昼間であった。どうやら半日以上は気を失っていたようである。……ロクコとソト、イチカとニクもいる。エミーメヒィも。どうやら全員無事のようだ。

「状況を把握したいんだが、俺はどれくらい気を失っていた？　ここはどこだ？」

「え？　どれくらいって、なんか今一瞬ぼーっとしてたくらいですよ。場所は、えーっと、とりあえずダイードへようこそ！　とでも言っておくべきでしょうか」

んん？　と俺は首をかしげる。

改めてみれば、この部屋にはどこか見覚えがある。ダイードへようこそ、の言葉で思い出したが、ここは俺達がダイードに来るときに門の所で通された応接室だった。

「……なんでこんな場所にいるんだ？」

「ええ？　ハク様からの手紙で、迎えに来るよう言ってたからですけど。というか、ロクコさんとクロちゃん、それにイチカさんも来たんですね。……えっと、あの、その黒髪の子は？」

と、ワタルはソトを見て不思議そうに聞いてきた。

「……今更何を言ってるんだワタル？　ソトだ。俺の娘だって言っただろ」

「はぁー、ケーマさんの娘さん……娘さん!?　ちょ、え!?　どういうことですか!?」

まるで初めて聞いたかのように驚くワタル。んん？　何をいまさら驚いてるんだ？

「あの、ケーマさん。は、母親は誰なんです？　一応聞いときますけど」

「私よ？」

割り込むロククコ。

「いつの間にこんな大きな子を……」

「そしてわたしの妹です」

以前見たやり取りが、既視感、いや、記憶ほぼそのままに繰り広げられる。

「クロちゃんの妹……えっ、あれ!? じゃあ、もしかしてクロちゃんもケーマさんの……でも獣人……」

「……クロとソトは母親が違うんだ。良くある話だろ？」

「そ、そう、なんですか……？　あれ、でもなんでケーマさんは娘のクロちゃんを奴隷にしてるんでしょうか……」

「……あと父親も違うんだよ」

「それだと単に他人じゃないですか！」

うん、大体同じやり取りだ。違うのは、俺とソトの反応だけ。

「他人とは失礼な。私とお姉ちゃんは魂で結ばれたソウルシスターなのです」

ソトも、俺と同様に何か手探りしている感じが見て取れた。

「はい。ソト様とは魂の姉妹です」

「そ、それはすみませんでした。血は繋がらなくとも家族は家族ですね」

と、そこまでやり取りをした上で、ソトは恐る恐る俺に聞いてきた。

「あの、パパ。これって2度目、ですよね？」

「……あー」

2度目。ソトのその言葉を聞いて、俺はワタルに尋ねる。

「ワタル、……今は何日だ？」

「え？　えーっと」

ワタルの答えたその日付は5月1日。俺が、俺達がダイードに来たその日だった。

5月1日。ワタルの答えたその日付は、俺が、俺達がダイードに来たその日。確定したと言っても良い、これは、2度目の出来事だ。……しかし、ワタルやエミーメヒィには記憶がない。ニクやイチカ、そして、ロクコですら。何故か、ソトは俺と同様に記憶を引き継いでいたようだが。

「2度目、か」

「どういうこと？　説明してケーマ」

真剣な顔で俺に向かって尋ねるロクコ。どうやらただならぬことが起きていると分かってくれたようだ。

「恐らく、といってもほぼ確定した話として聞いてくれ。俺は未来から来た」

俺の発言に、エミーメヒィが首を傾げた。

「時間遡行ってことなのよ？　妾、そんなの聞いたことないのよ」

「聞いたことなくても、そういう現象が起きているのは事実だ。俺だけだったら幻覚か偽の記憶を植えられた可能性もあったが、先程のやり取りと、同時にソトまで記憶があるとなれば話は変わってくる。ええと、何か証明するには……」

そうだ、こういう時は前の時間で知ったことを言うのが証明になるはずだ。

「ワタル、お前はこの国のウォシュレット付きトイレを自慢しようとしているな？　前の時間軸でたっぷり自慢されたぞ？」

「おや、ケーマさんもそのトイレを御存じでしたか。分かりました、信用します」

ワタルは拍子抜けするほどあっさりとそう言った。

「いや、元々知っていたかも、とも思うのですが、まずはケーマさんを信用して話を聞くべきだと思いますからね。ケーマさんってこういう嘘は吐かない人ですし」

「そうね。私も同感よ」

「妾も賛成なのよ。現状何が起こっているか分からない以上、まずは話を聞くのよ」

日頃の行いの良さか、すんなり信じてもらえる俺の話。さらにソトも俺の説明を補足していく。ちなみにソトの存在については、また同じ説明をさせてもらった。

「で、私達はどうすればいいの？　ケーマ」

「……分からん、少し考えたい。とりあえず宿に向かおうか」

いつまでもこの応接室を借りてるわけにもいかない。俺たちはワタルに先導してもらい、やはり謎の迂回をして宿へと到着した。前とは少し場所がずれていたと思うが、時間によるものだろうか。

さしあたり、宿の部屋でハクさんへの報告メールを書いて送る。内容はレオナに接触したことと、時間が巻き戻っている可能性があること。日付に5月1日と入れて送信……

「ん？」

しかし、メールを送ることが出来なかった。不具合？　どうして？　原因を探ろうとメニューをいじくりまわしていると、ピコンッと1通のメールが届いた。

……差出人、レオナ。そして内容は——

『ごめんなさーい、今、メールは差し止め中なの！　ああ、代わりと言ってはなんだけど、前回と同じ報告を送っておくから安心してね！　ついでにダイードの外にも出れないからそこのところよろしく！』

——まったくもって、安心の欠片（かけら）もない内容であった。

ええと。なにこれ。つまり、メール機能をジャックされてる？　レオナに？　しかも前回のメールの内容も把握されてる？

「……訳が分からん。が、今後、メールは使えないな」

恐ろしいことに、メールはレオナに筒抜けらしい。なんてこった。

でも、これである程度ソトが記憶を引き継いでいる理由も見えてきた。レオナが俺たちを監視していたという前提があるのであれば、簡単だ。ソトは俺と同じくレオナに気に入られたのだろう。なにせ、俺の力を引き継いで、【ちょい複製】という勇者まがいの力を使えるダンジョンコアなのだから。

「まずは情報収集しないと、だな」

……今後のことについて考える。あと1人。記憶を引き継いでそうなやつに接触するしかない。俺の予想が正しければ、明日には接触できるはずだ。

で、翌日の5月2日。俺が朝飯を求めて宿を出ると、目の前でハンカチを落としたピンク髪の令嬢がいた。俺は、ハンカチを拾う。令嬢は即座に振り向き、話しかけてきた。

「ああっ！　ありがとうございます、それは母の形見のハンカチでして――」

「おい、まだ契約の日付にはなっていないが、事情を聞かせてくれるよな？」

「!?」

そう言うと、令嬢はとても驚いていた。

「あ、あああ、あな、あなたっ、き、記憶が!?」

「まるで――いや、こうなることが分かってたんだろう？　なぁ、サマー嬢？」

そう。サマーだ。わざわざ日付指定で俺と契約を結んだ元平民の男爵令嬢。今、こうして思えばあの数々の質問は、俺の行動について把握するための質問だった。恐らく、『次の周回』、つまり『今回』に活用するための情報収集。

「今ならなんとなく事情は分かる。お茶でもしながら俺たちの今後について話そうぜ？」

「ええ、喜んで！」

満面の笑みを浮かべて喜ぶサマー。俺はサマーと共に近くの喫茶店に入った。

＊＊＊

「ついに、ついに手がかりを得たわ！　それで、どこからの記憶があるの？」

単刀直入に話が始まった。

「俺の感覚で昨日か一昨日（おととい）、お前と契約したところかな。夜会の終わりで記憶が途切れてる。契約魔法の痕跡は綺麗（きれい）さっぱり消えてるけど」

「ということは、あなたはまだ2回目、って認識でいいのかしら？」

「そういうサマー嬢は何回目なんだ。あの質問の仕方、少なくとも初回じゃないよな？」

「……私は17回目かしら。今回、初めて再開した日時が違ったの。今までは1年間、入学してからをずっとループしてたんだけど」

驚いた。手慣れた感じだったし、第二王子たちの口論にさっさと見切りをつけたところから2回や3回ではないとは思っていたが、まさかそんなに。17回とは。

「毎回、あの5月31日の夜会を最終日にループしてる、ってことか？」

「一度だけあの3日後。6月に入ってからギロチンで頭落とされたことはあるわ。あの時ばかりはループして助かったと思ったけど……」

ギロチンってお前何やったんだよ。とジト目で睨（にら）む。

「い、今はもう黒歴史よ、聞かないで！　ちょっと本能に身を任せてはっちゃけただけなのよ！　あの時は正体バレてて夢魔封じもつけられてて、逃げられなくて最悪だったわ！」

「お、おう……」

話を聞いて、レオナの『遊び』がどんなものか分かってきた。以前レオナは物語を作ろうとしているとは考えたが……それにセーブ&ロードの概念を追加だ。一定の期間を、何度も何度もループさせる。まるで、ゲームをリセットするかの如く。

これはまさしくリアル恋愛ゲーム。リアリティーショーでは1種類の結末しかあり得ないところを、ヒロインの記憶を引き継がせることで毎回同じ結末にしない工夫がされている。レオナの言っていた『まだ終わっていない』というのは、周回プレイを意味していたわけだ。

奴は悪魔か。いや、邪神だったわ。まったく、弄ばれる側はたまったもんじゃないだろう、今のサマーのように……って、俺とソトも巻き込まれたのか。最悪だな。

「ねぇ、今回再開時間が違うのって、やっぱり貴方たちが来たからよね？　ついに隠しのケーマルートに入ったってことでいいのよね！」

「多分そうだけど……隠し？……隠されてないルートもあるのか？」

「ええ。明日また会えるなら、その時にでも貰った資料を見せてあげる」

「資料？　なんの？」

「えーっと……攻略対象とかの情報が書かれているの。ああ、ケーマルートはその名前とあなたの似顔絵だけあって、中身は一切書かれていないルートだったわね。まさか子持ちだとは思ってなかったけど」

俺の行動について時刻単位で細かく聞いてきたのは、俺と偶然を装って接触し、攻略するためだったらしい。夜会の時点であの周回は完全に捨てて情報収集に入ったそうな。

「ほとんど無駄になっちゃったけど、これは嬉しいわね。ケーマさんとゴールインすればきっとこのループは終わるわ！　だって、隠しルートだもの！　これで終わらなかったら嘘よ、嘘！」

嬉しそうに笑うサマー。だが、俺には到底そうは思えない、だってレオナだもの。

「お前って元々この国にいて、素性を隠して成り上がろうとしてた？」

「え？　ううん。元々私はとあるダンジョンにいたのよ。四天王とか言っちゃって。でもある日そこを逃げ出して。その逃げ出す時にスカウトされたの。それがどうかした？」

「ああいや、元々この国にいたならそれが関係した終了条件があるかもなって思っただけだ。無いなら別に……って、ダンジョンを逃げた四天王？　サキュバスで……」

「ええ。あれ以来リスが怖くて仕方ないわ……」

「リス……」

どこかで聞き覚えがある単語たちだ。

「……564番コアという名前に聞き覚えは？」

「……なんでその名前を知ってるの？　元上司よ」

ダンジョンバトルで戦わずに降参した四天王のサキュバス。どうやらこんなところに逃げていたらしい。意外な繋がり……いや、あのときレオナも居たわけだし、その時にスカウトされてたのか。

「まぁ関係者だ。秘密だけどな」

「そう。ま、連れ戻したければ連れ戻してよ。むしろこの国から出られるなら喜んで連れ戻されたいかも」

「外に出られないのか？」

「出られないのよ……2周目くらいに逃げようとしたんだけど、私だけ通れない見えない壁があるみたいで。危うく乗合馬車の中で圧死する所だったわ」

見えない壁に激突し、でもそのまま馬車は進む。後ろが空いていなければ潰されて死ぬ所だったそうな。想像すると恐ろしい。結界か何かが張られているのだろう。……俺とソトも、恐らくもう閉じ込められていると思われる。ワタル達はどうかな。

「とりあえず、詳しい話はお前の言う資料を見てからだ。それと、先に言っておくと俺はお前とゴールインする気はないぞ」

「ええっ、どうして!?」

「仕掛け人の性格を考えるに、それでループが終わるとは思えないからだ」

「で、でも1回だけ、1回だけ試してみない？」

俺はそう言うが、サマーは俺に縋りついてきた。

「お断りだ。俺はこれでも一途なんでね」

「そこを何とか……ね？　ほら、このカラダ、そそらない？」

胸元を指で広げ、谷間を見せてくるサマー嬢。

「対魅了装備付けてるから効かない」

「チッ、そういえば夜会で持ってるって言ってたわね、普段から付けてるなんて実は王族か何か？　ホント、用心深い男だこと。おかげで好みも読めないわ」

さりげなく指輪サキュバスのコサキは仕事してくれているらしい。さすがに足を差し出されたら少し揺らいだかもしれなかった、助かったぜ。

「こういうのは地道に攻略するしかないのよねぇ……素性知られてるからそうもいかないし。はーめんどっ！　第一王子みたくパン咥えて曲がり角でぶつかったら恋に落ちてくれたりしない？」

「しない。あと真面目に話せ」

というか出会いエピソード雑だな、王子なんだからメイン攻略対象だろうに。

「今はとにかく情報が欲しい。その資料とやらを持ってきてくれ」

「分かった、明日持ってくるわ。あの宿で待ち合わせってことでいいわよね？」

こうして、2周目、ヒロインとの遭遇は、とても建設的に終わった。

……尚(なお)、宿に戻ると火災が発生しており、幸い人的被害は一切なかったものの俺たちは別の宿に泊まることになった。これって絶対ワタルの【超幸運】が影響してるよね？　あぁ、宿で待ち合わせとか言ったばかりに宿屋にとばっちりで災難が……え、保険が下りるから大丈夫？　むしろプラス？　なにそのフォロー、【超幸運】ってやっぱりヤバい。そう思った。

＊　＊　＊

「……なんで焼け落ちてるの？」

「不思議なことが起こったんだよ」

翌日、資料を持ってきたサマーと宿屋跡地で再会し、ワタルとエミーメヒィを除外した上で話し合いをすることにした。この2人を除外したのは、【超幸運】でどんな影響が出るか分からないからだ。「『最悪』を回避するためにまた『不幸中の幸い』が起きたら困る」と言えば、実際に宿が火事になったこともあって大人しく従ってくれた。

俺はサマーを連れてレストランへと移動した。個室を借りることができるレストランで、先に来て部屋を押さえてもらっていたロクコと合流。ロクコにはサマーがサキュバスであることは伝えており、強心のブレスレット（神）も装備してもらっている。ソト達は魅了装備を持ってないので、念のため【収納】ダンジョンの中からのコッソリ参加だ。

「初めまして、サマー・ヨグソトスです。男爵令嬢です」

「私はロクコよ。……私のことは知ってるんだっけ？　自己紹介の手間が省けるわね」

「ええ。よろしくお願いします」

サマーが若干猫をかぶっているのは、ロクコを偉い人だと認識しているからだろう。

「こちら、私が例のあのお方から貰った資料です」

サマーはA4サイズコピー用紙の束を取り出した。印刷され綺麗に整った文字。『極秘資料』『社外秘』といった赤いハンコがいかにもレオナの仕業と思わせてくる。

「……リアル乙女ゲーム、『かお☆みて　～混沌神（こんとんしん）様が見てる～』設定資料集」

「私はその『主役（メインキャスト）』……ヒロインらしいです」

ぱらぱらとめくってみると、攻略対象として『ハークス・ダイード』、『クルシュ・ナイアトホテプ』『ケンホ・クトゥグア』といった生徒会の面々、初等部の『ジェドハ・ダイード』や『ミータ・ダゴン』『ラーシ・ダゴン』。『ジャンガリア・ハスター』『マダマ・ダゴン』といったまだ見ぬ人物、そして最後に『ケーマ』と名前があった。それぞれ白黒の顔写真付きで。さらに俺を除く他の面々は、生い立ちやトラウマ、性癖までもが諸々（もろもろ）書かれていた。攻略時のストーリーという、いわば未来予測的な内容までも。……ただし、『※開発段階の設定であり、テンセイシャによる影響は考慮されていません』とも追記されていた。

「このテンセイシャってのは……転生者か？」

「コレハさんのように、ニホンという国の記憶を持って生まれ変わった人間のことで、コレハさんの他にも私は2人確認しています」

その人物のせいで、ジャンガリアとマダマは攻略不能になっていたそうな。

「あと……この資料を渡された時、もう私には10年以上前の話なのであやふやですが、令嬢に物語の記憶を植え付けた仕込みとか言ってたんですよ。それで、コレハさんはこの資料の内容を部分的に知っていたようなので、実はたぶん……」

実態は、テンセイシャ＝記憶操作を受けた人、と。ワタルがコレハに対して「気配がしない」とか言ってたのはそれが関係してるのかもしれない。

さて、サマーの話を聞きつつ、資料をもう少し詳しく見て見よう。

第一王子ルートのストーリーを見るに、サマーは恋愛イベントをこなす傍ら、第一王子の婚約者であるコレハに学校でイジメられ、私物を隠されたり、取り巻き達に囲まれたり、階段から突き落とされて怪我（けが）をさせられたりする。……そして最後、第一王子は夜会でコレハに婚約破棄を突き付けて断罪。サマーを新たな婚約者とし、2人は幸せなキスをしてハッピーエンド。ゲーム期間は約1年2ヶ月。

ループ直前にレオナが口にしていた『悪役令嬢』という単語も入っている。サマーを主人公とするのであれば、コレハは間違いなく悪役、恋敵ポジションといったところ。俺にはどちらかというと略奪愛する主人公よりこっちのほうが好感持てるなぁ。

「ただ、これは全くこの通りになりませんでした」

まずスタート時点でコレハは第一王子と婚約を解消していた。そして、どうストーリーを再現しようとしても上手くいかない。恋愛イベントこそ発生するものの、イジメはこれっぽっちも発生しない。そこで悪事を捏造までしたのだが、あの夜会の場でそれがバレて、証拠を突き付けられ逆に断罪されてしまったらしい。

「コレハさんに縋る第一王子を見る、あのお方の高笑いが印象的でした」

「うーん、なんか想像がつく」

そして牢屋に入れられ、さてそろそろ逃げようか、といったところで気が付けば入学式の日、校門に立っていたらしい。これが、サマーの体験した最初のループ。

「それで逃げようとしたんですが、ダイード国から出られませんでした」

これは俺が先に聞いていたが、馬車で死にかけた話。もっとスピードが出ていたら結界に激突して死んでいた可能性すらある。

「そして『まだ仕事は終わってないわよ？　がんばれ、がんばれ♪』というメモが……」

それで2回目、3回目と別の攻略対象を狙ってみたものの、これもそれぞれ上手くいかず。どうもコレハの働きにより、色々と過去の設定との食い違いが発生し、トラウマがそもそもなかったりといった事態が起きたらしい。4回目はヤケになってサキュバスの力を最大限に生かし片っ端から色欲の海に溺れさせ、ギロチンされたという黒歴史になった。

「5回目は情報収集に徹し、6回目にはコレハさんと仲良くなることでどうにかならないか、と思って。とりあえず、そこからは全員を順に攻略していきました」

仕事は終わっていない、という言葉に賭けて、全員を攻略すれば解放されるのではと片っ端から攻略し、攻略不能だった2人もサキュバスの力で強引に攻略してみたり、攻略対象にない人物にも手を出してみたりもしたそうだ。そうしても名前だけある『ケーマ』は現れず、とにかく何か条件が必要なんだと調べ始めた。

「そうして16回目。ついにケーマさんが現れたんです！……ただ、その」

ダンジョン実習で見つけた俺は、既にロクコと夫婦で、しかも子供までいる。一体どうすればいいのか分からなかった。ので、2周くらい情報収集に徹しようとしたと。

「そうして今に至るわけです」

「……なるほど。つまり俺を攻略すればループから解放される、とか言ってたのは」

「はい。完全攻略完了、つまり仕事が終わるわけですから」

と、サマーは力強い希望に満ちたまなざしでロクコを見る。

「だから、私にケーマさんを攻略させてください、お願いします！　ロクコ様！」

勢い良く頭を下げるサマー。

「ケーマさんってロクコ様の許可が無ければ絶対落ちてくれないと思うんで！　どうか！」

そんなサマーに、ロクコは頬に手を当てつつ言う。

「うーん。さっきから聞いてて思ったんだけど……たぶん無駄よ？」

「えっ」

サマーは目をぱちくりさせた。

「結局それってレオナの気持ち次第ってことでしょ？　ケーマみたいな新しい玩具が入ってきたら、今度はサマーとは関係なくループするんじゃない？」

だって、レオナでしょ？　とロクコはとても説得力に満ちた論拠を述べた。

「そ、そんな……それじゃ、私はどうしたら……」

「あら。そもそもが違うのよ。ね、ケーマ？」

と、ニコリとロクコは笑う。

「……ああ。そもそも、アイツの遊びに付き合って解放してもらおうだなんて甘い考え、ただ弄ばれて終わりだ。前もアイツはそのつもりだった前科があるな」

そう。レオナがウチの村に来た時の、初めてレオナと敵対した時の話だ。あの時は、ニクを誘拐されレオナの遊びに付き合わされた。ポイントを稼いでクリアすれば終わり、とか言ってたが、そのポイントはレオナの裁量。クリアラインは青天井。こちらが何も言わなければ、そして何もしなければ、アイツは飽きるまで何年でも何十年でも俺達を弄んでいただろう。

「なにせ500年前くらいから生きている、つまり寿命の無い不死者といっていい。不死者の『遊び』に感覚をはき違えてまともに付き合ったら痛い目を見るぞ。実際、17回もループする羽目になったんだろう?」

「……はい」

単なる事実なので、サマーは大人しく認めた。

「だから、前提条件からぶち壊すんだ」

俺がそう言うと、きょとんと首をかしげるサマー。

「前提条件、ですか?」

と、ここで俺はサマーに尋ねる。

「サマー。お前の目的は? 何がしたいんだ?」

「何って……ループから抜け出す、に決まってるじゃない」

「本当にそうか?」

「どういうことよ」

「いや、別にループから抜け出す必要があるのかって思ってさ。ループから抜け出したとして、ダイードから出て行ったとして、何がしたいんだ？」

「そりゃ、ええっと……」

んん、とこめかみを押さえて考えこむサマー。

「……遊びたい？」

「それは、このダイードではできないことなのか？」

「……できなくはないかしら」

そう。なにせこのダイードには遊ぶ場所が割と多くある。レオナが用意したテンセイシャによって設備が充実しているのだ。観光名所も多い。

「あ、美味しいものを食べたい、とか」

「ダイードの飯は美味いぞ？　他の国の水準より高いと言っても良い」

これも同様。日本で食べられるようなスイーツだってこの国にはあったりする。

「……いい男と遊びたい！」

「この国にもいい男がいるだろ」

それこそ攻略対象だってそうだ。あ、俺は除いてくれよ？

「つまりサマー。お前の目的達成にループ脱却は全然全くこれっぽっちも必要ないんだ」

「で、でもそうしたら、コレどうしたらいいのよ!?」

サマーは資料の表紙をぺしぺしたたいて言う。

「無視したら？」

「無視!?」

驚くサマー。

「ああ。今後発生するであろう恋愛イベントやらその他イベント、ことごとく無視だ。この資料に書いてあるゲームになんて、一切付き合う必要ないからな！」

「で、でも、もう今の時点だと第一王子、生徒会メンバーを半攻略してて……さすがにこれをほっぽり出すのは……学校もあるし……」

真面目かこのサキュバス。５６４番のダンジョンでは戦わずに逃げたくせに。あ、でも一度は逃げようとしたんだっけ？　そのうえで10回以上ループしたせいで、すっかりヒロインの「真面目な性格」に影響され切ってしまったのかもしれない。形から入るってやつで。

「いいんだ、もう16回もループしたんだろ？　なんなら休暇と思え。最悪、夜会に来れば問題ないだろ？」

「休暇……ええ、まぁ、確かに休暇くらいはとってもバチあたらないわよね」

うんうんと頷(うなず)くサマー。

「さて。改めて聞く。なんでループから出たいんだ？」

「……だって、この国から出られないし」

「国の外に出ずに一生暮らす人だってザラにいるだろ？　ダイードの外にはウォシュレットトイレだってないぞ」

「……時間が進まないじゃない？」

「寿命だって気にせずのんびりできるな、サキュバスの寿命は知らんけど」

「楽しいことしたい！」

「この国でしたらいいんじゃないの。さすがにやり過ぎたらギロチンだろうけど、適度ならテンセイシャのおかげで下手な国より娯楽が充実してるぞ？　特に食い物関係。ああ、しかもループするから太るとか気にする必要もない。金だって好きに使え。何、貯金が無い？　借金でもいいんだ、どうせループしたら無かったことになる。少しずつどこまでなら遊んでいいかとか、試してみたらどうだ？」

ぱちぱちと目を瞬かせるサマー。

「い、言われてみれば悪いことが何もないわ!?　むしろループする方が美味しいじゃないの、どういうことよ！」

「そう。実は素晴らしいんだよループってのは！」

「そ、そうだったのね……！　ループするから嘆くだなんて、私馬鹿だったわ！」

気付かなかった、と目を輝かせるサマー。

「ああ。まったくどうしてループが地獄だなんて錯覚してたんだ？」

「本当よ。こうしちゃいられない、私人生を謳歌(おうか)してくる!!」

「おい、資料忘れてるぞ」

「いらないわ、全部暗記してるし！」

そういうや否や、サマーはレストランから出て行った。

入れ替わるように、ソト達がひょっこりと【収納】ダンジョンから出てくる。

「……とりあえずソト、その資料食っても良いぞ」

「あれ、パパもいらないんですか？」

「メニュー機能で全ページ録画した。見たければそっちで確認する」

なにせレオナの用意した資料だ、現物を見ているだけで正気が削れる可能性も0ではない。実際にヒロインのサマーは17回のループを受け入れて、クリアする気満々になっていた。そういう精神汚染か何かの呪いがかかっているかもと考えれば処分してしまうのが一番だ。ソトの『食べる』はダンジョンに捧げてＤＰにするのと同じなので、いわば神様に捧げる行為。呪物の処理にこれ以上の対応はない。

ソトは【収納】を開いてその中にぽいっと紙束を捨て、食べた。……ん？

「なぁソト。そういえば、ソトの【収納】ダンジョンってダイードの外につながるのか？」

「あ、そういえば。ちょっと行ってきますね」

そのまま【収納】にぴょんと入るソト。……すぐに戻ってきた。鼻を押さえて涙目で。

「うぐぅ、だめでした。なんか見えない壁があります」

「顔ぶつけたのか、【ヒーリング】っと」

回復させ、よしよしとソトの頭を撫でる。どうやってか知らないけど高次元なレベルで隔離されているらしい。ソトでもダメとなると、【転移】も無理だろうな。

「となると、DPも手持ちだけでやりくりする必要があるわね」

あ、そうか。ロクコの言う通り、DPの問題もあったな……一応ソトのダンジョンに盗賊達を閉じ込めてあるので少しだけ稼ぎはあるけど、大規模には使えないな。


「……さてと」

「で、ケーマ？　本心は？」

サマーが完全に遠ざかったところでロクコが聞いてきた。

「邪神プロデュースのループとかクソくらえだな。とっとと帰りたい」

「言うやんご主人様。で、さっきサマー嬢に聞いとったけど、ウチらの目的は？」

イチカが紅茶を注ぎつつ聞く。注いだ紅茶はロクコの前に置かれた。

「ループの脱却だ。身内に犠牲者を出さず、できればこれ以上1ループもしたくないな」

俺は言い切った。ループの脱却が俺達の目的で、勝利条件だ。

「ほー。意外やな、1ループくらいゆっくり寝てこう言うかと思っとったわ」

もしも俺1人なら。俺がこの世界に来た時にループだと言われたなら、それは特に不満を言うことなくサマーに言ったことをそのまま自分に適用して惰眠をむさぼっていただろう。しかし、俺はもはや1人ではない。仲間が、ロクコが居る。

「ロクコも記憶を継続してたってんだったら、サマーに言ったこともあながち嘘（うそ）じゃあなかったんだけど……」

「あら。そうなの？……まぁ確かにケーマと一緒に閉じ込められるんなら、私も吝かじゃないけどね」

さらに欲を言えば、ニクとイチカも記憶を継続するならもっと良かったけどな。しかし最悪、ループから脱した瞬間にそれまでの寿命が一気に削れるとかそういう可能性もある。1、2回ならまだしも、10回とか20回とか100回とかは副作用が怖すぎる。そうでなくても相手がレオナであれば、ループに慣れてはっちゃけた最悪のタイミングで解除したりしそうだし。油断は絶対にできない。

「……サマーをけしかけたのはもしかして」

「うん、あわよくばあいつの失態を面白がってループ解除になったらいいなって目論見もある。既にギロチンされるほどはっちゃけたループもあるし、無理そうだけど」

それならばなるべく関わらせず、何も手伝わせない方が良い。

「それと、監視の目をどかすためだ。……なにせヒロインだからな。レオナがあいつの目を使って覗いている可能性は非常に高い」

なにせ、ゲームのプレイヤーってのは基本的に主人公の視点でゲームを見るもんだ。本人がサキュバスでスカウトもされたってことは――つまりレオナの配下のモンスターということになる。それならば俺達のモニター機能と同様に、配下モンスターの目を借りて覗き見ることもできるだろう。

このダイード国首都全体がレオナのダンジョンである、というのであれば話はまた別だが、そうだったらハクさんが気付かずにロクコを向かわせるはずもない、多分。希望的観測だけど。

「で、ケーマ。目標はループの脱却として、方針は？」

「……ループ自体の仕組みを調べてぶっ壊そう。これが一番確実にループを脱却できる」

「それは間違いないわね」

当然のことだ。レオナにご満足いただいてループをやめてもらうよりも確実確定ブレがない。なんせループをさせないことに成功したとき、ループはしないんだから。

「ループさせてる方法についての心当たりはあるの？」

「ある。レオナがあえて用意したヒントかもしれないけど……いや、だとしたら尚更に調べる価値はあるかな」

もしわざと置いてあるのであれば、それはそれでこれがループを抜け出すためのゲームで、ループ脱却こそがレオナの用意した本来のゲームクリアだということ。この場合は癪ではあるがレオナの用意したゲームに沿ってクリアすればいい。ループ脱却という俺達の目的、勝利条件は満たせるので実質勝ちだ。癪だけど。

「で、どこで何を調べればいいの？」

「ああ、俺の記憶にあるとっかかりを教えておこう」

俺は前回の情報を思い出し、今後の行動について話す。

そもそも今起きているループはどういう現象か？　パッと考え得るパターンは3つ。

・ループ対象者の記憶の捏造(ねつぞう)

・ループ対象者以外の記憶・記録の消去

・時間の巻き戻り

……このうち、仮にここが日本であれば一番現実的であるのは1番目。次点が2番目で3番目はあり得ないところだが——なにせここは剣と魔法の異世界。むしろこの3番目が一番可能性が高いとまで言えてしまう。色々考えなくていいからむしろ楽まである。

しかし魔法とはいえ、『時間を止める』まではともかく『時を遡る』ことは伝説級の魔法に他ならない。逆に言えば、もしそんな現象が起きるのであれば何かしらの伝説や言い伝えになるのである。

「というわけで、本当にたまたま思い出したんだけどな」

前回のロクコから聞いた『学校の七不思議』。その中に、『時を遡る鏡』なんてものがあったのだ。

「だから、学校を調べよう。何か手掛かりがある——といいなぁ」

「……気弱ねぇ」

締まらない発言に、ロクコは笑った。

＊＊＊

そんなわけで、またエミーメヒィに手配してもらってロクコとソトが学園に入ることになった。しかも今度は前日に頼み翌日には通え——結果、編入が1回目と同じ日に。きっと学校側の都合が良い日が丁度5月4日なのだろう。

1回目と同じく、ツィーアの名前、エミーメヒィの友人という立場だ。ただし1回目とは異なり、入学する目的をワタルとエミーメヒィに詳細には話していない。ワタルの【超幸運】で『不幸中の幸い』が起きたら困る、といえばすぐに納得してくれた。ワタルのことは安全地帯として活用させてもらいつつ、調査とは距離を取っておいてもらおう。

「初めまして、ロクコ・ツィーアです」

ダイード国の国立学園。大学の講堂みたいな階段のような教室。正面の黒板の前でロクコが自己紹介をしていた。俺にとっては2度目の光景だ。

「ロクコー、こっちなのよ。妾(わらわ)の隣があいてるのよー」

「ミフィ。ええ、隣座るわね」

ロクコがエミーメヒィに呼ばれ、隣の席に座る。帝国の姫と親しいあの令嬢は一体何者だ、帝国の貴族だろうけど余程の大物なのか、と、すこし教室がざわついた。ロクコには

1回目の記憶が無いので、まさにそのままの再現だった。

「じゃ、そういうことで。俺がいない間の護衛は任せるぞワタル」

「護衛なのになぁ……いや、事情は聞きませんが。どこに行ったかと聞かれたらトイレとでも答えておきますね」

2回目なので、ロクコの護衛自体はワタルに任せる。1回目と同じなら特に襲撃はないはずだし、情報収集に徹することにした。1回目も情報収集はしていたのだが、実質のんびり昼寝してサボってたようなもんだからね。うん。

学校の七不思議。その中の最後の一つ、『時を遡る鏡』。とはいえ、この詳細はロクコに探ってもらった方が早い気がする。学校の噂話は学生の領分だし。

俺は図書室にやってきた。しっかり分類された本が整然と並ぶこの図書室……よくよく考えたらこの世界でこれだけの本が集まっているのは非常に珍しい。分類されるほど本が集まっているとか。……ウチの教会の小さな本棚でもすごいって言われるのになぁ。

ともかく、俺が図書室に来たのはこの学校にまつわる事件や歴史を調べるためだ。例えば日本におけるトイレの花子さんは戦時中にあったことを基に生まれた話だったり、イジメ等が原因で生まれた話だったりするわけで。まぁロクコが調べてから裏取りする方が効率は良いのだろうけど、先行調査をすることにしたわけだ。

授業中ということもあり図書室は人がおらず静か。調べるべきは伝説のあたりだろうか。学校の歴史、とかそういう本が無いか探す。

「ご主人様、どういった本をお探しですか？」

「ん？」

見ると、シンプルなメイド服を着たニクが立っていた。……学校の支給品だろうか？

「……えっと、歴史書とか、伝説とかだな。学校の歴史とか分かりそうなのが欲しい」

「かしこまりました。……こちらの本はいかがでしょうか」

迷うことなくするりと1冊の本を本棚から抜き取るニク。

「ああ、ありがとう……？」

「いえいえ、お気になさらず」

にこっと笑うニク。……のような、何か。

「……誰だお前？」

「おや？　見てわかりませんか？」

「うちのニクじゃないのは分かった」

見た目は本当にそっくりだが、表情がまるで違う。ニクはこんな風に笑わない。俺はその愛らしい表情に感じた薄気味悪さに眉をひそめた。

「おやおや、見た目は完璧に同一なはずなのですが。あっさりバレましたね」

楽しそうに笑うニクそっくりの誰か。そもそも本物のニクはソトの護衛中のはずである。

「どういうカラクリだ？　変身魔法でも使ってるのか」

「いえいえ、今の私自身は一切姿をいじっていませんよ。初めましてケーマ様。私はトイ、この国での名前はトイ・ティンダロスと申します」

恭しく頭を下げるニクそっくりの人物。トイ——俺の記憶が確かなら、それはニクの姉妹で、レオナの実験台の名前だった。

「……ティンダロス。魔術師団長の？」

「その孫、ということになっています。ああ、ご安心ください。一応普段はヒト族にみせかけて男子生徒として登録していますが、私の性別は女です。ご希望とあらば混沌製薬の魔法薬で生やせますけれど」

全く隠す気のないトイ。

しかしティンダロスの孫。前回にさっぱりその足掛かりがつかめなかったやつが、自分から現れるとは。しかも、レオナの配下。

「ああ、ついでに言いますと魔術師団長ティンダロスの正体はレオナです。正確にはレオナの作り出した幻影ですね、実在しない人物ですよ」

本当に隠す気が無いな、と俺はいぶかしげに目を細める。

「ところで、参考までにどうしてあの失敗作でないとお判りになられたのかお聞きしても？　見た目は完全に同じだと、レオナから伺いましたのに」

「……ニクの笑い方と違っていたからな」

「ややや！　それは勉強不足で申し訳ありませんでした。笑い方の違いで気が付くとは、さぞ失敗作ごときを愛でてくださっているようで。製作者のレオナに代わりましてお礼を申し上げる所存でございます」

演技がかった所作で、恭しく頭を下げるトイ。張り付けたような愛らしい笑顔で。

「尚、ご希望があれば回収・交換を承っておりますので是非ご利用ください。失敗作と比べ、私は優秀な玩具ですのできっとご満足いただけるでしょう」

「いらん。そんな希望はない」

俺がそう言い切ると、トイはやれやれと言わんばかりに首を振った。

「そんなことより、一体何を企んでいる？」

「何、とは？　私はダイードを見守る仕事をおおせつかっております。神に誓っても良いですよ？　指令書でもお見せしましょうか」

心外ですねぇ、と肩をすくめるトイ。その神って混沌神だろ、一切信用できない。

「どうして今接触しようとした？」

「先日レオナに、ケーマ様と接触しておもてなしをするよう言われまして。第二王子の依頼で亜竜を狩りに行くところでしたが、主の命令が最優先です。伝言として『ケーマさんにお分かりいただけるよう話すならフラグが立った』だそうです。第二王子には適当に巨大化させたニワトリの卵でもくれてやりましょう。なぁにバレやしませんよ、なんせこの国の連中は総じて馬鹿ですから。数代前はさておき、ですが」

第二王子の依頼。それで前回はいなかったのか。フラグが立ったというのは、2回目だからだろうか。

「レオナのことを呼び捨てにするのはなんなんだ？　大事な飼い主なんだろ？」

「おや、お客様に対して身内を呼ぶときには、たとえ社長であれど尊称等を付けないのが社会のマナーですよ。ご存じない？」

……まさかレオナ達に社会のマナーを説かれるとは思わなかったよ。

「って、俺達はお客様か」

「はい！　ようこそダイードへ！　この国は現在、我が主、レオナが作り上げた『テーマパーク』となっております。存分に楽しんでいってくださいませ。あ、こちらはパンフレットです」

そう言って縦長に折りたたまれたパンフレットを渡された。拡げればダイード首都の地図になっているのだが、まるで本当の遊園地か観光地のパンフレットのレイアウトで。屋台通りはフードコート、商業通りはお土産売り場といったように書かれていた。伝説の坂や見晴らしのいい高台等のデートスポット等もある。そんな施設の一つに目が留まる。

「オフトン教教会……」

「お勧めの名所ですね。古代オフトン教の聖堂をリフォームした教会はロマンチックで、恋人同士が寄り添って眠ると結ばれるという言い伝えがあります。まぁ言い出しっぺはレオナなのですが、案外本当にそうなるらしいですよ？」

それ単に寄り添って眠る程の恋人は普通に結婚する仲だって話じゃ……いや、ジンクスとかはそういうものかな。根拠も実績もないでまかせよりはマシか。

「そうだ、どうぞこれをお持ちください。オフトン教のフリーパスです」

と、赤い聖印を差し出される。……ルビーではないようだ。まるで鮮血のようで生命力すら感じるその赤い聖印とくらべたら、ウチのダンジョンで聖女が付けているルビーの聖印がこれのレプリカのように感じる。

「ケーマ様のために用意した特別な聖印です。ダイードのオフトン教教徒にこちらを見せればどのような要望も思いのまま。ぜひ、恋人様達にはナイショでどうぞ」

なにそれ催眠術？　とりあえず聖印は受け取っておいた。オフトン教教会に置いてある資料とかを調べるときには使えるだろうから。そこにレオナの捏造ではない資料が置いてあるかはさておき。

「……ところで、お前にレオナの企みをすべて話してくれとか言ったらどうなる？」

俺は聖印をトイにつきつけつつ聞く。

「申し訳ありません、その聖印は私には無効なのです。しかしご要望とあれば夜のお相手でもいたしますし、質問にもお答えしましょう。まず服を脱ぎますか？」

「遠慮しておく。それよりもレオナの企んでいることだ。実験ってのはなんだ？」

ふむ、とトイは片眉を上げる。

「誠実に正直にお答えしましょう。私は知りません。知らされていませんし、知ろうとも思っておりません。私はただの舞台装置。あのお方の遊びのための箱庭づくりが私の仕事ですから。……そう、例えば学園にあるダンジョンの管理などは私の管轄です」

「お前はダンジョンマスター、なのか？」

「違います。私の役目は……ダンジョン冒険者ギルドと同じようなもので、入退場を管理する受付係のようなものですよ。ダンジョン自体はこの国ができるより前からある代物で、私にはどういったものか知らされてはいません。知らされていないということは、知らなくてもいいものなのでしょう」

ニコニコと色々話してくれるトイ。

「本当に知らないのか。このダイードで何が起こっているかとか」

「さて……舞台の上でどのような劇が行われているかなど、装置にはどうでもよいこと。玩具がどのように遊ばれるかを選んだりなどしませんよね？　まぁ、ループが起きている、ということは聞いていますが、それ以上のことはわかりません。私には実感もありませんから」

聞いても分かりませんよ、とトイは言う。記憶も引き継いでいないらしい。

「ああでも。命令には『恋人達を盛り上げる最高の舞台を用意して頂戴』とありましたから、私の推測で良いのであれば――レオナは、あれでいて心は乙女でありますから。デートスポットを作り、心躍る恋愛模様が見たいのでは？　はたまた、誰か応援したい恋人達でもいるのではないでしょうか。そう、ケーマ様とか！」

「それが真実だとすれば、俺達の為にダイード国が弄ばれていることになるな……」

「何をおっしゃいますか。この国とケーマ様では、ケーマ様の方が大事でしょう？　この国はただの舞台でケーマ様は大事なお客様なのですから、比ぶべくもありません」

なるほど、レオナにはあり得る価値観だった。

＊＊＊

「え、会えたの？　そのティンダロスの孫ってのに」

俺は宿に戻ってからロクコ達を部屋に呼び、今日あった出来事を報告した。もちろんワタル達は同じ宿屋の別の部屋。

「前回は見つけられなかったって話だったのに」

「ああ。前回の俺は一体何を調べてたんだろうなってくらいあっさりだ……」

「もしかしてそういう嫌がらせなのかしらね」

「かもしれん」

あるいは、親切のつもりなのかも。ループ直前にレオナが『どうでもいいこと』とか言ってたし。

「しかもニクそっくりな上に、魔術師団長のティンダロスがレオナの傀儡だって正体も教えてもらった」

「……わたしにそっくり、ですか」

メイド服――こちらは俺の用意した宿の制服の――に身を包んだニクがポツリと呟く。

「驚いたよ、一瞬ニクかと思ったくらいだ。全然違ったけどな」

「以前にレオナの言っていた、トイというやつですね。名前もそのままですし……もし会ったら、わたしの方がお役立ちのメイドだと思い知らせてやります」

そう言って謎の対抗心を抱き燃えるニク。相変わらず表情筋は仕事しないものの目に炎を宿すこの顔は間違いなくニクだ。なんか落ち着く。

「で、他には何か分かった？」

「いや。ああ、オフトン教を調べるときに使えそうなアイテムは貰ったけどな」

結局それ以上、トイ・ティンダロスからは情報は引き出せなかった。いや、十分以上に情報を得ることはできたし、トイから借りた本もまさしく歴史の本だったんだけども。

「ソト、これ【収納】に入れといてくれ。しっかり時間も止めてな」

「はーい」

赤い聖印をぽいっとソトに渡す。ソトは【収納】にそれを仕舞った。

「こっちも色々噂話を聞いてみたわよ、学校の七不思議。トイレのハナコさん、真夜中に響く吟遊詩人の歌声、開かずの間、踊る骨格標本、夜中に段が増える階段、喋る初代国王の肖像画、時を遡る鏡」

ロクコは指を折りつつ数え、七不思議を述べる。そうそう、前回聞いた時もそういうラインナップだったなぁ。

「というか、その歴史の本にも書いてあると思うけど……この国の建国話で、初代国王が未来を予知しているのではないかという話があるのよね」

「未来を予知？……ふむ、確かにもしループして未来の知識を持っていたとしたら、予知にも見えるよな」

「ええ。まさに今のケーマが、私達にとって未来の話をするような感じと思って」

ということは、もしかして……ダイード国初代国王も、ループをしていた？　そのうえで最適な未来を選び取り、このダイードを作り上げた――と、そうも考えられる。

「ってことは、もしかしてループはレオナの魔法じゃないのか？」

「その可能性はあるわね」

そうなると、レオナの言っていた実験というのが……ループ魔法の再現実験、ということも考えられるな。

「初代国王や、その周りの神事について調べてみるのが良いかな？」

「なら、喋る初代国王の肖像画に聞いてみるってのもいいかもね。本人に聞けば一発よ！」

「……いや、その喋ってるのが初代国王本人とは限らないだろ」

単に絵が喋るだけなら、そこらへんの幽霊が憑りついて勝手に喋っている可能性の方が高い。

そんな風にロクコと話をしていると、ロクコはもじもじと脚をすり合わせた。

「ん？　トイレか？」

「違うわよ！……その、ケーマ。週末は学校お休みなんだけど、デートしない？」

「デート？……2人で出かけようっていうこと？」

「そ、デート。2人で出かけましょう？　クラスの人から色々話を聞いたのよ」

そういえば、1回目の時もこうしてロクコにデートに誘われたっけ。あの時はさすがに危険だと思って断ったけど。

「お、ええやんデート！　行ってきぃな、ウチらは留守番しとるから！　ワタルのそばなら安全やろーし！　な、ソト様も先輩もそれでええよな？」

「え？　イチカお姉ちゃん、私も行きたいです！」

「護衛は必要ないでしょうか？」

「2人ともちょっとええ？　ごにょごにょ……」

ソトとニクに何やら耳打ちするイチカ。

「……あー、そうですね！　留守番してます！」

「……かしこまりました。お留守番させていただきます」

「よしっ、決まりな！」

決まったらしい。……うん、1回目のときはイチカいなかったっけなぁ。いたら同じようにデートが決定してたんだろうか？

それに、何もわかってなかった1回目とは違う。恐らく『デートスポット』としてお膳立てされたダイード国で『デート』をする分には、レオナは何も悪さをしない。覗き見くらいはするかもしれないけれど、きっとその程度だ。

「ね、ケーマ。イチカもこう言ってるし、いいでしょ？」

「……あー、うん。いいぞ。ただし、ロクコは『神の毛布』を装備しておくこと。念のためな」

「分かったわ。小さくすればストールとかケープみたいになるからそれでいいわね」

万一の事故も『神の毛布』を装備しておけば防げるし、俺は【超変身】しておけば1回は死んでも大丈夫。たとえ何かあっても安全マージンとしては十分だ。

そうと決まれば、俺は隣の部屋のワタルに声を掛けに行く。

「ワタルー。今週末にロクコとデートしてくるから、ソト達の面倒を見ててもらっていいか？」

「え、2人だけでですか？」

「デートだからな。野暮なこと言うなよ」

「そうですね。ケーマさんなら何かあってもロクコさんを守れるでしょうし大丈夫か。わかりました、引き受けましょう」

ワタルはうんうんと頷いた。

とりあえずこうしてワタルに任せるという体裁をとっておけばソト達も【超幸運】の庇護下に入り、多少は安全の度合いが増すだろう。今更だけど、思えば最初に俺とソト、ニクの3人だけでオフトン教教会に行ったのは迂闊だったかもしれない。無事だったからよかったけど。

＊　＊　＊

そんなわけで週末。俺はロクコとデートすることになった。

「まずは腹ごしらえと行きましょう！　いいお店を教えてもらったのよ」

ロクコの案内で、ご飯を食べに屋台のある通りへ向かう。とはいえ今回の目的は屋台ではなく、ちゃんとした店舗の喫茶店だった。木のテーブルとイスが雰囲気あるなぁ。

「ここのケーキが美味しいらしいわ。サンドイッチもいいらしくて、男の人とのデートでもオススメなんだって」

「へぇ。……まぁ俺は甘い物好きだからケーキ食べたいけど」

「私はサンドイッチにするわ。どっちも気になるから、少し分けましょ」

と、ロクコは堂々と店員を呼び注文する。マナーの授業で習った所作のせいか、すごく様になっている。中々にカッコいいじゃないか。

「デートなんだから、私達は楽しいおしゃべりをするものなのよ。ケーマ、何か話題ふってみなさい」

「んん？　話題といわれてもな……あー、じゃあ、学校はどうだ？」

いきなり言われて、娘と久々に会話する父親みたいな話の切り出しになってしまった。

「ふふ、中々楽しいわよ。ミフィ以外にもお友達ができたのよ？」

「ああ。意外と社交的だよなロクコってば。で、そのお友達からこの店も教えてもらったと」

「そういうこと。なかなか小洒落て(こじゃれて)いい雰囲気の店でしょ？」

「お友達とはどういう話するんだ？　女の子の話題って」

「それはねー……っと、食べ物来たわね」

店員が運んできたイチゴのショートケーキがロクコの前、タマゴサンドが俺の前に置かれる。……紅茶を入れた店員が離れた後、俺はそっと皿を入れ替えた。

「さて、食うか」

「ええ。でもこういうのはのんびり話しながら食べるものよ」

「じゃあさっきの続きをだな。どんな話するんだ？」

「結構、食べ物の話が多いわね。甘味処とか。どこの店に出資してるとか、あそこはあの家の店だから行っておくといいとか、そんな感じ」

んんん、それは食べ物というより貴族らしい派閥関係の探り合いでは⁇

「あとは恋愛話も多いわ」

「コイバナってやつだな」

「なんでも、元平民の男爵令嬢が第一王子を始めとして生徒会の面々を骨抜きにしたとかで、それぞれ名家の嫡男だけど廃嫡の危機らしいとか、元婚約者が優秀でいろんなお菓子を発明したりしてるとか……」

……んんん！　それはやっぱり貴族らしい世間話だなぁ！　あとサマーかそれ。

「ちなみにこの店も、第一王子の元婚約者が出資したお店らしいわよ？　昔はワガママ放題のお嬢様だったのがある日を境に人が変わったかのように更生したんだとか……」

「へぇ。人が変わったかのように？」

なんとも怪しい話だなぁ……って、テンセイイシャのコレハか。そう納得していると、ロクコは自分の齧った跡のあるタマゴサンドを差し出してきた。

「ケーマ。サンドイッチ一口食べていいわよ。さ、あーん？」

「あーん、だと？　なんてデートっぽい……って」

　間違いなく間接キス……になるんかなこれ？　間接ディープキス？

「……あーん」

　俺は少し躊躇いつつ、サンドイッチにかぶりつく。……しゃくっとしたレタスがアクセントのタマゴサンドだ。マヨネーズとコショウが効いていて中々美味しいのがまた。

「ケーマ、どうしたの？　顔赤いわよ？」

「い、いやなんでもない」

「……あー、ああ。分かったわ？　まったく、私達もうキスだってして子供だっているのに、本当にケーマってば可愛いんだから」

　ロクコがニヤニヤと笑い、はむっと俺の歯型のついたサンドイッチを齧った。頬を赤くしつつ。

「……ロクコ。お返しにこっちもケーキをやろう。はい、あーん」

　俺はお礼とばかりにケーキを一口分フォークに刺し、差し出した。

「あむっ！」

「うぉっと。躊躇いなくいったな？」

　フォークを奪い取る勢いで、というか実際口で持ってかれた。

「ふふん、こういうのは恥ずかしがったら負けなのよ？……美味しいわね。はい、フォーク返すわ」

「……うん、まぁ、うん。お前がどれだけ俺に攻めてきてるかはよく分かったよ？」

「ケーマももっと私にいいのよ？　ほらほら」

「デートが楽しそうでなによりだよ」

俺はロクコに咥えられたフォークで、改めてケーキを食べた。甘い生クリームとイチゴの組み合わせって鉄板だよなぁ。ホールで買ってソトへの土産にしよう。


その後もロクコが学校で聞いた話とか、俺が護衛してて見た話とかをして、喫茶店でのんびりと2時間くらい過ごした。……いや、うん、こうね？　ご飯食べ終わったのにずっといるってのがいたたまれなくて半分以上そわそわしてたよ。

「まったく、ケーマってば落ち着きがないんだから？　いつもはあんなに自信満々というか、のんびりしてるのに？」

「なんていうかこう、飲食物が出るところは『ご飯食べる店』って意識が強くて、なんとなくだらだらしづらいんだよ……結構人入ってたろ？　ああいう人気な店って、さっさと出ないとお店に迷惑かかりそうな感じがあってさ」

「……まぁ、私達も飲食店やってるものね。気分は分からなくもないわ？」

「確かに食べ物が美味かっただけに尚更な」

自分の店なら良いんだけどね、なんせ自分のだから。

「じゃあ次は美味しくないか、美味しくなくても穴場的なお店でも聞いておこうかしら」

ロクコはそんなことを言いつつ、俺と手をつないだ……なんと自然に手を……！　ロクコ、恐ろしい子！

「……………」

「っておい、なんか言えよ。手をつないで急に黙るなよ」

「い、いいじゃないの別に。デートなんだから手をつなぐぐらい普通でしょ」

口をとがらせ、顔の赤いロクコ。

「だったらそのまま喋(しゃべ)ってくれ……なんかこう、凄(すご)く照れるから」

「わ、分かったわよ。えーっと、何の話してたっけ？」

……ロクコも、別に平然というわけではなかったようだ。

それから俺達は雑談しつつ、商店の集まる通りにやってきた。前面ガラス張りのショーウィンドウのある店が並んでいる。その中身は主に服、バッグやネックレスなどの服飾品、そして何となく使い道が想像できる電化製品的な魔道具等々。ここだけ見ると、まるで日本に帰ってきたかと錯覚してしまいそうになるな。道を行く馬車と、髪の黒くない人たちが居なければ。

「それにしてもこれは、凄いラインナップだなぁ」

特に使い道が想像できる電化製品的な魔道具だ。勇者工房とかでもドライヤーとか売っているのだが、こちらのラインナップも中々どうして似たようなモノ、しかもお値段お安い。まぁ、その分廉価版といった形になってそうな気がするけれど。

「気になるなら買ってみる？」

「いや、いらんだろ。そもそも生活魔法もあるからなぁ。それよりロクコ、なにかアクセサリーでも買おうか？　デートっぽいし」

「んー？　うーん、なら指輪以外を買ってもらいましょうか」

指輪は、既にロクコの左手薬指に赤い指輪が輝いている。ルビーでオリハルコンを覆った、形だけはシンプルな指輪だ。

「これはケーマが作ってくれた私に一番似合う最高の指輪だもの、他のがあっても仕方ないでしょ？……オフトン教の聖印をネックレスと考えたら髪飾りがいいのかしら？」

「……場合によっては俺のと交換してもらうかもな？」

「それはそれ。その指輪サキュバスは護衛だから別枠よ」

そういうわけで、俺は指輪以外のアイテムを見繕うことにした。

「どれがいいかしらねー、ケーマも考えてよ？　私に似合う奴！」

「いいけど、どれがいいかな……」

それからたっぷり時間をかけて、髪飾りを選ぶことになった。……まぁ、喫茶店よりは長居しても良い感じがしたので、気は楽だった。

そうしてデートを堪能した俺達は、夕焼けの見える高台にやってきていた。ダイードの首都、その街並みを一望できる人気の観光名所だ。

「ここも学校で教えてもらったのか？」

「ええ。流行りの恋愛小説でもよく使われてる定番の場所だって。ほら」

そう言ってロクコの指す方を見ると、俺達の他にもカップルがいた。確かにロクコの言う通り、デートスポットらしい。

「……ところでケーマ。今更だけど、1回目の私とは、デートしたの？」

「ん？　いや。してなかったな。したくなかったわけじゃないぞ？　危ないと思って」

「分かってるわよ。ケーマ、私のこと好きだもんね」

「お、おう」

そういう風に言い切られると、事実だけど、照れる。

「ケーマ。もしまたループして、私の記憶が無くても、またデートしてよね？」

「……うん、その時は俺の方がエスコートできるかな」

「それも楽しみね！　あ、でもループしちゃったら今の私には分からないことね、それ」

ロクコはそう言って、高台の手すりに駆け寄った。俺もロクコを追いかける。

「良い眺め」

「だな」

「……ケーマ、デートの締めはロマンチックな場所でのキスって相場が決まってるのよ？」

「……いや、まぁ、そ、それは」

「ふふ、いいわよ。ケーマがへたれなの、私よく知ってるもの」

にしし、とからかうように笑うロクコ。その顔は夕日に照らされて赤い。

「でも、もしここでケーマにキスされたら、嫉妬するかも」

「嫉妬？　なんで？」

「次の私が、よ。ケーマから初めてキスされた記憶を独り占めはずるい、ってね？」

そう言ってロクコは、少し背伸びをした。

ロクコの顔が、不意打ち気味に夕日を遮って俺のすぐ近くに。柔らかな感触。

「だから、ケーマからのキスは、ループから抜けた後ね。絶対忘れないタイミングでしてもらうんだから」

「……じ、自分からは良いのか？」

「いいの！　あー、これむしろ前回の私が嫉妬するわね、自分ばかりデートして、キスまでしてずるいって！……ほら、学校があんなに小さい。私達の泊まってる宿はあのあたりかしら⁉」

手すりに乗り出し、ロクコがわざとらしくはしゃぐ。

「おいおい、危ない……まぁ『毛布』があるから大丈夫だろうけど、落ちるぞ？」

「手をつないでくれれば大丈夫よ。ほら、夕日が沈むわ」

見ると、赤い太陽が山の陰に隠れるところだった。俺はロクコと手をつなぎ、沈む夕日をただ眺めていた。この記憶をロクコから消したくないな、と、ループを止める決意をそっと強めて。

すっかり夕日が沈み、空も赤から夜の紺に変わりつつある。

「あっ、沈む夕日を眺めたら、街灯の明かりの下を2人で腕を組んで歩くのよ」

「そっか。言われてみたら街灯も完備なんだよなぁ。帝国の帝都もだけど」

もちろん蛍光灯やLED灯ではなく魔道具による光ではあるが。……治安悪かったらむしろ犯罪が増えて襲われそうなもんだが、そうでもないのかな?

「小説だと襲われて、ヒロインはヒーローに守られるのだけど」

「襲われるのかよ。そりゃ早めに帰った方が良いな?」

「なんなら、この近くにも宿屋があるらしいわよ? カップルがターゲットの」

……それは連れ込み宿というものでは?

「ま、ケーマなら悪者も魔法でちょいちょいよ」

「だといいんだけど」

「ここの国のチンピラ程度なら、魔国の一般人より弱いから余裕でしょ」

「あ、そう言われたら余裕で勝てる気がしてきた」

魔国と比べたら本当に平和、に見える国、だからな。実情は知らないし魔国が特殊すぎるけど。

そうして、俺達は街灯の下を腕を組んで宿まで帰った。特に襲撃はなかったのだが、ワタル達がなんかニマニマしていた。

「……さては尾行けてやがったな？」

「はっはっは……僕らも皆で出かけた先にたまたまケーマさんたちがいただけですよ？」

というわけで、おそらく言い出しっぺであろうイチカを筆頭に全員にデコピンを食らわせておいた。特に文句を言われなかったので、やっぱり尾行けてたんだろう。全く気付かなかった。

＊　＊　＊

その後、俺達は国の祭事や神事、そして学校の七不思議について調べた。

結果として、祭事や神事にそれらしいものはなく、七不思議も調べられたものは全てハズレであった。

『トイレのハナコさん』はただ捨て猫が女子トイレに匿われて飼われていた（猫の名前がハナコだった）だけだし、『踊る骨格標本』はスケルトンそっくりの骨人族（魔国からのスパイ）。『夜中に段が増える階段』は隠し通路があって、その先は『喋る初代国王の肖像画』の裏側に繋がっており、肖像画の目の所からは応接室が覗けた。そういうカラクリだったようだ。『真夜中に響く吟遊詩人の歌声』については合唱部の生徒の幽霊だったので、俺達的にはハズレだけど七不思議的にはアタリだったかな。まぁ、特に歌う以外に悪さしないみたいだし放っておいたけど。

そして『開かずの間』はダンジョンのある部屋であることが判明していて、残るは大本命の『時を遡る鏡』というわけだ。


この『時を遡る鏡』は『開かずの間』のその向こうにある、という話らしい。というわけで、その『開かずの間』こと学園ダンジョンに出入りできる数少ない機会、ダンジョン実習の日。最後の七不思議についてをしっかりばっちり調べて行こうと思う。

……なにせトイから貰ったパンフレットを見て気付いたのだが、このダンジョンは学園の中央というだけでなくダイード国全体の中央に位置している。これは何かある。むしろ何かあってほしい。


5月13日、ダンジョン実習の日がやってきた。今回も第二王子にソトがスカウトされてダンジョン実習でパーティーを組む下りを1回目の再現でこなし、今回も第二王子とダンジョンに潜る約束になっている。他のメンバーはやはり1回目と同じである。……そう。

当然のような顔をしてサマーがいた。

なぜかバニースーツで。

……いやいや、なんでバニースーツなんだ？　サキュバスらしい格好ではあるけど、男爵令嬢としてはどうなのか。隣の侯爵令嬢、コレハが少し照れて距離を取っている。

「ケーマさん、ロクコ様！　お久しぶりです！」

「お、おう。久しぶり」

「随分とまぁはっちゃけた服ね……なんでバニースーツ？」

「私、自由に生きるって決めたので形から入って行こうかと！……ふふふ、それに実はこの服ってダイード国ではダンスパーティーにも着ていける正装なんですよ。こんなにきわどいのに凄いですよね」

ぴょんぴょん、とうさ耳と胸を揺らすサマー。胸元には着火の魔道具も入っている。

「え、そうなのミフィ？」

「帝国ではちがうけど、ダイードでは知らないのよ。どうなのコレハ嬢？」

エミーメヒィはロクコの問いをコレハに流す。

「……は、はい。バニースーツは公式の場に出てもいい服装に含まれているので、問題はないです……実際やる人はいませんが……」

ちなみに地球においてもバニースーツはＴＶに映しても全く問題の無い正装であるが、ダンスパーティーに着ていけるというのは流石にレオナの趣味なんじゃなかろうか。５６４番とのダンジョンバトルの時もバニースーツ着せてたし。

「でもサマーさん。格好はともかくなんでダンジョン実習だけ出ることにしたのですか？

この所、授業にも出ず――といっても免除試験を受けて満点合格してたけど――遊んでいたというのに」

「いやー、私が参加しなかったら人数が足りなくなるんじゃないかと思いまして」

過去周回の記憶を持つサマーだからこその気配りだった。真面目かこいつ。

授業が始まり、ソト達とも合流した。

「パパー！」

手を振って俺に駆け寄ってくるソト。抱きとめてよしよしと頭を撫でる。メイドらしく少し距離を取ったままぺこりと頭を下げるニク。後ろには第二王子と双子の男の子がついてきていた。今回はサマーが俺とソトの関係を尋ねることはしなかった。

「何、貴様がソト嬢の父親なのか！」

「はじめまして、ソト嬢を俺達に下さい！」

代わりに自己紹介もまだなのに双子の男の子たちがなんか言ってきた。これ前回もあったな。

「おいソト、今回はその双子の名前を当てないようにしてるって言ってなかったか？」

「完璧に間違えてみせたのに、なんでかこうなったんです」

ちらりとニクを見る。

「……はい。お嬢様はそれはもう確実に完璧に間違えられていました」

つまり100％不正解にしてみせて、やっぱり完璧に見分けてることに気づかれたと。次があったら、程々に間違えてみような。なんなら事前にコイントスでどっちを呼ぶか決めるってのもいいぞ。

で、ソトが2人を完璧に見分けることができるのは愛のなせる御業(みわざ)に違いない、故にお嫁に下さいという下りも当然起きる。前回同様、なら対処も前回と同じでいいだろう。

「じゃ、俺が完璧に見分けたら求婚は取り下げておけ。そっちがミータで、そっちがラーシな？　後ろ向いてるからどーぞどーぞ」

そして俺はもちろんダンジョン機能でタグ付けを行い、余裕で見分けてやった。

「で、愛がなんだって？」

「す、すごい……」「一体どうやって……」

「つーか、判別して欲しいんなら判別してもらえるよう印付けとけよ。察して欲しくてダダこねるだけとかガキか……」

おっと、2度目なのでうっかり毒が漏れてしまった。うちのニクやロリ状態ロクコとついつい比べちゃったがこいつらは初等部。間違いなくガキんちょだった。

「あー、すまない。まだガキ……んん、若いんだもんな。そういうわがままもあるか。いや、これは俺が悪かった、謝罪する」

喋(しゃべ)り方がうっとうしいなって気持ちを込めつつ棒読みで謝罪すると、双子はなにか感動したかのように目を輝かせていた。……静かになったからまぁいいか。

さて、そんなわけでダンジョンの中に入ったわけだが、ここで俺は護衛の仕事を放棄することにした。今回このダンジョンに来たのは、ダンジョンの奥までを調査するためであるが故に。

俺は護衛をワタルに任せてこっそりとパーティーを離れ、手持ちＤＰ（ダンジョンポイント）を１００Ｐほど使用してネズミを大量に呼び出す。ダンジョンバトルではないが、ダンジョンの探索ならやはりこいつらが一番だ。これだけの集団だと対面していて多少恐ろしくもあるが、ＤＰで呼び出した以上は俺の忠実な配下である。

ネズミたちをダンジョンに放ち構造を探らせればみるみるうちにマップが埋まる。こういう手が使えるあたりはやはりダンジョンマスターって反則的だなと思わなくもない。何匹ものネズミがモンスターの餌食になったりはしたが、あっという間に階段を発見。これならロクコ達がダンジョン実習をしている間に戻ってこれるだろう。

俺は、判明した下り階段に向かって歩き出した。

道中それなりにモンスターは出たものの、俺１人が突き進むだけなら特に障害にはならなかった。魔法を１発当てて倒すか、怯（ひる）んだすきにさっさと奥へ。１回は死んでも【超変身】があるので、ガンガン進む。トラップの類いがまるで無かったというのもあるが、俺はあっさり下の階層（フロア）へと潜っていった。

そうして1人で黙々とダンジョンを攻略していると、7階層目で妙な雰囲気の小部屋に辿り着いた。

「……なんだここは」

壁には鏡が掛かっており、床と天井に書かれた魔法陣が唸りを上げて緑に光っている。明らかにただ事ではない部屋だ。

「ちょっとケーマさん？　どうしてこんなところにいるんですか」

――体感温度が2度くらい下がる。ピリピリとした緊張感が背筋をくすぐった。振り向けばシスター服のレオナが居た。

「なんか、いつも不意に現れるな、レオナ」

「今日に限って、それはこちらのセリフです」

俺の登場が予想外、といった口ぶりに、はてと首をかしげる。

「なんだ、俺たちのことを見てなかったのか？」

「今日は少しやることがあって、忙しいのですよ。見ての通りです」

そう言ってレオナは光る魔法陣を指さす。

「これはなんだ？」

「ダイード国、初代国王の遺した『時を遡る魔法陣』ですよ」

これが、と俺は目を見張る。

「……ということは、この魔法陣をぶっ壊せばループはできなくなるってことか？」

「ご安心を。この魔法陣は既に解析済み。既に魔法は私の手の内にあります。今日は、いわば廃品処理ですね」

そう言いながらレオナは天井に手をかざす。天井の魔法陣が光を失い、停止した。

「この鏡はなんだ？」

「その鏡は国王の部屋に通じる鏡。彼は天才でしたが、時間を巻き戻すことまではできなかったので、鏡を通じて過去の自分へ情報を話して伝えるしかなかったのです」

それが『時を遡る鏡』の正体ってことらしい。

どうやら、七不思議の調査は、大当たりだったようだ。


「……ん？　それで、なんでその鏡がこんなダンジョンにあるんだ」

「簡単な話ですよ。彼がダンジョンマスターだったからです。だからこそ、声だけでも過去の世界に繋げられたわけですよ。時の巻き戻しにはあと1歩、いえ、50歩くらい足りませんでしたが、私が完成させてやりました。だから今はもう、正真正銘に時を巻き戻す魔法なんですよ。ふふふ」

俺の疑問にあっさりと答えるレオナ。

「いやぁ、あの男も当時は調停者とか予言者とか、そんな感じに呼ばれていましたね。ええ、あれは魔法の天才でした。命を懸けて超魔法を生み出した――いえ、見つけ出した、本当の天才です」

「ダンジョンマスターだった、ってことは、ここはそいつのダンジョンってことか……コアはどこにいる？」

「それが、少し特殊な事態になっておりまして。ここのダンジョンのコアは既に死んでいます。が、まだダンジョンが死に切っていないという珍しいダンジョンなんですよ」

どういうことだ？　と俺が聞く前に、レオナは続きを語る。

「このダンジョン、地脈と密接に結びついておりまして——まぁ、ケーマさんに分かりやすく言うなら、脳死して植物状態だけれども、生命維持装置に繋がれギリギリ身体だけは死んではいないって感じですかね？　まぁあの天才が残した遺産とも言えましょう。とはいえ、このダンジョンの魂はもうありません」

要するに、ダンジョンの身体だけが機能を残してただ残っている。ということらしい。

レオナは少し寂しそうに床の魔法陣を撫でた。魔法陣は光を失い、消える。

「さて、もうこの部屋は用済みですね」

魔法陣の光が消えても、ダンジョン特有の柔らかい光のおかげで暗闇に包まれることもない。これもまた、ダンジョンが死んでいない証だろう。

「でも、ループするならなんでわざわざ魔法陣を消してるんだ？　毎回消してるんだろ」

「ちょっとした供養みたいなものですよ。ここのダンジョンコアとは顔なじみだったもので。ああ、1年の内、今日だけはこの部屋に入れるんです。というか、よくここまで来れましたね？　ボスこそ出ないものの、それなりに複雑な造りだったと思うのですが」

ネズミ数百匹で攻略したからあっという間だったよ、とは言わずに、そこは曖昧に笑ってごまかした。

「ところでケーマさん」

レオナがニコリと笑う。

「ヒロインにはあんなことを言っていましたが、ケーマさん自身はループをしたくないように見えます。ここへ来たのも、ループを阻止する目的、ですよね？」

バレてたか。そして、やはりサマーの目を通して見ていたのか。俺は、背中に汗をかきつつ、レオナに笑って見せる。

「何かご不満な点でもありました？」

「なんだ、改善でもしてくれるってのか？」

「ええ。せっかく作った箱庭なので、存分に楽しんでもらいたいですからね。ケーマさんも仰っていた通り、美味しい物も、楽しめる場所もあり、寿命も心配なく、財産の心配もない。更に失敗はいくらでもやり直せるときました。何が不満なのでしょう？」

首をかしげるレオナ。

「……積み重ねが無い所かな」

「積み重ね、ですか？」

　はて、とレオナはあごに人差し指をあてて考える。

「ああ！　ロクコちゃんの記憶のことですね？　分かりました、改善しましょう」

「できるのか？」

「もちろん！　研究の末、ただのハイサキュバスであったヒロインにループの記憶を持たせることに成功した私ですよ？　可能ですとも！　ああ、素晴らしい。これでケーマさんにご満足いただける幸せな世界が完成しますね！」

　そう言って、合点が行ったと手を叩くレオナ。

　……本当にロクコの記憶が引き継げるなら、確かに悪い話でもなくなるけれど。俺はレオナの話を聞いてみることにした。

「ちなみに、どうやるんだ？」

「それにはまず、時の遡りに耐える記憶の条件について語りましょう。——ええ、条件は単純、闇神の加護、そして、光神の加護。この２つを兼ね備え、且つ、このダイード国の中にいることです。光と闇が合わさり最強に見えますね？」

　その条件であれば、確かにレオナ、そして俺とソトの記憶が引き継がれている理由にもなる。

「元々は闇神の加護の持ち主だけがこの鏡を使って過去に声を送れたんですが、そこは私が改良しまして。ふふ、自慢してもいいですか？　いいですよね。混沌神と呼ばれている私でなければ、この改良はできませんでしたよ。まぁ元々？　私の権能を使うことを前提とした術式だったからというのもあるのですが……このダンジョンに遺された魔法陣を解析して直接ループすることに成功した私は、次に他の者にループをさせるにはどうすれば良いかという実験を始めました。この実験はたったの53回で成功。先程の条件を満たすように、光と闇の加護を混ぜて与えればよかったのです！　いやはや、この処置も私でなければ実現不可能な代物でした。まあ、元々闇神の眷属であるロクコちゃんだとまた勝手が変わってくるでしょうが、運が良ければ数回で成功するでしょう！」

ニッコリとレオナは笑う。

「……53回？　運が良ければ、数回で成功する？」

俺は引っかかった点を聞き返す。

「大丈夫ですよ、御心配には及びません」

そうしてレオナは自信満々に宣言する。

「なにせループしますから――成功するまでやり直せば、実質100％です！」

レオナのその言葉に、俺は頭がくらりとした。

「……失敗したらどうなるんだ？」

「あら。まぁ、死んだり発狂したりするくらいでしょうか？　でも成功するまで続けるので失敗は無かったことになりますよ。回避率1%の攻撃を避けられるまでロードするみたいな、単純な話です。ループが可能となる時点は決まっていますので、多少待ち時間はありますが……時間はたっぷりあります。問題ないでしょう？」

　何でもないことのように笑うレオナ。

　不意にロクコとのデートを思い出す。ロクコは、記憶を引き継がない自分に対して『前の私』『次の私』と言っていた。……ロクコは幸運ではある、が、レオナが失敗を前提に話しているのを見ると、むしろわざと失敗するという可能性もある。そう考えると、この話に頷(うなず)くことは絶対にできない。たとえ何百回ループする中の1人か2人であろうとも、ロクコを見捨てられるものかよ。

「……受け入れ難い話だな」

「ああ、ケーマさんはお優しいから心が痛みますか？　ん、ん。仕方ありませんね。では成功するまでの記憶はカットしてしまいましょうか。記憶操作はお手のものです。ケーマさんは多少耐性があるようなので自分から受け入れていただく必要はありますが、実質一度で成功したことになりますね？　なんて幸せな世界でしょう！　皆ハッピー！　いやぁ私のシスターとしての幸せ生産能力に誰もが舌を巻いてしまいますね！」

　やはり、コイツとは相容(あいい)れない。確かにそれは、ゲームではよくある話である。が、これは現実である。

　……ああ、そうだ。そもそもレオナの話が本当で、しかも何か混ぜ物をしたあとのロクコが本当にロクコである保証がどこにある。ニクとトイのように、ロクコの姿をした全く別の人物になろうものなら、もう取り返しがつかない。

「……悪いが、ロクコをお前に弄（いじ）らせる気はない」

考えれば考える程、なぜ俺はレオナの話をまともに聞こうとしていたんだろうか。

「そうですか？　うーん、まぁ確かにロクコちゃんの記憶が残っていると、浮気もできませんからね。ふふ、分かりました。でも、気が向いたらいつでも言ってくださいね？」

「……なぁレオナ、ひとつ勝負しないか？」

「あら。勝負ですか？　なんでしょう、面白ければ受けますよ」

笑みを崩さないレオナ。

「実際にどうやってるかはしらんが、俺はお前のループを潰す。ループを潰せたら俺の勝ち。どうだ？」

俺がそう言うと、レオナは不意を衝かれたかのように目を見開いた。

これは面白いかどうかはさておき、受けざるを得ない勝負だ。

「……ふむ。どうやらケーマさんは、よほどこの幸せな世界がお気に召さないようで。んんー、そうですねぇー、少し考えます」

そう言ってレオナは10秒くらい考え込んで、答える。

「では、私の全身全霊をもって防衛するとして。ループが成立したらケーマさんには罰ゲームとして私のペットになってもらいましょうか。私は優しいので、2周に1回でいいですよ？」

「色々教えてもらったしな、まぁいいだろう」

それならロクコは無事だし。と、俺は了承する。

「なんならペットになった時の記憶はサービスで消してあげますよ？」

「なってたまるか……まて。既に記憶を消されたループがあったりしないよな？」

実は既に負けていて、そのループの記憶がすっかり消されていたりという怖い想像をしてしまった。

「ふふっ」

「おい答えろよ」

「ご想像にお任せします――ああいえいえ、初めてですよ、初めて。まぁ、ダイードに来なかった場合は数えなければの話ですが」

「……ならいい。こっちの手の内を既に知ってるとかだと戦術も変わるからな」

「うふふ。でも、これだとケーマさんへの報酬が少なすぎて釣り合わないですね？　追加でしたいこととかありませんか、私のペットになりたいとか！　5チャレンジ以内に成功したら追加報酬、なんてのもいいですよ？　私にできることならな・ん・で・も、してあげますよ？」

ニマニマ笑い煽ってくるレオナ。

「……そういや、ハクさんからお前を連れてこいって言われてるんだよな」

「ん？　うーん、でも、それはケーマさんの願いではないですよね。まったく、こんな可愛い女の子が『なんでも』って言ったらヤることは決まってるでしょう？　それだからヘタレとか言われてるんですよ。あ、想像ですけど。当たってますよね？」

当たってるよ畜生。奴隷にもモンスターにも言われてるよ。

「……じゃあ、俺が勝ったら1発殴らせろよ」

「えー、こんな可愛い女の子を？　ケーマさん、リョナ属性があるんですね」

クスクス笑うレオナ。リョナって……変態用語はスルーだ。

「いいですよ？　1発くらいなら殴られてあげましょう。お腹？　顔？　おっぱいやお尻もおススメです。それとも……エッチな意味？　やーん♪」

「エロい意味は全くなく全力で殴るからな？　いいな？」

「ええ。いいわよ」

レオナはうなずいた。

こうして、レオナとの闘いが決まった。正直、少し逸った感じはある。黙っていれば、俺がループの阻止に失敗したとしてもレオナは勝手にループし、罰ゲームは無かっただろう。しかし、俺はこの勝負を持ち掛けざるを得なかった。これ以上、ループを許容する気がなかった。レオナの思惑通りというのが、癪だった。

……よし、全力で殴る練習をしておこう。顔面でいいな。

「では、私に勝負を持ち掛けたケーマさんに敬意を表して、ついでに教えてあげます」

レオナは目を細めて微笑(ほほえ)んだ。

「時を遡る魔法って、とぉっても繊細なんですよ。決まった時間、決まった場所、10年に1度の星の並び、それに私ですら何度も枯渇するような大量の魔力(マナ)を使って儀式をしないと発動できない程に条件の厳しい魔法でして。神の権能があってようやく実用レベルにできている程なんです。だから、2個目があるといった隠し玉もありません。ご安心を、さすがの私もこのレベルの魔法を組み上げるのは大変なので」

「……おいおい、俺が言うのもなんだけど、そこまで教えていいのか？」

「ええ、もちろん！　だって、妨害してくれるんでしょう？　これを教えておかなきゃ勝負にもならないでしょう？……ゲームは楽しくなくちゃ。ねぇ？」

ニィ、と口角を上げるレオナ。

「だが、条件が厳しい割には、何度も使ってるみたいじゃないか」

「そりゃあ、だって考えてみて下さい？　時間が巻き戻れば、時間、星の並びは戻るんですよ？　場所だって変わらない。となれば、あとは魔力だけ。さすがに巻き戻しのために使った魔力は消滅してしまうのですが――」

そう言うとレオナはシスター服のスカートをたくし上げて――

「おい何のつもりだ、痴女か……って」

――ガーターベルトと黒いレースの下着……いや、まさか、その下着は。

「気付きました？　そう、『神の下着』です。ふふふ、神の寝具の共通事項、急速回復は知ってますね？　これは空き容量があればあるだけ魔力を充填してくれるので、何度ループしても影響なく魔法を使い放題というわけなんですよ。ドヤァ」

十分に俺に下着を見せつけた後、ぱっと手を放してスカートを戻す。少し頬を赤らめているレオナ。

「興奮しました？　私はドキドキしちゃいましたね、こんなの17歳の時以来！」

「何年前の17歳だか……」

「ふふっ、神ジョークってやつですよ。あ、ケーマさんがループから抜けた際にご褒美としてお渡ししても良いですね？」

得意げなレオナの顔。ぶん殴ってやりたいね。レオナは特に意味もなく、くるりと一回回った。ふわりと少しだけスカートが浮き上がる。

「ではゲーム開始です。果たして、ケーマさんは私が儀式を行う時間と場所を見つけられるでしょうか？　ヒントは――今以降、あの夜会までの間。そして、ダイード国のどこか！　ああ、これは絶望的ですね！　でも、何度かループすればきっと、いつかは、見つけられるはずです。大丈夫、諦めなければ１００％！」

楽しそうに笑うレオナ。

「それではペットになってくれる約束、楽しみに待ってますよ――【転移】」

そう言って、レオナは俺の前から姿を消した。

＊　＊　＊

「というわけで、レオナと戦うことになった」

ダンジョン実習が終わるギリギリに合流し、無事ダンジョンから生還。その後無事解散して宿に戻り、俺はロクコ達に事情を説明する。

「ケーマがそんな勝ち目の薄い勝負を吹っ掛けるとは思ってなかったわ……何か精神操作でもされた？」

「いやいやロクコ様。これご主人様の通常運転やろ？　ロクコ様に手ぇ出そうって言う話が出たら、たとえ神でもぶん殴る――なんて、愛されてるなぁ？」

「え、あ、そ、そういうこと？　そういうことなの？」

イチカにつっつかれ、顔を赤くするロクコ。言われてみれば、俺ってばまたそういう感じに後先考えず喧嘩吹っ掛けてたのか……しかもレオナ相手に。

「……の、ノーコメントで」

「言えないっちゅーことはそういうことやで、ご主人様ぁ！」

イチカぁ！　黙っとけ！

「それで、どうやってその儀式の時間と場所を探すのよ」

「それについては案がある」

俺はニクを見る。先程DP（ダンジョンポイント）で出した大量の紙束を床に並べてもらっていた。

「この紙が、そうなのですか？」

「ああ。ちょっとこいつに……【クリエイトゴーレム】っと。これを紙にハンコしていってくれ。大体こんなかんじに」

木で作った用紙にほぼぴったりなサイズの巨大なハンコに、DPで出したインクを塗って紙にペタン。ぺりっと剝がすと用紙には格子状のマス目が転写されていた。

「……ふむ、わかりました」

ハンコをニクに渡すと、ソトが手を挙げた。

「パパ、私も手伝います！」

「じゃあもう1個作る。【クリエイトゴーレム】……はいよソト」

ソトにもニクに渡したものと同じハンコを渡す。

「なにそれメロンパン模様のハンコ？」

「単なるマス目だ」

格子状のレイアウトは確かにメロンパンに見えなくもないけれど。

「イチカはハンコした紙に日付と時間を記入してくれ。明日から、夜会の31日まで」

「了解やでー。……1時間刻みなん？　今日13日で31日まで各24時間やから……単純に400枚越えかぁ。面倒やけどやったろうやんか。数字入れるだけやし」

イチカも作業に入る。

「ねぇ。これなんに使うの？」

「これは地図とを組み合わせて……ワタルに手伝ってもらう。ついでにエミーメヒィも暇そうだし手伝ってもらおうかね」

「ワタル達に？」

安全地帯としてはともかく、調査では役立たずなんじゃなかったのか、とロクコが首をかしげる。だが、今回はワタルこそが肝なのだ。

「ロクコ、この国の地図を出してくれ。町中の案内板レベルでいい」

「はーい」

DPカタログで地図を出すロクコ。よしよし、丁度いい大きさだ。こいつにも格子状に区切るハンコを……ぺたっとな。

「ご主人様、次は何をすれば？」

「えっ、早いな？」

「急ぎました。むふー」

「私もです！　むふー」

得意げに鼻を鳴らすニクとソト。よくできましたと頭を撫でてやる。

「ウチまだ3日分なんやけど……先輩もこっち手伝ってーな。先輩は31日からで」

「仕方ないですね」

尻尾をパタパタさせつつ、ニクはイチカの手伝いに入った。

「で、ワタルには何を手伝ってもらうの？」

「そりゃまぁ、ワタルにしかできないことをだ。……一度見せた方が早いな」

ニク達の準備もできそうな頃合いを見計らい、俺は儀式の時間と場所を特定すべくワタルに手伝いを要請することにした。

「おーいワタル、いるよな？」

隣の部屋に地図と、ついでに10面ダイスをもって押し掛ける俺。ロクコにはエミーメヒィを呼びに行ってもらった。

「いますよー、どうぞ入ってください。……あ、そういえばケーマさん。あの双子が、ケーマさんが迷子になったと心配してくれてましたよ。ちゃんと言い訳しておきましたので感謝してくださいね！」

「そりゃ悪かったな。けど、おかげで重要な手がかりが手に入ったんだぞ」

「へぇ、どんな――っと、聞いてはいけないんでしたね。まったく、まさか【超幸運】があるから役に立てない、そんな日が来るとは……」

ため息を吐くワタル。そんなお前に、とびっきりのいい話があるんだよ。

「ああ、それなんだけどちょっとワタルに手伝ってもらいたいんだ。お前にしかできない仕事ができた、時間をくれ」

「えっ？　僕がお役に立てるんですか、喜んで！」

「うんうん。それじゃあ――ちょっと1日程ダイスを振り続けてもらおうかな！」

「……えっ？」

ワタルは目をぱちくりさせた。

「ミフィ連れてきたわよー」

「妾も手伝えると聞いて駆けつけてきたのよ！」

「ご主人様ー、用紙できたでー」

エミーメヒィを連れたロクコと、集計用紙の束が用意できて持ってきたイチカ達もやってきた。俺は、テーブルに地図を広げる。

「お、それは助かるなミフィ様。それじゃ例によって理由を聞かずに手伝ってくれ」

「合点承知なのよ！」

俺は、集計用紙をエミーメヒィに渡す。1日24枚が18日分、432枚の紙束は、かなりの厚みと重量だ。

「あのー、それで僕は一体何をすれば？」

「ワタルにはダイスを振ってもらう。日、時間、そして縦横の座標で区画分けした地図……これを1つずつ組み合わせれば『時間と場所』が出る。ここまではいいか？」

頷くワタル。

「そして肝心なところだ。宣誓してほしい。このダイスが示した時間、示した場所に、ワタルはなるべく行かないように」

「えっ」

「復唱。このダイスの示した時間と場所にワタルはなるべく行かない。はい」

「こ、このダイスが示した時間と場所に、僕はなるべく行きません！」

「よろしい。ではやりながら説明しよう。ダイスを振りたまえ」

コロコロと10面ダイス2個を転がすワタル。出目は、17、20、3の2。日付は今日の分+13してもらって……

「えーっと。30日の午後8時で、3の2だから……これは教会のある区画ですね」

「よし、ミフィ様はメモしてくれ。1時間ごとに用紙を分けてるから間違えないように」

「はいなのよ！……あ、このマス目の中に書き込めばいいのよ？」

12日目の午後8時の紙。区画に対応した数のマスがある。

「まずは縦線1本を小さく。5本目は横に引く感じで」

いわゆる、アメリカ等における「正」に当たるカウント表記である。

「ちょっと待つのよ？　これ何回やるのよ？」

らしい。

安請け合いしたかも、とワタルはため息を吐いた。どうやら俺が何をしたいか理解した

「あ、はい。理解しました。本当に1日中サイコロを振ることになりそうですね……」

エミーメヒィはそれを聞いて後ずさりかけ、しかし踏みとどまる。

「1万!?……わ、分かったのよ。妾に任せるが良いのよ！　のよ！」

「とりあえず1万回かな。精度上げたいから、数は多いほうが良い」

そう。これは【超幸運】を使ったダウジングである。

以前、ワタルに棒を倒してもらいさらわれたロクコ達を見つけ出してもらったことがある。あの時は答えが分かっている前提であったが、あれを更に発展させ、実際に分からないはずのことを【超幸運】の運任せで探り当てようという算段だ。

これを使うことでワタルが絶対に避ける場所、危険度の高い場所が浮かび上がる。そこにはワタルの【超幸運】で避けるべきモノがあるということになるだろう。

いや、なるべく行かない、というようにしたのは、危険度の高さを測るため。絶対に行かない、では、当日ワタルが行く必要がないだけの場所も反応してしまうだろうからだ。危険度の高い時間と場所は、【超幸運】でより多くヒットすることだろう。

レオナは諦めなければ100%とか言ってたけど、こっちだって怪しい場所を99%くら

いに絞り込めるんだぜ。ワタル様様だな。

「はぁー、そういうこと。このための地図と集計用紙なわけね。頑張ってミフィ？」

「ロクコ……わ、妾がんばるのよ！」

「それじゃ、俺達は別室でさらに別の対策を練る。こっちは頼んだぞワタル」

「……頼まれましたー。あ、ミフィ様。22日、昼1時、8の3です」

うんうん、その調子でどんどんデータを増やして欲しい。がんばれワタル、あとエミーメヒィ。なんならあとでイチカとニクにも手伝わせるからホント頼むよがんばって。

さて、それじゃあ俺達は俺達で、時間を遡る魔法を妨害する方法を考えようか。

＊　＊　＊

「あらかじめ、儀式のできる場所を潰しておいたらいいんじゃないの？」

「必要な道具がある、っていうならそれでいいかもしれないな。場所だけが重要っていう話なら、魔法なりでパパッと片付けられて終わりだろうけど」

「6番様が闘技場を一瞬で整備してみせてたように？　あり得るわ。じゃあ道具を壊す？」

「……なにか道具が必要でも、大抵のものはレオナには即座に作れてしまうのでは？」

「聞けば聞くほど厄介やなぁ……」

「パパ！　私のダンジョンに突っ込ませて、ループの開始予定時刻をズラさせて予定を崩壊させる算段はどうでしょうか!?」

「発想はいいが、レオナは混沌神で人間の域をこえてるから止まらない側だろう。ソトのダンジョンに突っ込めたらそのまま【収納】閉じて隔離した方が早いぞ」

話し合いをするものの、どうにもレオナ相手に勝てるビジョンが見えない。

「……だぁあああ！　埒が明かないわ！　こうなったらケーマが1回ペットになる勢いで当たって砕けるってのはどう!?」

「なんの対策もなく挑んでも実際砕けるだけだぞ……ていうか、ロクコは俺がレオナのペットになってもいいってか」

「最後は私のとこに戻ってきてくれるって信じてるわ！」

なんというか、信じられているのかいないのか……微妙な気分だ。

「というかご主人様ー、この会議ってレオナに覗かれてたりせぇへんの？」

「それは大丈夫だ。……今この宿、この隣の部屋にはワタルがいて【超幸運】の効果範囲とみていいだろうし」

はて、と首をかしげるイチカ。

「ワタルが居ると覗かれへんの？」

「俺も少し気になってたんだけどさ」

レオナはこの国をダンジョン領域に設定しているわけではないらしい。この国は、まぁあの死んでいるけど生きているとかいうダンジョンの領域なんだろう。そして、基本的にはサマーを通じてレオナはこの状況を観劇しているようだ。

例外はダンジョン実習のあの日と、夜会。この2日だけはレオナがサマーから目を離しているらしい。そして、ワタルがサマーと会えるのもこの2日だけ。前回と、今回のこれまでがそうだ。

つまり、【超幸運】が徹底的にワタルがレオナに気付かれないようにしている。元々泊まっていた宿を火事にしてしまう程に。このことから、ワタルの存在自体がレオナに認知されておらず、ワタルといればレオナの目につかない可能性が非常に高い。

「というわけだから、レオナ本人とサマーが居なければ問題ない。今ワタルにダウジングさせている結果も、恐らくレオナとサマーの居場所になるんじゃないかな」

「認知されなければちょっかいも出されない。なるほど【超幸運】恐るべしやで……」

俺もレオナ相手にワタルの名前を出そうと微塵も思わなかった。後付けではあるが、これも【超幸運】の影響だろう。

「だから、レオナはワタルの存在を知らないと見ておこう。というか知ってたら『時間と場所を当ててみろ』なんてことを言うハズもない、運頼みで当てられるんだから。せいぜいがただの護衛としか見られてないだろう」

「つまり、そこがレオナの盲点っちゅーやっちゃな」

「ああ。こちらが有利な点はそこだ」

逆に言えば、この利点を生かせなければ勝てないだろうということ。……うん、つまりこの勝負初回のループで、俺達がレオナの儀式の場所を知らないだろうとレオナが油断している今回こそが、一番勝てる可能性が高い。徹底的に準備して挑もう。

「にしても、相手がレオナでしょう？　神様を殺すくらいの気で挑まないと厳しいんじゃないかしらこれ」

「あー、アレで混沌神だもんなぁ」

「パパ。混沌神って時すらも捻じ曲げ、その手に収める力ある神なんですよね？　神学で習いました！」

神学。初等部の授業にはそういうのもあったのか。

と、ここで考え込んでいたニクが顔を上げ、挙手した。

「ご主人様。そういうことであれば、勝つ方法はひとつです」

「なにか案があるのか？」

「はい——真正面からの不意打ち、これに限ります」

……うん、何を言ってるか良く分からない。気付かれないように堂々と攻撃って、どこか矛盾してるよね？

その後、議論は白熱した。白熱したが、結局勝てるかどうかは分からない案しか出てこない。とにかく、思いついたことは片っ端からやっていくか。最悪、ループするし。

……ワタルには本当に頑張って貰おう。まずは儀式の時間と場所の特定からだ。

レオナ　Side

そして、5月30日——夜会の前日になった。答えを言ってしまえば、この日が儀式を行う日である。

サマーの目から見た状況では、結局ケーマは今日までレオナを見つけることすらかなわず、結果レオナは放置された。そして今レオナが居るのは儀式の場所——ではなく、オフトン教教会の地下室である。赤い絨毯が敷かれ、膝をついて祈っても痛くない場所だ。

レオナは、この他に誰も居ない部屋で祈りを捧げていた。混沌神であるレオナがいったい誰に祈るのか。はたまた今日の晩御飯の献立でも考えているのか。それは分からない。あるいは配下の目を通じて、外を楽しんでいるだけかもしれない。

「レオナ様。よろしいでしょうか？」

部屋の扉を開けて、レオナの下にトイがやってきた。

「あら？　持ち場を離れちゃだめじゃないのトイ」

「これは申し訳ありませんレオナ様。しかしお願いしたい儀がございます。どうかお聞きくださらないでしょうか？」

ピクリとも笑わない真剣な顔でトイが言う。

「お願い？……ふふっ、いいわよ、言ってごらんなさい？」

「私も、儀式に参加させて欲しいのです。ケーマ様の様子を見ていて、一体どのような儀式が行われるのだろうかと興味がわきまして」

「あら、珍しい。けれど、儀式については教えてあげられないわ」

ふふふ、と笑みを浮かべるレオナ。

「私から教えたら面白くないでしょう？　あなたが自分で探るなら、私は止めないわよ」

「……そこを何とか」

「駄目よ、だーめ」

レオナは、トイの頭を撫でる。

「それにしても、あなたが私に直接そう言ってくるなんて、ね。そもそもどうやって私の場所を見つけたのかしら？　私、この場所のこと言わなかったわよね？」

「はい。黒髪赤目のシスターの所在について聞き込みを行いました。結構簡単に聞き出せましたよ。部屋の鍵は掛かっていませんでしたし」

「あらそう？　ま、儀式場ならともかく、私の居場所を隠す気はなかったけれど。シスターを隠すなら教会の中、なんてね？」

無表情で真剣な顔のトイに、顔を近づけるレオナ。

――ぱしんっと手を叩いた音がした。首筋を狙ったナイフの一撃を、レオナが止めたのだ。トイは手を痺れさせ、銀のナイフが赤い絨毯の上に落ちた。

「あらあら、おいたが過ぎるわよ？……ね、ニク？」

「ちっ……バレてましたか」

トイ、改め、ニクが舌打ちをする。

「いや、分かるわよ。……むしろ分からないと思ったのかしら？」

レオナの知るトイは、持ち場を離れない。願い事もしない。なぜなら、玩具にそういう自発的な考えは不要だからだ。そういう風に育っていることを、レオナは知っている。

もっとも、その上で本当に興味があるとトイが言うのであれば、連れて行くことも吝かではないのだが。

「そういえば、また2人きりねぇニク。私のことを誘ってるの？」

「……今度は、負けません」

そう言って、【収納】から魔剣のナイフを取り出し構えるニク。その体は少しだけ震えていた。

「健気で可愛いわねぇ。ところであれから身長は伸びた？」

ニコニコと笑うレオナ。ニクは、あれから――レオナに攫われたあの日以降、確かに身長が伸びていない。体軀の小ささはオフトンに潜り込むのに不便はないが、攻撃力やリーチの長さで不利なため、ケーマの剣として戦うことを願う方面では悩みでもあった。

「……私に何か、していたのですか？」

「だって、幼女は成長したら幼女じゃなくなるじゃない。愛くるしく可愛い幼女で存在し続けられるよう、ちゃんとそこを変えておいたんだから。ね、ケーマさんには可愛がってもらってる？」

「……ええ、おかげさま、で……！」

恨みを込めて切りかかるニク。その速度は、レオナから見ても中々に速い。とはいえ、レオナの感覚からしたらキャッチボールの球をミットでとらえる程度のものだ。当たったところで大したダメージにはならないが、少しは痛いので軽く避ける。

「さすが、私の孫。普通ならば首の一つは刎ねられたでしょう。けれど惜しいわね？ 相手が私なのよ」

「避けますか、今のを」

「逆に避けられないとでも思った？ この程度の攻撃が届く程弱いハズがないじゃない」

レオナがするりと右手を上げると、何の変哲もない銅の剣がその手に現れた。特に魔法効果もかかっていなそうな、安物の剣。刃も潰れていてまともに切れそうにない。

「ヒノキの棒と迷ったけれど、一応剣で遊んであげる」

「その余裕の顔、歪めてみせます」

「できるかしら？」

レオナは無造作に剣を振り下ろす。ニクがその線上から飛び退くと、壁にズガンと亀裂が入った。

「これくらいは余裕で避けられるわよね、さすが私の孫娘」

「……武器の切れ味も関係ない、ですか」

「素の攻撃力が高いのよ、ふふふ」

レオナはさらに縦、横、斜めと剣を振る。右手に握られた銅の剣が振られる度に、ニクは身を躱し、壁に斬傷が刻まれていく。

だが、ニクは避けながら徐々に距離を詰めていく。それを見たレオナは左手を軽く握り、胸の高さに持ち上げた。

「でこピンっ♪」

「ッ！」

レオナの手が開くと同時に、ニクの額が見えない指にバチンと叩かれ持ち上がる。顔を上げさせられ、動きが一瞬止まる。レオナが銅の剣を振る。ニクは辛くも飛び上がりその見えない斬撃を避けた。

「そんな姿勢じゃ次が避けられないわよ？」

「！」

身構えるニク。――しかし、斬撃は飛んでこなかった。

「……なぜ？」

「なぜって、ケーマさんの抱き枕だもの。勝手に壊したら怒られちゃうわ？　ふふふ、けど大丈夫。うっかり殺しても直してあげるから安心してかかってきなさい。トイシリーズの身体構造は私の頭の中に入ってるし、最悪、魂だけ残っていれば復元できるものね。あ、そう考えたらもう少し本気を出してもいいかしら？」

「……こちらも本気で行きます」

「あら。まるでさっきまで本気じゃなかったみたい。それなら成長した所を見せてくれるかしら？」

「氷の礫よ、敵を貫け――【アイスボルト】！」

「はい、【アイスボルト】」

ニクが詠唱して放った魔法を、レオナは即座に相殺する。詠唱破棄。レオナにとっては造作もない技。なんならキーワードすら言わずに完全無詠唱にすることだってできる。

「まさか魔法を使ったから本気、とか言わないでしょうね。そもそもあなたはパラメータからして魔法が苦手ですよね、一般人よりはマシですけど。だからシリアル番号のない失敗作だったわけで……体術はちゃんと目標値を達成していたようですけどねー」

「氷の礫よ、敵を貫け――【アイスボルト】！」

「ですから――っと、どこに向かって打ってるんです？」

レオナの頭の上、天井に向けて飛ぶ氷の礫。レオナは、相殺してもよかったのだが、あえてこれを見逃す。何か狙いがあるなら、面白そうだから。

「氷の礫よ、敵を貫け――【アイスボ！」

「んんっ!?　っとと」

ガキン、と間近に迫るニクの剣をレオナが受け止め、殴り飛ばす。

3発目の詠唱途中でニクが剣を構えて飛び込んできた。詠唱中断、当然魔法は失敗するが、これにはレオナも少しだけ意表を突かれ、思わず左手で腹を殴ってしまった。

「がはッ……ッ！」

バゴン、と背中から石壁に激突するニク。しまった、と回復魔法の準備をするレオナ。

「やるじゃない。つい力が入っちゃったわ――あら？」

しかしニクは、無傷であった。内臓を破裂させ得る衝撃も上手く入らなかった手応え。

「その装備――『神の毛布』ね。そんなもの、どこで手に入れたの？　大事にされてるじゃない」

「けほっ……はい、ロクコ様にお借りしました。ぐ、ごほっ」

闇神の作りし『神の毛布』。ニクは外部からの攻撃を無効にするこれを服の下に仕込んでいた。しかし、レオナの攻撃はそれを貫通してニクにダメージを与えていた。

「……」

「どうして、って顔、なのかしら？　よく分からないけど。ああ、答えとしては、それ神様にとってはただの毛布みたいなものだから。神の攻撃は、多少は通るのよ？　じゃなきゃ、眠る創造神の布団を剝ぎ取り起こす、なんてこと、誰にもできやしないんだから」

「……それは、オフトン教では大罪ですね？」

「ええ。そうね？　でも私、混沌教メインだから問題ないわ。汝の為したいように為せと、他でもない神がこう言っているから！」

レオナは、剣を投げた。飛んでくる銅の剣をニクは紙一重で躱す。しかし、剣めがけて天井を貫いて雷が落ち、石畳の床が爆ぜた。ニクは毛布に守られつつも吹き飛ばされ、ゴロゴロと床を転がる。

「神の雷は痺れた？　ふふ。雷の神も名乗っていいかしら、なんてね」

物理法則を無視した魔法の雷。ニクは痺れて動けなくなる。ダメージが無いのは『神の毛布』の効果か、はたまたレオナの手加減か。

「さて、どうするのかしら？　頼みの綱のその毛布、あまり効果がないみたいよ？」

「……くっ！」

レオナは回復魔法を掛け、ニクの痺れをとってやる。無害な回復魔法はするりと防御をすり抜けニクを癒した。で、直後。ニクは一瞬の躊躇もなく部屋から逃げ出した。

「…………ふぅん。まぁ、いいでしょう」

潔い遁走を、レオナは見逃してやることにした。軽く気配を追うと、教会の外へ出て行ったようだった。

「けれど、これであとは私を尾行すれば……なんて、そうは思っていないでしょうね？」

レオナには当然【転移】がある。外を出歩いて、わざわざ目的地まで尾行させる必要などない。そういう甘えを許すのは、数ループ遊ばせてもらってからだと考えている。けれど挑戦1回目の今回に自分の居場所を見つけられたなら、そんなサービスをしなくても数回で到達してくるだろうか。レオナはそう考え、念のため全く関係ない場所を経由するようにしてから【転移】を行った。

そうして、儀式場に到着する。

石材を積み上げて作られたちょっとした体育館くらいあるその部屋は、ダイード国の象徴でもあるダイード城の一室、魔法研究室だ。レオナが作り出した幻影の老人、魔術師団長ティンダロスに宛がわれた、自由に魔法を研究するための場所。床の石タイルの裏には魔法耐性を上げる魔法陣が刻まれており、内部からの魔法に非常に強い作りとなっている。もちろん石としての頑丈さもあり、物理攻撃にも強い。一応は中で何が起きても外部には漏れない、という触れ込みである。

レオナは、基本的に人に邪魔されないこの部屋を儀式場に指定した。正直、隠すにはあまりにも堂々としており、手抜きかと思われるかもしれない。が、元々レオナは隠す気などなかったのだ。ケーマがループを止めるというから、儀式の場所を内緒にした。そのくらいのこと。

勘が良ければ、見つけられるかもしれないわね。と、レオナは思う。とはいえ、ここに入るためにはまずこの部屋の存在を知らなければならない。

「……ん？」

ふと、微（かす）かな違和感を覚えた気がした。足を止め、半歩左にずれる。

ちゅいんっ、と、レオナの背後から一筋の光が走り、先程までレオナが歩いていた空間を通過していった。良い狙いだ、しかも残された魔力（マナ）の残滓（ざんし）から見るに中々の——一般人であれば即座に消し飛ぶ程度の——威力。もしこれがまともに命中していたら、レオナといえどむせるくらいには痛かっただろう。

その1発が合図だったかのように、何本もの光線がレオナに射出されてきた。レオナに向かってくるそれは、1発1発が先程のと同程度の破壊力で。しかも、レオナの知らない魔法であった。

「これは——」

結界を張るも、無詠唱で雑に張ったそれでは1枚あたり数秒しか持たない。しかし数秒もあれば十分、レオナは振り向いて発射された方向を見ることができ、そして満面の笑みを浮かべた。

「よくここが分かったわねケーマさん！　褒めてあげましょう！」

「……今ので倒せないとなると、いやぁ、キツイなぁこれは」

そこには、レオナとは対照的に苦虫をかみつぶしたような顔をするケーマが居た。

＃　ケーマ　Side　（5月14日、調査開始翌日）

「30日。夜会の前日、唐突に城に反応が移動しているな」

エミーメヒィの纏めてくれたワタルのなるべく行ってはいけない場所データ（1万5千回分）を元に、俺は儀式の日付と場所を推測した。

大きく反応のある、しかもその反応が連続しているものは2つ。レオナとサマーだ。片方の反応は朝にサマーの住処から始まりサマーの住処へと帰るので、もう片方のほぼオフトン教教会に居て動いていない方。間違いなくこちらがレオナと特定した。

その上で、夜会前日にレオナの反応が突然数時間だけ城に移動していることが分かった。

というわけで、情報を纏めて新たな地図を用意する。教会と城の拡大図だ。なるべく精巧な図面を……まぁ、こんなこともあろうかと教会と城の方は用意しておいたのだ。およそ3千回でもうそれなりに結果が偏って見えていたので。

部屋に行くと、ワタルとエミーメヒィは仲良くぐったりしていた。

「ううう、結局1万5千回もやらされたのよ。もうしたくないのよ……」

「いやぁ、ダイス振るだけなのに結構な重労働でしたね……ミフィ様が効率化して3秒に1回できるようになってなかったら、数日はかかってたんじゃないですか？」

「そこを悪いなぁ2人とも！　追加で教会と城についての詳細を調べたいんだ。次は15分区切りで用意したから！」

俺がそう言うと本気かこいつ、と言う顔で2人は睨(にら)んできた。

「大丈夫、今度は日と時間が決まってる。とりあえず3千回くらいでいい」

「……なんでしょうミフィ様、少なくて助かったと思ってる僕が居ます」

「奇遇なのよワタル。妾(わらわ)もなのよ……ちょ!?　何なのよこの地図、お城の見取り図とか国家機密の代物なのよ!?」

DP(ダンジョンポイント)で出した鳥を飛ばして、上から撮影させてもらったのを手書きで写したんだよ。

……あれ、でも今思えば城の輪郭だけの地図でも良かったんじゃ？　こっちで確認するときに撮影したのと組み合わせればよかっただけで、渡す地図はあまり詳しく書く必要なかったか……いや、【超幸運】により正確に反応してもらうためだ、仕方ないことだった。

「……ちょっとした伝手(つて)で調べた。苦労して用意したんだから、引き続き頼むよ」

「うう、分かったのよ。ワタル、やるのよ……！」

「ええ。やってやろうじゃないですか……！」

――と、まぁそんなワタル達の頑張りのおかげで、レオナの居場所を最終的には地上から何mかの立体位置を含む座標で、かつ5分刻みで絞り込むことが出来たわけである。ありがとうワタル、ありがとうエミーメヒィ。

レオナ Side（5月30日、夜会前日）

レオナはぺろりと唇を舐めた。獲物を前に舌なめずり。そんな動物じみた行動だ。

「先程の攻撃、まったく殺気を感じませんでしたよ。暗殺者に向いてるのでは？」

「馬鹿言え、殺気が無かったのはあれでお前が死ぬなんて微塵も思ってなかったからだ。実際死んでないだろ？」

「まぁ！　信頼されているのですね私って！」

わざとらしく喜ぶレオナ。もちろん、からかっている。

「むしろなんで回避できたんだよ……一撃くらい食らっとけよ」

「うーん。なんとなく、ですよ？」

そこは本当になんとなくなので答えようが無かった。

「どうやってこの場所を？　わざわざ城に忍び込むなんて……勘、ではないですよね？」

「まぁ、どうやって見つけたかは企業秘密ってことにしておいてくれ。……秘密の多い男は、渋くてカッコいいだろう？」

「あらあら。良いですよ、聞かないであげましょう。肝心なのは、今ここにケーマさんがいる、その事実ですから。……ですが、私はこれから儀式をするので。すみませんがお相手はできないんですよ」

「だから邪魔しに来たんだけどな」

「でしょうね。では、援軍を呼ばせてもらいましょう。【コールスレイブ】」

レオナの隣に魔法陣が現れる。そこから、犬耳褐色幼女メイド——トイが現れた。

「召喚ばれて飛び出てごきげんようレオナ様。トイ・ティンダロス。只今参りました」

呼び出されたトイは、ぺこりとお辞儀する。

「トイ。これから儀式をするので、足止めしなさい。出来るわね？」

「お任せください。私は、レオナ様の完璧な玩具です故」

むふん、と仕事を任されて得意げに鼻息を吐くトイ。なんとなくその仕草がニクそっくりだな、とケーマは思った。

「……お前1人でいいのか？」

「そういうセリフは私を倒してから言ってくださいな。ケーマ様こそ1人で私と戦うおつもりで？　私は、混沌神の玩具。ケーマ様の愛しの失敗作とは異なり、完成品ですよ？」

「いいや？　もちろん仲間がいるさ」

そう言って、ケーマは【収納】を開く。そして、中から1匹の犬頭の小人——コボルトを取り出した。その両手には、それぞれ鉄の剣を持っている。

「ザコモンスターですね？」

「ああ。こいつが一番、感覚が近いんだとさ。……トイは任せたぞ」

『わん（はい）』

感覚が近い、とは？　と、疑問に思うトイ。

直後、コボルトは、何も言わずにトイに突撃した。鉄の剣を小さく構え、斬りかかる。

「っ、そこそこ速いっ」

ガキン、と金属のぶつかり合う音。トイはどこからか出したコンバットナイフで剣を受け止めた。トイだから反応できたが、このコボルトが普通のダンジョンに出てきていたら、Cランク程度の冒険者たちではあっさり戦闘不能になることだろう。明らかに、雑魚の域をこえていた。

「今度はこちらから行きますよ、雑魚モンスター！」

トイがコンバットナイフを振り回す。ギン、ギィンと金属のぶつかり合う音。的確に受け止め、火花を散らすコボルトの鉄剣。ギン、ギギン、ギン！　右、左、左、下、上。目にもとまらぬほどのコンバットナイフによる連撃と、しかしそれを防ぎきるコボルト。

「？　このコボルト、やけに抵抗しますね？」

『わん（あなたが、トイですか）』

「……そうですが？」

レオナとケーマは翻訳スキルにより犬の鳴き声がきちんと言葉として理解できる。トイはトイで犬の言う言葉がなんとなく分かる。やはり、犬人なので。

『わん（わたしはニクです）』

「……ふぅん？　そう。あなた、失敗作でしたか。惨めな格好ですね？」

強めに振るったナイフを、ギンッと難なく受け止めるコボルト。そう。このコボルトは、ニクが憑依し、身体を操るコボルトであった。

「ニク、そっちは任せたぞ。俺はレオナを止める」

『わん（はい）』

「レオナ様に頂いた身体を捨ててモンスターの身体に？　なぜわざわざそのような弱い体……理解に苦しみます。まぁ、直ぐ片付けてケーマ様の足止めをさせていただきましょう――疾走れ、【雷撃剣】」

トイがナイフを光らせる。剣に電気を纏わせる剣術スキル。これを受けたコボルトは動きが鈍り、隙ができる。そこをすかさず――

「もらっ、たっ!?」

――ギン、と別のコボルトがトイのコンバットナイフを受け止めた。

「ああトイ。言い忘れていたけど、コボルトは雑魚だから予備がたくさんいる。存分に楽しんでくれ」

ケーマは、追加のコボルトを【収納】から出していた。合計10匹のコボルトに囲まれ、トイはひくりと口端を震わせた。

＃ケーマ Side

コボルトに気を取られている隙に、トイをコボルトで囲んだ。そして――

『わん？（おや、こっち――）』『わん（――とみせかけて、こっちです）』

「ッ、ああややこしい！　何ですか、失敗作のくせに！」

『わん（その失敗作に翻弄されるあなたは、さしずめ駄作ですね）』

「五月蝿い、死になさい！」

しかしナイフを受け止めるコボルト。攻撃を受け止めて足を止めつつ、別のコボルトが襲い掛かる。避けるトイ、を、更に狙う、更に別のコボルト。

『わん（次は、こっちのわたしです）』

「ふん、考えましたね失敗作！　弱さを数で補うとは！」

ニクがコボルトを乗り換え、トイを襲う。振り向きながら戦うと、今度は左右から別のコボルト達が襲い掛かる。片方はまた乗り換えたニクだ。

『わん（コボルト未満の雑魚わんこ）』

「何をっ！　ゴミ箱に入り損ねた失敗作のくせに！」

『わんわん（雑魚犬、負け犬、下の犬）』

そして、コボルトにはトイを挑発する余裕すらあった。

コボルト達は、1匹1匹はトイに圧倒的に劣る雑魚だ。ニクが憑依してようやく多少は戦いになるかもしれないレベルである。

しかし、それは1匹だけの場合だ。

ニクはコボルトを素早く乗り換えることで、コボルトを群れとして強者と化すことに成功した。目の前にいたはずの強敵が、目の前から動かないまま後ろに回り込む。かと思えば、左右のどちらかから襲い掛かってくる！　コボルトに紛れたコボルトがどこから来るか分からない。見た目は完全に同一で、たとえ見分けがついてもそいつは次の瞬間には入れ替わってるときたもんだ。

ダンジョンマスターと化したことを存分に有効利用した戦法である！

「くっ、ナイフで圧倒してやろうと思いましたがこうなったら範囲魔法で――」

『わおーーーーん！』

「ひゃっ!?　く、大声で詠唱の邪魔とか小賢しいッ！　失敗作らしく泥臭い！」

……ついでに言えば、残りのコボルトたちもただの雑魚ではない。イチカとロクコがソトのマスタールームから操作する、ニク程ではないがちょっと強いコボルトなのだ。さらには多少やられてもソトが補充するので千匹以上程出せる。犬耳獣人のニクがマスターなためか、1匹15Pで召喚可能。剣だって俺が自重せず【ストーンパイル（鉄）】を材料に作った2千本くらいをソトに預けてある。

というわけで、悪いなトイ。これ、ニクとのタイマンではないどころか、1対10ですらないんだ。いやぁ、間違えちゃったな？　お前ひとりが勝てる道理は無いぞ。

「レオナ、わんこ対決はこっちの勝ちみたいだぞ？」

「ふむ。そうみたいですね……やるじゃないケーマさん」

ケーマの笑みに、レオナも微笑む。

「それにしても、ケーマさんもコボルトを使い捨てにするくせに、それを棚に上げて私が色々するのには難癖つけるのねぇ？　日本人らしい、といえばらしいけど」

クスクスと笑いながら言うレオナ。

「え？　あー、うーん、それなんだけどな……イチカに言われて気が付いたんだけど、俺って別にお前が誰をどうしようと、基本的にはどうでもいいんだ」

「……へぇ？」

自分が使い捨てるために作ったモンスターを使い潰す分には何の遠慮もない。ゴーレムだってガンガン素材に使う。そう考えている俺のような人間がレオナのやっていることへ文句をつけるのは、確かに自分勝手だろう。

「趣味に合わない話を聞かされたら眉をしかめるくらいはするさ。けど、俺の知らない所で、俺の知らない関係ない相手になら、別に何をしようと関係ない。……ただしそれが俺の領域に関わってくるなら話は別。それだけの話だったんだよ。だって俺は、ダンジョンマスターだからな」

ダンジョンマスターなら、自分の領域を守るのは当然の話だろう？

そう言うと、レオナはふむと頷いた。

「成程……なら仕方ないわね！」

「だろ？　確かお前の信仰する混沌神様だって『自分の為したいように為せ』とか言ってるんだから、俺が自分勝手にしたところで問題ないよな？」

「ええ、ええ。もちろん！　世界は遊び場。何をしようと私達の自由だもの！」

「……だから悪いけど、お前の楽しい世界はここで止めさせてもらう。俺の都合で」

「どうぞどうぞ。しかし当然、私がそれに抗うのも自由というわけですよ！」

レオナが自分を中心に大小様々な魔法陣を展開。

「説明してあげましょう。この魔法陣のうちいくつかは、攻撃用もしくはダミーの魔法陣ですが……ええ、これが超魔法、時を遡る【ロード】です。さぁ、発動を阻害してみなさい？」

そして、無数の魔法陣からまるでシューティングゲームのような魔法攻撃の弾幕が飛んでくる。開戦を告げる合図としては文句無しの派手な花火だ。

「あ、『神の毛布』装備してますよね？　ならギリギリ死ぬことはないかと。多分」

「えっ」

……しかもニクから話を聞いていたが、レオナの攻撃は『神の布団』の防御を抜けてくるらしい。おのれ混沌神。もう少し手加減してくれてもいいじゃないか？

レオナ Side

「【サモンガーゴイル】！」

レオナの周りを飛ぶ小さな魔法陣から飛ぶ火や氷の弾、ビーム状の電撃をケーマは召喚したガーゴイルを盾にして回避する。もちろん『神の毛布』が前提の魔法ではただの石像ごときが耐えられるはずもないので、1発毎にガーゴイル達は破壊されていく。また、1回の【サモンガーゴイル】で複数体のガーゴイルが出ていることを考えるに、これは多重詠唱をしているのだろうとレオナは見当をつけた。

「中々に、腕を上げましたね？」

「喋ってる余裕がないわ、どっせぇい！」

そしてケーマも防御するだけではなく、光の濁流が飛んでくる。攻撃用のファイアボールスポーンともいえる魔法陣が消滅させられた……新しく書き直す。この攻撃には、魔法陣を掻き消す効果があるらしい。

「私の知らない魔法ですね。……光神の魔法？　どこで見つけてきたの？」

「ははは、企業秘密だ！」

見るに、ほぼ術式のない、原始的な故に無駄がなく効率の良い魔力攻撃だ。詠唱やキーワードが聞けければ【超鑑定】で調べて見当もつくだろうに、ケーマはこればかりは完全無詠唱で発動していた。……だが、恐らく無属性。魔力を暴走させて、決めた方向に力任せにぶっ放す。魔法スキルと言うシステムの枠を越えるかどうかのギリギリだろう。

「……光神の秘密兵器かしら。無茶をするわねまったく……」

暴走した魔力が魔法陣に触れれば、魔法陣は連動して暴走、作りかけであれば破壊されることになる。レオナは、この攻撃だけは【ロード】の魔法陣に触れさせないよう注意深く結界でガードする。

「【サモンガーゴイル】、からの【ストーンパイル】！」

詠唱破棄のケーマの呪文。儀式場の床から石の杭が生える。魔法の発動を進めつつも、手で払いのけ、杭を折る。

「【ストーンパイル】！　【ストーンパイル】！　【サモンガーゴイル】！」

この魔法陣は、以前アイディに見せたときのようなダミーではない。多少は削られてもすぐ直せるものだけ外に出して構築している形ではあるが、魔法陣に干渉され妨害されればその分だけ完成が遅れるという代物だった。

「……ふむ、思っていたより厄介ですね」

魔法陣を狙ってくる石の杭は無詠唱の結界で弾き、ガーゴイルも空気の弾を当てて壊す。地味に厄介なことに、ケーマの【ストーンパイル】は直接手で触れていない箇所から生えてきており、動く石像であるガーゴイルの額といった予想外の場所から杭が生えたときは多少ビックリしてしまったくらいだ。股間からでなかった分、まだマシだろうか。

「……なるほど、遅延魔法をガーゴイル経由で発動しているわけですね」

何度か発動を見ているうちに、分析ができた。本来であれば、せいぜい手を伸ばした距離までの範囲からでしか発動できないはずの【ストーンパイル】だが、発動待機状態にしてガーゴイルに運ばせることで、ケーマ本人からかなり離れた位置での発動をしているようだ。他にも、魔力の流れを伸ばし、床下でつなげたりしている。

「本当に、器用ですねぇケーマさんってば」

レオナは感心した。混沌神に褒められるんだから、自慢して良い。たとえ1歩も動かすことができていなくとも。

「けれど、やけに、地属性ばかり使うじゃないの」

「地属性は残骸が残るからな。遮蔽物が多い方が、避けやすい」

ケーマはそう言うが、レオナにはその狙いが見えていた。

「儀式場を、破壊しようとしています？」

ケーマの魔法により、魔法耐性のある石タイルはかなりの箇所が壊されている。特にあの光線の魔法だ。壁を破壊し、床を抉る魔法の光。魔法耐性の魔法陣すら容赦なく掻き消して、破壊する。

ついでにこっそりと石タイルを【収納】に隠し入れたりもしていた。

「バレたか」

「ふむ、残念ですがそれは無駄です。この場の魔法陣に、特に儀式に影響するものは一つもありません。【セーブ&ロード】は、すべて私の手に持っているんですよ」

「……じゃあこの魔法陣の描かれた床石は？」

「魔法耐性を高める魔法陣です。ちょっとした魔法ならそれで完全に防げますから、実験場に設置しておくと便利なんですよ」

「それじゃあ持ち帰ってもお土産にしかならないじゃないか……」

そんな冗談を言うケーマに、レオナは思わず笑みがこぼれる。

「……【ピットフォール】」

ケーマの呟きと共にすんっとレオナの足元に穴が開く。しかし、レオナは落ちない。見えない床の上に立っているようだ。

「残念、結界を張っていました。足元に魔力を伸ばす糸が見えたので……落ちてあげられなくてごめんなさい?」

「落とし穴には落ちとけよ、人間だろ」

「え? 一応神よ?」

……そうだったな、とケーマは眉を寄せて目を細めた。


『わん! (ご主人様)』

と、ここで戦況を動かす一声、いや一鳴きが聞こえた。ケーマの下に駆け寄るコボルト。

「おうニク。トイは?」

『わん(あちらで拘束してあります)』

コボルトの指し示す先には、大量のコボルトによって拘束され【収納】に仕舞われつつあるトイが居た。

「はな、しなさいっ、この、下等なケダモノが! 失敗作のくせに、私にこんなことして良いとでも思っているのですか!?」

『わぉん(そんなケダモノ未満の弱い弱い子犬ですね)』

「ぐぅぅう……赤き巨星よ今――むぐっ」

『わん(魔法詠唱は禁止です)』

口も押さえ込まれ、魔法も使えない。魔法スキルに練り込んだ魔力が無駄に霧散した。

悔しそうに呻くことしかできないトイ。

「ふふ、凄いわ。ただのコボルトをここまで使える物にするなんて。失敗作と呼んだのを謝らないといけないわね」

『わん！（次は、お前の番です！）』

と、火の玉を避けつつコボルトが鳴く。近寄ってきそうだったので、無詠唱で【アースバインド】を発動。足を止め、それからコボルトの頭を吹き飛ばした。次のコボルトがやってくる。

「――【コールスレイブ】」

ケーマ達に魔法攻撃をしつつ唱えたその呪文で、コボルトに拘束されていたトイがするりと消え、レオナの隣に現れた。コボルト達は改めてトイを捕まえようと殺到してくる。

レオナは結界を張り、コボルト達の足を止めた。

「……も、申し訳ありませんレオナ様。不覚を取りました」

深く頭を下げるトイ。メイド服もボロボロだ。コボルトの噛み傷だってついている。

「ああ、ああ。そういうの良いから」

レオナは指をパチンと鳴らし、トイを癒した。しかしその顔は、特に感情のない、つまらないものを見る目。使えない玩具を見る目。失望した目。

「あ、ありがとうございます、レオナ様」

トイは顔色を悪くして震えつつ、礼を言う。「……はぁ」と溜息をつくレオナに、びくっと震え、尻尾が垂れ下がった。

「……ニクちゃんの方が優秀でしたね。『ウサギと亀』で言えば、貴女はウサギ。負けウサギですよ？　犬のくせにウサギ。ほら、ぴょんぴょんって跳ねなさい？」

「は……はい、ぴょ、ぴょん、ぴょんっ」

頭に手を当ててウサギの耳のようにしつつ、小さく跳ねて見せるトイ。ケーマ達へ魔法攻撃が降り注ぐ中、ただウサギの真似を強要されるトイ。

「もっと楽しそうに！」

「ぴょん！　ぴょん！　えへへ、えへへへ！」

目の端から悔し涙を流しつつ、トイは強引に作った笑顔でウサギの真似をする。偉大なる主は、自分にこんな命令をしつつも片手間にケーマ達をあしらっている。ああ、自分は本当に要らない、役立たずだったんだと、涙が止まらないトイ。

「何泣いてるの？　楽しいわよね。楽しいでしょう？」

「えへへ、はい、楽しいですぴょん！　遊んでくれてありがとうですぴょん！」

役に立てず悔しい。犬なのにウサギの真似をさせられて悔しい。しかし楽しそうにと言われて楽しい。レオナに名前の如く玩具にされて嬉しい。ぐちゃぐちゃな感情がトイの心をかき乱す。

「……ああ、良いわ。その顔。可愛くてゾクゾクしちゃう。……うん。その顔に免じて、もう一度だけトイにチャンスをあげる」

「ッ、は、はいっ、こ、今度こそ、今度こそお役に立ちます！　立ってみせます！」

再び深く頭を下げるトイ。

「待たせたわね ケーマさん」

「待ってないしこっちのコボルト隊3回くらい全滅したんだが？　会話中くらい少し手加減してくれ」

「ああ、ごめんなさい。余所見をしていたものだから。……というわけで、もう一度トイで遊んでてもらえる？　そろそろ魔法も大詰めなのよ。ああ、そうだ。ついでにこれも付けてあげる——【コールペット】」

ぐん、とトイの上に魔法陣が展開される。

「へ？」

ばしゃぁ！　と黒い液体がトイに降り注いだ。

「れ、レオナっ、様っ……!?　うわぷっ」

『主人、久しぶり！　ん？　なんだ、この犬は。まさか、わたし以外の、ペットか！』

黒い液体はプルンと震え、トイを飲み込む。もがくトイ。

「はぁい、久しぶりね。あとそれは一応私の孫のトイよ」

『孫！　主人の孫か！　ごめん！』

ぺいっとトイを吐き出して、黒い液体は狼の姿を取る。

そいつはレオナのペットの黒いスライム——リンであった。

ケーマSide

【コールペット】。名前からして、自分のペットを召喚する魔法だろう。そして現れた黒いスライム。見覚えがあった。かつて、辛酸をなめさせられ、代わりに塩の塊をお見舞いしてやったあのスライム。

「……リン？」

『む？　誰だ、お前』

それは間違いなく前にウチのダンジョンを一部占拠した凶悪スライム、リンだった。

「あらケーマさん、うちのリンを知ってるの？」

レオナがリンを撫(な)でつける。リンは、とても心地よさそうにレオナに身体(からだ)を寄せた。まさか、リンを育てた主人――ものすごく強い主人ってお前か。確かに強いよ、混沌神(こんとんしん)じゃねぇか。

「なるほど。スライムだからスラリン、で、リン、か。……立派なスライムだな」

「でしょう！　昔はもっと丸くて小さかったのだけど。やっぱりスライムを育てて最強を目指すのってロマンよね？　だから色々混ぜたり、進化させたり……で、こうよ！」

じゃん、とリンを自慢するように紹介するレオナ。

「そうか……気持ちは分かる。スライム育成はロマンだもんな」

「でしょう。ケーマさんならそう言ってくれると思ったわ」

得意げなレオナ。鼻高々なリン。悔しそうなトイ。

「てい」

不意打ちで両手から【エレメンタルバースト】を、無詠唱でレオナとリンに撃ってみる。レオナは弾き、リンがぱちゅん！　と弾けた。うにゅうにゅと飛び散った黒い液体が集まって、再び狼の姿になる。ちっ、ノーダメージか。

『おぇぷっ、げ、げぇぇ……いきなり、なにを、する！　殺す気か！』

「あれ、普通に効いてる？」

リンはガルルルッと黒い牙を剝く。が、レオナの命令がないためか威嚇どまりだ。

「よしよし、いい子ねリン。じゃ、トイのことを手伝ってあげなさい。いいわね？」

『わかった！　孫犬を手伝う！　おい、孫犬！』

「……トイです。ええ、いきますよ、ええ！　これ以上失態をおかすわけには……手伝いなさい黒スライム！　倒しますよ！」

襲い掛かってくるリンとトイ。コボルトがトイの攻撃を受け止めたが、リンにかぶりつかれ食いちぎられる。

『ちょうど、腹が、へっていたのだ！　さっき、抉られたし。もぐもぐ』

「ちょっと！　食べてないで戦ってくださいよスライム！」

『回復が、食事が、先だ！　戦うには、食べる、常識！　あと、食べて手伝ってる！』

そして次のコボルトとトイを放置してコボルトの死骸を食べるスライム。あいかわらず食い意地が張っている。……と、ここで一つ思いついた。

「おーいリン、さっきは悪かったな。お詫びにこれをやろう」

『む？』

俺はＤＰで真っ白な皿を取り出した。

『そ、それは！　ウマいやつ！……くれるのか！』

「ああ。お詫びだから是非受け取ってくれ。……ところで、白い皿を差し出した奴は見逃すって約束だったよな？　お前は約束を破らないよな？」

『う、そ、それは……』

受け取るべきか受け取らざるべきか、と白い皿を見つめて固まるリン。ついでに皿を動かすと、完全に顔が皿を追いかけていた。

「……そーれとってこーい！」

『わうーん！』

フリスビーのように白い皿を投げると、それを追いかけてリンは走っていった。１人残され、ぽかんと口を開けて固まるトイ。

「……ニクコボルト、ＧＯ！」

『わん（はい）』

「え、えっ？」

リンが白い皿を追いかけて食べに行ったところで、孤立したトイを20匹程のコボルトが囲み、先程よりも効率よくあっという間に拘束した。

「馬鹿スライムぅうーーー!!」

コボルトに【収納】へ運ばれるトイ。……トイが少し哀れになってきたな。

皿を食べ終えてリンが戻ってきた。

『お前を見逃すのと、孫犬を助けるのは、矛盾、しない！　問題、ない！……む？　孫犬は、どこ、行った？』

「ああ。たった今、この中に連れ込まれたよ。早く助けに行った方がいい」

『なに！　わたしを、置いてくとは！　まってろ！』

と、リンは【収納】の中へ自ら入っていった。……俺は【収納】を閉じた。【収納】の中は時間が止まる。レオナのペットだから神の領域に片足突っ込んでたら分からないけど、とりあえず【収納】を閉じて置けば出てこれないだろう。……なんならあとでソトに部屋を作ってもらって閉じ込めようか。

「……よし。レオナ、これでお前の手下は片付けたぞ！」

「はぁ……所詮はスライムですか」

一部始終を見ていたレオナも、さすがにこれには呆れ顔になった。

レオナ Side

予想外に役立たず……というか、ケーマがリンの扱いを心得ていたことで、想定よりもはるかに容易く処理されてしまった。アホっぽいのが可愛く、あまり賢さを育てていなかったのが失策だった。

改めて放たれるケーマからの攻撃を10枚重ねの結界で防ぎつつ、レオナは「はぁ」とため息をつく。今日何度目のため息だろうか。味方の無能は、一応元締めの自分の責任ということになってしまう。

「リンは賢さをもう少し鍛えないといけませんね。ここ数年ほったらかしていたからこれは私の責任です。トイもダメダメでしたねぇ。あの子は創意工夫が足りない。才能にあぐらをかいている、という感じでしょうか……」

両方とも召喚系魔法で呼び出せるが、あえてレオナは置いておくことにした。少なくとも、このループ中は放置する。

「ああ、トイですが、ケーマさん要ります？　ニクちゃんをそこまで育て上げられたケーマさんなら、トイももっと優秀にできると思うんですよ」

「なら廃品回収代ということでループを止めてもらおうか？」

『わん（不要です）』

「ああ、そういえば、そういう勝負でしたね。それは別の話です」

とぼけて冗談を言うレオナ。

「……まぁ、茶番でした。しかし時間稼ぎにはなりました、ということにでもしておきましょうか。実はリンを召喚（よ）んだ時にはもう組みあがってたんですが」

「……は？」

そう。レオナはとっくに儀式に必要な魔法陣を組みあげていた。レオナを囲んでいた魔法陣が一つ一つ閉じていく。あとは、【ロード】を発動し、その瞬間に時を停止させる結界に閉じ込める。そうすれば、結界を解除するだけでループする。

「マジか」

「マジよ？　こう見えて私、自分で言うのもなんだけど、約束の時間には余裕をもって待ち合わせしたりするマメな性格なの。５分前行動とかは、基本よね？」

「……とぉりゃ!!」

不意打ち気味にケーマの魔力（マナ）が迸（ほとばし）る。ケーマの周囲に並んで凝縮し、そこから何本もの光の筋がレオナと魔法陣に降り注ぐ。命中、炸裂（さくれつ）。

「あっは♪　油断を狙うには杜撰（ずさん）すぎるわよ？」

しかし、レオナは結界を張っていた。雑ではなくしっかりと時間をかけて構築した頑丈な結界だ。ガトリング砲のような強烈な連射をうけつつも、しっかりと壁を保っていた。

隣に立つコボルト（ニク）は手が出せない。

「ぐぐ、これを防ぎきるか……！　俺の最大火力技だぞこれ！」

「ケーマさんこそ末恐ろしいですね、ほんの数秒で千層結界がもう半分も削れましたよ」

ケーマは、この世界に来て――勇者になってからまだ数年。それなのに、500年以上もこの世界で倫理をかなぐり捨て研鑽を積んでいるレオナに、届き得る力を示している。

「はい結界を追加で千層上乗せ」

「さらに分厚く……って、うぉッ」

『わう！（ご主人様、これはっ）』

そして、自分ではなくケーマ達に結界を掛ける。13万1千72枚重ねた結界。破るにはさすがのケーマでも相当かかるだろう。

「コボルトと一緒に、しばらく黙って見ていなさい」

これで、勝利だ。なんともあっけない。

「孫とペットが不甲斐ないから、つい本気出しちゃったわ……普通なら勝ちにしてあげてもよかったけど――……ええ、約束を覚えてるかしら
ケーマさん？」

レオナは、ケーマの身体をつま先から頭まで、結界越しにじっくり舐めるように見る。

「約束？　俺がお前を殴る、だったか？」

「うふふ。それは私に勝てたら、の話ね。でも、次のループは、ペットにして、たぁんと可愛がってあげるからね」

魔法の発動を保留させる結界を用意。そして、あとは時を遡る魔法、【ロード】を発動

するだけ。大魔法とはいえ、もう何十回もやっている手順である。体が覚えているといってもいい。……感覚的に、残っている魔力もちゃんと足りるだけの量がある。

　レオナは、勝ちを確信した。

　しかし、発動に失敗した。

「……えっ？」

　きょとん、と驚いた顔をするレオナ。発動失敗、しかしそのために練り上げた魔力ががくんと減り——咄嗟（とっさ）にレオナは漏れ出る魔力を回収し、少しだけ回復した。

「……ッ、ぐ、う……、なぜ？　そんな」

　混乱するレオナ。魔法陣は完璧だったはず。エラーは何か、一つ一つ原因を探る。そうして、原因を突き止める。

「なっ……——時を司（つかさど）る力が、足りていない、ですって？」

　そう。自らの権能、時を支配する力。神としての力。これが少し、ほんの少しだけ、足りていなかった。万全の魔力で挑んでいたのであれば問題なかったであろう程度にではある。もっとも、失敗して魔力を大幅に減らしてしまった今では無理だ。

　……回復にも、時間が足りない。これではもう、儀式が可能な時間に間に合わなくなってしまう。

「はぁー……どうやらその様子を見るに、上手くいったみたいだな……？」

ケーマの声。

「これは、ケーマさんの仕業ですか？」

「悪いなレオナ。そう、俺の仕業だ」

レオナが結界で閉じ込めたケーマを見ると、ケーマは安心した表情で笑っていた。

＃　ケーマ　Side

「悪いなレオナ。そう、俺の仕業だ」

「……一体どうやったんですか？」

どうやら、別で進めた作戦が上手く行っていたらしい。もうネタ晴らししてもいいようだ。

「上手くいくかは、賭けだったんだけどな。権能も使ってる、って話だったからオフトン教の神様に、時の力を分けてもらったんだ。……確か、お前から聞いた神の殺し方――権能を奪う、だっけか？　うん、多少は影響が出たみたいで何よりだよ、混沌神」

「オフトン教の神？……しかし、オフトン教に神は――」

「オフトン教に神はいる。――そう。時を自在に操る女神、時空神カリニソト様がな！」

そう。神の居ないオフトン教に、神を作らせてもらったのだ。

「この国のオフトン教は、人による人の宗教——そういう筋書きだったはずですが」

「『オフトンに入ると、夜だったのに朝になる。これは時の女神が時間を奪うからだ。だから人は、眠りにつくと気が付けば朝になっている』、そういう話を信じてもらった」

権能がどうのという話だからわざとらしく時空神と名前を付けさせてもらったけど、信仰対象の神ではない。言ってしまえばおとぎ話に出てくる妖精みたいなものだ。

「……いつの間にそんな話を広めたのですか？」

「お前に気付かれないように、こっそりと、だ。どうだ、驚いただろ？」

そう。レオナに気付かれないよう、こっそりと——【超幸運】をもったワタルに、ソト本人と一緒に、この子はオフトン教に生まれた神様ですって話を喧伝してもらっていたのだ。しかも実際に【収納】ダンジョンを堂々と使い、時間を止めたり、半分の時間が流れるようにして見せたり、それはもう論より証拠とお披露目させてもらった。

「……てか、お前から借りた聖印を使わせてもらったが——なんでもいうことを聞くって本当だったんだな。洗脳じゃないか？　ちょっと怖いレベルだったってよ」

「……!!」

あの赤い聖印も本当に効果を発揮してくれた。オフトン教教徒の連中にこの話を肯定してもらい、サクラにさせ、さらにはどんどんと物語を広めさせたのだ。『オフトン教教祖代行、勇者ワタル』の保証付きで。

危険度の低い、それでいて人の集まる場所。実行できたのはたった2週間程度だが、本当に効果があったようで何よりだ。いやぁ、それにしてもこれだけ堂々と広めてレオナの耳に入らなかったのは――

――本当に運が良かったよなぁ……！

本当に偶々、ギリッギリ綱渡りの幸運だったよ。そもそも作戦自体が効果があるかもはっきりしない分の悪い賭けだった。だがそう、まさに、天運は我々に味方した！

「時を奪う神様の話だ。時の力とやらを奪うには、うってつけだろう？」

「く、くくく、あははは！　やるじゃないですか、やるじゃないですか！　そうです、それが神の殺し方！　よく覚えていましたねぇケーマさん！」

嬉しそうに高笑いするレオナ。

「ループでダイードに閉じこもっている以上、このダイードが今の私の世界。その世界でそうだと信じ切られてしまっては、権能が奪われてしまうのは必然。あぁ……全く。本当にこの魔法は、繊細で完璧すぎるバランスの上に成り立っていました。もはやこの状況では精々元々の、特定の時間へ言葉を飛ばすくらいのことしかできません。でも私はその時間に受信機の鏡なんて見てすらいない。……ふふ、これでは過去へ干渉して未来を変えることもできません。つまり――」

レオナは一息ついて、俺に向き合う。そして、全く殺気の籠らない、穏やかな笑みを浮かべこう言った。

「認めましょう。私の敗北です」

それはすなわち、俺達の勝利だった。

「……抱くなり売るなり、好きにしてもいいですよ？」

「……それを言うなら煮るなり焼くなりだろ？」

あのヒロインサキュバスも同じこと言ってたぞ。さては教えたのお前だろ。

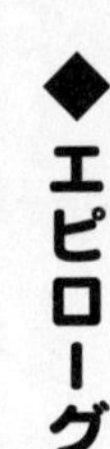

エピローグ

ボロボロになった儀式場。レオナは敗北を認めた。俺達の勝利だ。

「俺の勝ちだし、ハクさんに売るのはまぁ確定として」

「あ、本当に売るんですか？　ハクちゃんならいいけど」

正確にはできれば引っ立ててこいって話だったけどね。それにしても、レオナは負けたというのにあっさりとしたものだ。

「随分と潔いじゃないか」

「まー、いつかループを解除したら私が負けるのは確定していたことなので。１度も勝てずに負けるとは思いませんでしたが」

やれやれ、と肩をすくめる。レオナにとって、このダイードでのループは本当に暇つぶしくらいの感覚だったのだろう。あるいは、もうとっくに目的を達成していて、いつ止めても良かった、程度の。

そう思うと、沸々と怒りが湧いてきた。よくもまぁ巻き込んでくれたものである。

と、ここで俺は勝者として得た権利を行使することにした。

「……さぁて。それじゃ、１発殴らせてもらおうか？」

「本当にやるんですか？……まぁ、いいですよ？　約束ですからね」

俺とレオナの間に展開されていた結界が消えていく。

「結界も外しておきます。はい、どうぞ？」

ニコニコと笑みを崩さず、防御の構えもとらず直立したまま俺を見るレオナ。

「……これから殴られるっていうのに、随分と余裕だな？」

「えー？　気のせいですよ。別に結界なくても防御力クソ高くてケーマさんのへなちょこパンチなんて毛ほども痛くないしむしろ頬を『ぷにっ』てやる感じの感覚だなんて思ってないですよー。むしろケーマさんの拳が砕けるんじゃ、なんて心配してたり？」

ニコニコからニヤニヤに笑みを変えるレオナ。イラッ。よかろう、本気で殴ってやる。

俺は、懐からあるものを取り出した。

「……なぁレオナ。これなーんだ？」

「それは……え、私の下着？……あ、あらっ？　いつの間に？　んん？」

と、思わず下着を確認するも、ちゃんと穿いているレオナ。

だがその一瞬、レオナの気が緩んだのを俺は見逃さず、俺はレオナに思いっきり拳を叩きこむ。顔面をグーで打ち抜くように殴った。同時に、【エレメンタルバースト】を拳から射出する荒業付きで。

「べぐんっ!?」

……手ごたえあり。ミキッと何か痛そうな音がしたし、俺の手もめっちゃ痛い。レオナの防御力は伊達じゃない様子。……痛そうにゴロゴロ転がっている。よかった、ちゃんとぶん殴れたようだ。

レオナは、鼻頭を手で押さえて、目をしぱしぱと瞬かせつつ起きあがる。

「……～～ッ、ああ、女性に下着をまさぐらせた上に顔面を殴るだなんて、紳士の風上にも置けないわケーマさん……ッ、つぅ、今のは効いたわ……」

「男女平等で日本的じゃないか、はっはっは」

レオナが神なのは権能を奪えることで実証した。つまり、人が殴ったり魔法で戦う通常のダメージじゃ、こいつは絶対に死なない。そういう信頼があっての一撃でもある。

ぽぅっとレオナの手が優しく光ると、殴られた跡は微塵も残っていなかった。

「つはぁ、目がチカチカした。こんなダメージ、何百年ぶりかしら……この素敵な鼻が折れたかと思いましたよ。鼻血でてません？」

「大丈夫だ。もう1発殴ろうか？」

「……次は結界張りますよ、本当に痛かったので」

本当に嫌そうに言うレオナ。いやぁ、空いた時間に殴る練習をしておいてよかった。

「……そういえば、その下着はレプリカですか？　よくできていますね」

「まぁな。これで隙を作って魔法を妨害する案もあったんだが……やるタイミングがなかったんだよな」

丁度時間が切れたのか、ソトに【ちょい複製】してもらった下着が消滅した。……え、ソトはいつこの下着を食べたのか、って？

うん、実はこの下着、俺の【超変身】で変身した『神の下着』なんだ。パンツをソトに丸呑(まるの)みで食べてもらって、胃袋に入った時点でニクにダンジョンルームへ回収してもらったらどうなるのかを試した結果、できた。できてしまったのだ。

……ニクの靴下を食べた直後にすぐ出してたから消化しきるまでって条件は無いとは思ったけど、まさか【超変身】で変身した『神の下着』までコピーできるとは思わなかった。【超変身】の時点で効果までは再現できていなかったみたいだけど……

「そんな精巧なレプリカを作っちゃうくらい私の下着をガン見してたんですね？」

「……チラ見でもできるから」

「チラ見で記憶に焼き付けちゃうくらい気に入られたんですか！　では、特別報酬として私の脱ぎたて下着もプレゼントしちゃいましょう、嬉しいですよね？」

「嬉しくなくはないけど複雑な気分になるな？」

……レオナの使用済みってのがアレだけど、それ神の寝具の『神の下着』だよね。貰(もら)っとくよ。うん。……わぁ温(ぬく)い。

「それじゃ、ケーマさんに言われたし私はハクちゃんの前に行ってくるわね――【コールペット】」

魔法陣が現れ、そこから狼型の黒いスライムがずるんと現れる。こちらの【収納】に閉じ込めていたリンだ。

『ぬ!? 主人の孫は、どこだ?』

「リン、それはもういいわ。久々に乗ってあげるから鞍を作りなさい」

『おお！　主人！　いいぞ！　わかった！　やった！』

リンの背中がぐにゅぐにゅと動き、椅子の形が生えてきた。見ればちゃっかり手綱まで完備している。スライムの狼はこんなことまでできるのか。

って、ちょっとまて。

「おい、魔術師団長ティンダロスとか、テンセイシャとかそのあたりはどうするんだ!?」

「え、もう要らないから好きにしていいですよ。詳しくはトイに聞いてください」

「そういうのちゃんとして行けよ！」

「えぇ？　仕方ないですね、それじゃあ後腐れの無いように国ごと更地にして滅ぼして」

「分かった、トイに聞けばいいんだな！」

あっさり破壊しつくそうとは物騒な奴め。混沌神じゃなくて破壊神を名乗れよもう。

「ケーマさんはお優しいですねぇ、ニンゲンなんかに」

「俺もまだ人間だからな。あとトイが俺の言うことを聞くように一筆書いておいてくれ。

えーっと紙とペン……」

「はいはい。【超錬金】、【超錬金】。トイへ。ケーマさんの言うことを聞くように……っと。はい、どうぞ」

俺がまごついていると部屋の天井だった瓦礫を赤い石に変え、巻物に変え、メモを書き込んだ。くるりと巻いて紐でくるくると、ぽいっと俺に投げてきたので受け取る。

「ではハクちゃんのところに行きますね。……はいよー、しるばー！」

『しるば……？　わたし、リンだが？』

そう言って、レオナ達は帝国の方向へ走っていった。……あ、もうこれメール機能使えるかな？　ちょっとハクさんに報告だ。これからレオナが行くという内容だからレオナに見られても構わないだろう。

……またレオナに差し止められて届かなかったら知らん。

＊　＊　＊

かくして俺達はレオナのループから解放された。ダイードに平和が訪れ……たかどうかは分からない。……俺は、一旦宿に戻った。

「お疲れ様、ケーマ」

ソトの【収納】ダンジョンからロクコ達が出てくる。

「ああ。本当に疲れた。まさか『神の毛布』でも攻撃が防ぎきれないとか予想外だ」

「事前にニクの襲撃が作戦として採用されてたのはそういうことだったのねぇ」

今回俺達がとった作戦。それは『やれそうなことを全部試してみよう』というものだった。……もちろん、思いついた作戦でも全てを実行することはできない。ループをするにしても、俺達がレオナの儀式場へ奇襲をしかけられるのは1回こっきりのチャンスなのだ。

「おつかれやでーご主人様。しっかし、よくもまぁあんな作戦にしたなぁ？　ワタルほんま便利に使われまくったなぁ」

「本当に、今回はワタルがＭＶＰだな……ネルネの靴下の引換券でもくれてやるか」

「いや、ご主人様とソト様やないんやから、せめて下着にしたって？」

で、俺は実行する作戦を運任せで決めることにした。……そう、つまり【超幸運】に任せたのだ。作戦を書いた紙をそれぞれ封筒に入れて、「どの作戦がいいかワタルが選んでくれ。内容は秘密だけど！」と選んでもらったのだ。ワタルに秘密なのでダンジョン回りの作戦もコミコミで。

そうしたらあろうことか「じゃあこれとこれとこれと……」と、複数選びやがった。その結果、ワタル自身含めて忙しく奔走することになってしまったというわけだ。

「わたしは結構活躍しました。むふん」

「ああ。……何度もコボルトで死んでたけど大丈夫か？」

「大丈夫です。ふふん」

ワタルの選んだ作戦の内容を確認すると、『儀式前に教会のレオナを襲撃する』『ニクがトイに成りすまして不意打ち』『「神の毛布」を装備して襲撃』『儀式場でレオナを狙撃する』『正面から挑む』『憑依（ひょうい）して戦う』等々、まぁギリギリ全部組み合わせられそうな感じであった。戦闘周りではニクの負担が非常に大きかったが、張り切ってがんばってくれた。ご褒美に高く積みあがった超豪華なハンバーガーをあげよう。

「パパ、やりましたね！……ところで本物の神様おぱんつをみせてください！」

「……食べちゃダメだぞ？　勇者スキルでも再現（コピー）できる範疇（はんちゅう）越えてるみたいだし」

「はーい」

そして『ソトが』『時間』『神の』『力を奪う』という、誰が書いたんだこの作戦というものもワタルの【超幸運】に採用されてしまった。書きかけや書き損じのメモが、うっかり一緒の封筒に入って紛れてしまっていたらしい……いくらなんでもありえんだろ。これは間違いなく【超幸運】の影響で、余程の必須項目であると思われた。帝国予言部も真っ青だぞこんなの。

俺はさらにそこについて詳しい作戦を練ることになり、ワタルとソトに『時空神カリニソト様』を広めてもらうことになったのだ……

【収納】ダンジョンを使った『神の証拠』は、一応、ワタルには『ただの手品で詐欺だぞ』と言ってあるものの、信じてるかどうかは微妙なので、そろそろ『俺には特殊な力があるんだ』と両親から受け継いだ力っぽく言って思考誘導しても良いかもしれない。


なんにせよ混沌神という巨大な敵に立ち向かうには、人知を超えたワタルの幸運やダンジョンの力が不可欠だった。それだけは間違いない。


「というか、今更だけど、下手したら『不幸中の幸い』でダイードが壊滅してたわね？」

「そんときゃさすがにループするしかなかったな。まぁ、結果こうしてみんな無事で生きてるからセーフ……ってことで？」

「……ケーマも、レオナのこと言えないわね？　身内以外にちょっと厳しすぎない？」

ロクコにまで言われてしまった。まぁ、レオナとの問答は【収納】ダンジョンのマスタールームから見ていたんだろうけど。


宿の扉がノックされる。

「ケーマさん、帰ってきたってことは終わったってことで良いんですか？　話を聞かせてもらいたいんですけど！」

「妾（わらわ）も聞きたいのよー！　あれだけ手伝ったんだから聞く権利あると思うのよ！」

おおっと、さっそくワタル達が俺達の勝利を嗅ぎつけてきやがった。……さて、それじゃあ何があったか功労者のワタル達に説明してやろうかな。事実はぼかしつつ。

＊　＊　＊

5月31日。そんなわけで、俺達はパーティーの日を迎えた。既にハクさんからドレスが送られてきており、折角だし俺達も参加することにした。レオナの脅威も去ったので安全にのんびり楽しめる。いっぱい食べよう。

「ロクコ様の着付け終わったでー。次ぃソト様なー」

「はーい、お願いしますイチカお姉ちゃん！」

1回目と同じく、ドレスをイチカに着付けてもらうロクコとソト。

「ケーマ、どう？　似合う？」

フリルの少ない肩を出す紺色のワンピースドレス。スレンダーなそれは、1回目で見たのとまったく同じドレスだ。

「知的な感じが出てるよ。さすがハクさんの見立てだな？」

俺がそう褒めると、ロクコは頬を赤く染め、そういえば、と俺を見る。

「そっか、ケーマは2回目だっけ？　別のドレスにしてもらった方が良かったかしら」

「あー、まぁ、1回目と全く同じデザインだけど、また見たいと思ってたからな。似合ってるし」

「……ケーマも、ちゃんとした格好似合ってるわよ。いつもよりシャキッとしてて、なんかこう……機敏そうね！」

ドレスだけでなく、いまいちなセンスの褒め言葉も1回目と同じだった。


そんな感じで着飾ったお姫様エミーメヒィ＆勇者ワタルと共に夜会へ向かう。

「いやー、まさか、僕らの最初に受けてた仕事まで関わってたなんて。何もしないで仕事終わりってことにならなくてよかったですね、ミフィ様」

「なのよー。ロクコ達もお疲れ様なのよ。ループとかは結局良く分からなかったけど、ダイードで起きていた問題もついでに解決したってことで良いのよ？」

ワタルには、ダイードで元々起きていた問題の調査もまとめて片付いた旨を伝えた。

「ああ。恐らく、数日中にハクさんから連絡があると思う」

「これで第二王子との婚約も断れるのよー！」

ふぁー、と馬車の中で肩の力を抜くエミーメヒィ。

「一応言っとくと、前回の流れだと第二王子がワイバーンの卵持ってきて婚約者候補の末席に加える、みたいな話だったぞ。ただ、今回俺が動いたからそもそもワイバーンの卵が手に入っているかも怪しいけど」

「……それはそれでどうなるか楽しみなのよ」

とにもかくにも、俺たちは馬車に乗って王城へ向かう。……今回は事故もなく、馬車がすんなり城へ着いた。

エントランスを抜ければ、シャンデリアきらめくパーティー会場。ケータリングの食事とダンスホール。エミーメヒィを先頭に、俺達は彫刻的な手すりの階段を上って2階のVIP席へと行く。赤い布張りの豪華なソファーに座った若い王様に挨拶するためだ。

「おお、エミーメヒィ殿下。良く参られた」

「本日はお招きいただきありがとう存じますのよ、ダイード国王様」

エミーメヒィが皇族らしい完璧なマナーのカーテシーでご挨拶。国王は小さく挙手するかのように手のひらをエミーメヒィに向けて見せた。

「それで、ジェドハとはどうだね？　先日ダンジョン実習を一緒に受けたと聞いたが」

「親戚の子供、のように思っておりますのよ」

「ふむ。……まぁ、本日は楽しんでいっておくれ。そこに休憩できる場所も空けておくので、いつでも来てくれていい」

「ありがとうございますのよ」

今回は特に頼んでいないのでティンダロス家には触れない。……そういえばトイを【収納】ダンジョンに入れっぱなしだった。どうしよコレ。

「時に、なにやら使用人達が少し騒がしいのよ？　何かあったのよ？」

「……先日、何者かが魔術研究所に侵入したようでな。以前エミーメヒィ殿下が会いたいとおっしゃられていた魔術師団長も連絡がとれず、行方が分からないのだ」

「まぁ、それは大変なのよ。まぁ妾、ティンダロス様についてはもういいから、国王様もそこは気にしなくていいのよ」

あ、それ俺ですね。サーセン。


それから俺達は夜会を楽しむことにした。

楽団の生演奏でダンスしたり、ケータリングの食べ物を食べたり――と、そこに2人の男児がやってきた。

「ケーマ殿！」「久しぶりです！」

「ん？　あれ。お前たちは……ミータと、ラーシか」

「「はい！」」

ダゴン家の双子で、たしか以前はほとんどそっくりの見た目だったはずだけど、すっかり判別がつくように髪型から服装まで一通り違っていた。

「この姿で会うのは初めてですが」「それでも見分けがつくなんて！」

タグ付けしてあるからね、とは言わない。

「ケーマ殿のご指摘通り、俺達はガキでした！　わがままでした！」

「今ではもう俺達を判別できない人はいません！　ありがとうございます！」

なんかしらんけど、お礼を言われた。

「自分から表現するって楽しいですね！　では、俺達はこれにて！」

「新しい姿を皆に見せて、もっと見分けてもらえるようにするのです！　では！」

そう言って双子は去っていった。……なんだったんだろう。まぁ、どうでもいいか。

「お、おう。そうか」

今度はコレハとサマーを見つけた……サマーはまたしてもバニーガールである。なんでコレハはこのサマーと一緒に歩いてるんだろう。サマーも律義に夜会に出てるあたり、2人とも真面目かな？

「ご機嫌よう、ミフィ様、ロクコ様、ソト様……」

「ご、ご機嫌よう、コレハ嬢……サマー嬢。……またバニーガールなのよ？」

「はいミフィ様、今回はバニーガールで行こうと思いまして！」

バニーガールはそういえば公式の場で許される正装だっけな。王族の夜会でもいいのか。

「次は熊の着ぐるみとか考えてます。どう思いますかケーマ様？」

と、俺に話しかけてくるサマー。……あっ、そういえば言ってなかったな。

「あのさ、サマー嬢。ちょっとあっちで話さないか？」

「えっ、まさかケーマ様からのお誘い……これは乗るしか！　いってきますねコレハ様！」

「ちょっと、サマー様！　今日は生徒会の皆さまの帰国を祝う夜会ですよ？　恋人であるサマー様が、その、なんでそんな……ああもう……」

こめかみを押さえる侯爵令嬢コレハ。彼女の感覚では、そこそこ仲良くしていたヒロインがある日突然大暴走を始めてバニースーツで過ごし始めたわけだ。一応日本人的感覚を植え付けられているらしいなら、そりゃ頭も痛くなる。

とにかく俺は、ロクコと腕を組んだまま、サマーをバルコニーへと誘い、移動した。

「いやぁ、今までやらなかったことを思い切ってやるのって気持ちいいわ！　うふふ、どうせループするんだもの、次は熊の着ぐるみで過ごしてみるっていうのもアリね」

楽しそうなサマー。

「……あー、単刀直入に言う。ループすることはもう無い」

「えっ？」

「もう一度言う。ループは途切れた。もう時間は巻き戻らない」

「ま、またまたぁ、え、だってあのお方……え？　本当？」

目をぱちくりさせるサマー。

「ああ……本当だ」

「そんなぁ、嘘(うそ)でしょ？」

「悪いが、事実だ」

サーッと顔色を青くするサマー。と、ここでロクコが口を挟む。

「サマー。あなたのおかげよ。あなたがバニーガールで過ごす……そうして恥ずかしくはっちゃけたところで、ループをぶった切る。どう？　あの邪神のやりそうなイタズラじゃない？」

「……お、お……おのれ邪神ーーーー!?」

サマーは頭についていたうさ耳カチューシャを外して地面に叩きつけた。

「ああああああーーーーー!!　もーーーーーー!!」

だん、だんっとうさ耳を踏みつけるサマー。俺はロクコに小声で尋ねる。

「……なんで嘘を？」

「別に、嘘じゃないわよ？　ケーマの手口よ」

レオナに勝てたのは情報を提供してくれたサマーのおかげでもあるし、あくまで邪神がやりそうなイタズラだと言っただけでそれが事実だとも言っていない。うん、俺のよくやるやり方だ。

「……わざわざケーマに飛び火するかもしれない真実をつく必要はないでしょ」

「ああうん、色々煽ってはっちゃけさせたの俺だもんね」

だから怒りの矛先をレオナに固定したと。まぁ、ループしてたレオナが実際一番悪いしね、しかたないね。

「……あの、ロクコ様。予備のドレスとか持ってない？……その、今からでも……」

「持ってたとしてもサイズが合わないんじゃない？」

「大丈夫よ、私サキュバスだから多少はサイズが変えられるわ！」

「まぁ、持ってないんだけど」

うぐぐ、と仕方なしによれよれになったうさ耳カチューシャを拾うサマー。……え、うさ耳カチューシャが無いとマナー違反になるの？　なにそのルール。

「第一王子、ハークス・ダイード様、おなーりーー!!」

なんというタイミングか。第一王子が会場入りしてきたらしい。

「げっヤバ」

苦いものでも食べたかのような顔をするサマー。確かにヤバイね、こんな格好で。

「サマー！　サマーはどこだ！……おお！　そんなところに居たのかサマー……!?」

第一王子は取り巻き2人を連れてこちらに向かって猪突猛進（ちょとつもうしん）に突っ込んできて、そして固まった。

「……な、なんて可愛（かわい）らしい格好をしているんだ!?　ああ、俺の愛（いと）しい人！」

「は、ハークス王子、あー、その、お、おかえりなさいっ」

子供を高い高いするように抱きあげられつつ、『きゃるんっ☆』と効果音が出そうなくらいに可愛らしい笑みを浮かべて見せるサマー。プロだ、プロのヒロインだ。というか第一王子はそれでいいのか？

「お、おいクルシュ。なんだあの色っぽい格好は？　ドキドキしてきた」

「知らないのですかケンホ？　バニースーツですよ、ちゃんと正装です。さすがサマー嬢、博識ですね」

「やらんぞ！　サマーは俺のだ！」

「えっ、ええと、ケンホ様とクルシュ様もお帰りなさい」

サマーに挨拶されて嬉しそうに笑顔になる取り巻きズ。あ、それでいいんだ？

「む、この男は誰だ？」

「ああ、えっと……お友達のロクコ様の旦那様です」

じろり、と睨まれる俺だったが、今回はすかさずサマーが説明する。表情がにこりと一転する第一王子。

「留学生のロクコ・ツィーアです。サマー嬢とはお友達です、よしなに」

「おお、そうか。サマーの学友。それとその夫であったか！……よもや、サマーを第二夫人にという話ではない、よな？」

「滅相もない。俺は一途なんですよ。なぁロクコ」

「ええ。夫ったら、この間も私のために凄いことしてくれて」

「む、そうか。一途な男は好感が持てる。かくいう俺もサマー一筋でな……」

しまった、今回も聞いてもいないのにのろけが始まった。

「……時に殿下、御父上へのご挨拶は宜しいので？」

丁度話の区切りがいいところでロクコが口を挟んだ。

「おっと、そうであった！　ではサマー、また後で！」

「はい……」

サマーは、少し疲れた顔で王子と取り巻きを見送った。

「……この後また大変そうだけど、どうする？」

「どうしたらいいのかしら。ループはもうしないんでしょう？　第二王子が王太子になるとして……ああ、まったく考えてなかった……」

「ちゃんと説得しろよ。【魅了】使ってでも馬鹿王子を止めるんだな」

「うん……」

はぁ、と溜息をつくサマー。

「ねぇケーマ。さっき私、ケーマのことを夫って言ったんだけど……もしかして2回目？」

「あ、うん。実はそうなんだ」

「道理で落ち着いてると思った。ま、子供もいるんだからその調子でね、パパ？」

……やっぱり帰ったら対ハクさん向けの鎧ゴーレム強化しなきゃな。

「おかえりなのよー」

「お帰りなさい！」

サマーと別れて戻ると、一同は料理を堪能していた。コレハが居ないのも1回目同様に第一王子の取り巻きの1人、兄のクルシュと話をしに行ったらしい。

「はい、お姉ちゃんたちもあーん」

「いやー、命令じゃしゃーないよなー、メイドは従わんと！　あーん」

「もぐもぐ……」

「さっき出てきたローストビーフです。美味しいですよケーマさん」

「ああ、俺にも寄越せ。実は前回食い損ねてまだ食ってないんだそれ」

ワタルからローストビーフを貰い、食べる。おお、柔らかくてソースも肉の風味がうまい。パンにはさんで食べたくなる味だな。

「ケーマ、私にも分けてよ」

「おおいいぞ……って、そろそろかな？」

と、会場の入口に動きがあった。

「第二王子、ジェドハ・ダイード様、おなーりーーー!!」

第二王子が卵をもってやってきたようだ。

「おや、こっちに近づいてきてますね」

「……なんか妾のこと見てる気がするのよ」

気がするじゃなくてどう見ても見てるよ。前回そうだったし、さっきのサマー嬢を見てる第一王子と同じ感じだから間違いない。

第二王子が近づいてくると、その後ろに付いてくる荷台も良く見える。メイドによって運ばれるそれは、子供の身長くらいもある白く大きな卵だった。……前回より白いな。

「エミーメヒィ様。ご機嫌麗しゅう」

「これはこれはジェドハ殿下、御機嫌よう。そちらの大きな卵は何かしら？」

「ええ、こちらですが――」

第二王子はエミーメヒィの前に跪き、その手を取ってエミーメヒィの顔を見つめた。

「――俺はドラゴンを倒した。これはその証、ドラゴンの卵。……あー、ドラゴンを倒すこと、それが貴女へ求婚する条件だと聞きました。エミーメヒィ様、どうか、俺の気持ちを受け取ってください」

ドラゴンの卵と明言して求婚すると、会場がしぃんと静まり返った。会場中の視線が、2人に集まる。エミーメヒィの返答を固唾をのんで見守る構えだ。あらかじめ俺から聞いてたおかげか、エミーメヒィはあまり動揺していない。

「ドラゴンの卵……それがそうなのよ？」

「はい。ドラゴンに勝負を挑み、手に入れたものです。……といっても流石に仲間を連れてですが。ドラゴンに勝利した後に巣を探索したところ、こちらの卵を見つけました」

ちらり、と俺達の方を見るエミーメヒィ。

「……ここは、ドラゴンに詳しい人に本物かどうか確認してもらうのよ！」

「その者は……勇者ワタル。ドラゴン退治の勇者ともなれば否やはありません」

「というわけで頼むのよケーマさん！」

「え、俺？」

ロクコじゃないのか、と思いつつも、俺はその卵をじーっと見る。……あ、うん。これ巨大化させたニワトリの卵だったよな？　トイがそんなことを言っていたし。少なくとも前回の推定ワイバーンの卵よりちゃっちい。亜竜ですらない。

「ちょっと待ってくださいエミーメヒィ様。ワタルではないのですか？」

「じゃあワタルにも見てもらうのよ。頼むのよ」

「えっ、僕もですか？　えー、自信ないなぁ……で、ケーマさんどうですかそれ？」

「と言われてもなぁ……あっ」

卵を調べていると、見つけてしまった。卵の底に、とある刻印がついているのを。いやこれ、トイのやつ相当手抜きだろう。

「魔法でデカくされたニワトリの卵じゃないか？」

俺は素直に答えた。

「なっ……何を言う！　適当なことを抜かすな貴様！　これは俺と仲間が命がけで手に入れた卵だぞ！」

俺の言葉に第二王子が噛みついてきそうな勢いで抗議する。

「……どこの農場で手に入れた卵です？」

「の、農場だと!?　言うに事欠き、そんなこと、を……!?」

俺は卵をひっくり返し、その刻印を見せる。……消費期限、5月31日。そして、何かのマークのような印。

「そ、それは……ナイアトホテプ養鶏場の印!?　な、何故そんなところに！」

「ま、間違いありません。サイズはおかしいですが、この国の鶏卵の流通を一手に担っている私の養鶏場の卵……！」

コレハが言う。あー、なんか日本っぽさを感じる表記だと思ったら、レオナの仕込みがこんなところに影響していたのか。

「いやー、騙されましたね第二王子。というわけですので、これはドラゴンの卵ではないと思われます。消費期限も今日までなので焼いて食べてしまうのが良いかと」

俺がそう言って引っ込むと、第二王子は金魚のように口をぱくぱくしていた。

「一応ワタルにもきいておくのよ。どうなのよ？」

「……これは表面にうっすらと魔力を偽装されていますが、よく見れば中身に何の力も感じません。ケーマさんの見立て通り、魔法で巨大化された鶏卵でしょうね」

ワタルもそう言ったことで、会場がざわめいた。

「うーん。妾、お使いに行くのも命がけの王子なんてお断りなのよ」

「そ、そんなはずは……っ、ぐ、ティンダロス、謀ったか……！」

とりあえず、エミーメヒィの問題も無事解決したようだ。だんっだんっ、と悔しそうに床を踏みつける第二王子。一体何が起きているのかと騒がしい会場。

「皆の者！　静まれ！」

ここで大声が会場に響き渡る。2階席、そこで王が立ち上がり皆を見下ろしていた。王の一声で会場は静まり返る。

「これはどういうことだ、ジェドハ」

「ち、父上。これは……」

「ドラゴンの討伐どころか、騙されてニワトリの卵をつかまされただと？……これでは、まだ第一王子ハークスの方がマシではないか」

失望のため息をつくダイード王。

「親父（おやじ）！　それでは俺が王太子になるということでいいのか!?」

と、ここで第一王子が1階、ダンス広場から声を上げた。隣にバニースーツのサマーを添えて。

「……王太子の選定は、先送りとする！」

「なっ、ど、どういうことだ親父！」

「ち、父上！」

王の宣言に、慌てる王子達。そんな中、エミーメヒィがぽつりと言う。

「……まぁ、ダイード王は代替わりしたばかりでまだまだ若いのよ。跡継ぎの選定を急く必要はないと、妾、そう思うのよ」

王によって静かになっていた会場に、その言葉はやたらよく聞こえた。

……あと、サマーが「よっしゃ、先送りできたわ！」とガッツポーズをとっていた。


その後、レオナが現れることもなく無事……無事？　パーティーはお開きとなった。

そして、いろんな失態を見せられたということで、こんな国には居られないとエミーメヒィは帰れることになる。

いやまぁ、ダイード国的にはそれなりにこれから大変だろうけど、レオナのおかげで食文化とかが飛びぬけて発展したようだから、それをうまく使えばきっとなんとかなるさ。

知らんけど！

「なんか色々大変なことになりそうな気がするけど、妾達、帝国に帰っていいのよ？」

「まぁ、気にしなくていいんじゃないか？　これまで、上手くいっていたみたいだし……

そもそも俺達帝国の人間だからダイードのことはダイードに任せようじゃないか」

……色々と調整をしていたかもしれないと思われるトイはいままだ俺の、ソトの【収納】ダンジョンの中で停止しているんだけども。まぁ、なるようになるさ。

＊＊＊

さて、ソトの【収納】ダンジョンの中。俺はトイを拘束している部屋にやってきた。

時間を動かしているダンジョンの中は光源が無くとも不思議と明るい。そんな小部屋の中、トイは椅子に縛り付けられ、目隠しを付けられていた。俺の指示だけど。

「ようトイ。ご機嫌の程はいかがだ？」

「最悪ですよケーマ様。どうぞ処刑してくださいまし」

目隠しをしているが、目の前にいるのが俺だということは声からも分かっただろう。すらすらと淀みなく答えるトイ。

「なにせトイシリーズは、名前の通り10と1――つまり101体おりますので。私1体が消えたところで何の問題もありません」

「……それは嘘だな？」

「さぁて。今は別に嘘を吐くなとは言われておりませんが、本当かも知れませんよ？　しかし小粋なジョークでしょう？　くふふっ」

101匹の犬とか、どこの映画だよ。

「……時に、どうかあわれな私めにこの小粋なジョークの意味を教えてくださいませんか？　レオナ様に尋ねても教えて下さらなかったのですよ。自分が発した言葉の意味くらいは、死ぬ前に分かっておきたいものなのですが？」

「つまり、そのジョークは、レオナに仕込まれたのか？」

「その通りでございます」

トイには日本語が分からないようだ。

「少し考えれば分かるだろ。トが10を指す言葉で、イが1ってことだ。数字を並べてやれば1、0、1、つまり101になる」

「やや！　それは摩訶不思議ですね！　なるほど、なるほど。納得でございます、勉強になりました。感謝いたします。あは、あははははっ！」

何が楽しいのか、笑うトイ。自棄になっているようにしか見えない。

しっかし表情が読めない。ニクよりも表情豊かなはずなのに、ニクよりも表情が見えない。目隠しのせいではなく、多分耳や尻尾が微動だにしないからだろう。

「さて、それではお前の処遇だけど」

「ええ、好きにしてください。なんなら腕の2、3本を切り落として遊んでも構いませんよ？　ガタガタ震えてみっともなくお漏らししながら泣き叫んだ方が宜しいですか？　殿方はそういうのが好みだと聞きました」

「腕は2本しかないだろ……って、随分と落ち着いてるな？」

「ただ覚悟が決まっているというだけの話です。何故なら私は玩具なのですから、役に立たない用済みの玩具は壊され、捨てられるのが当然ではありませんか。捨てられ、壊されるまでが玩具なのですよ？」

「名前に拘る、獣人の性質ってやつか。よくもまぁレオナにそこまで忠誠を誓えるもんだ」

「当然でしょう。ましてや、獣人だってレオナ様がお創りになった種族ですよ？」

なにそれ初耳なんだけど？　本当に？……レオナのことだ。獣人がいなかったこの世界を見て、『異世界に獣人がいないとか自分で作るしかないわよね！』と言って創った可能性もあるな。だってレオナだし。だってレオナだし。……レオナだもんなぁ。

「まぁいい。少し見てもらいたいものがある。目隠しを外すぞ、大人しくしてろよ」

「構いませんが、見てもらいたいものとは何です？」

俺はトイの目隠しを外す。そして、レオナから預かった巻物を開き、トイに見せる。

「レオナからの伝言だ。俺の言うことを聞くように、だとよ」

「ッ、レオナ様からの！」

巻物を求めてガタガタとイスを揺らすトイ。

「もっと、もっと近づけてくださいケーマ様。ああ、レオナ様、レオナ様、レオナ様ぁ！」

少し引きつつも、近づけてやるとトイは巻物に鼻を近づけてニオイを嗅ぐ。

「レオナ様……ああ、くんくん、ふー、ふーっ、ぷはぁ、間違いありません、レオナ様の香りです。はぁ、はい、はい、かしこまりましたレオナ様。いえ、分かりません、はい、いいえ、ああ、こんな命令っ、私、わた、わ、わわわ、私ぃいい……ふぁああ」

巻物の文字を見て、トイはぶるぶると震えた。尻尾も今までにない程にぶんぶんと振られている。小便を漏らしたのか、椅子から床へ液体が垂れた。【浄化】しておこう。ここ、ソトのダンジョン内だしな。

……そして改めて巻物を見る。おかしい、俺の言うことを聞くように、としか書かれていないんだが。どうしてこうなった。軽くどころかかなり引くんだけど。

「お、おい、一体どうしたんだ？　この巻物に何があったんだ」

「ええ、ええ、お答えしますとも。そこにはレオナ様の指示が記されています。ケーマ様に従うように、そして、2度とレオナ様に従うな、と、記されております」

目を細めて巻物を見るが、そんなのどこに書いてあるのか……あ、いや。そもそもこれはレオナの書いた文字。日本語で書かれているとすれば、俺には読めてトイには読めない文字なのか？　そして、逆にトイには分かって俺には分からない指令が書かれている？

「……それはどこにどうやって記されているんだ？」

「ニオイですケーマ様。ニオイが、そう告げているのです。この絵に仕込まれた香りを並べることで、私への命令になっています」

犬獣人の嗅覚で、更に符丁を知らなければ分からない暗号。それが文字に仕組まれていたらしい。レオナめ、あの短時間でなんて回りくどいことを。

「ああ、命令に従って『従うな』という矛盾。なんと心苦しい命令、それこそが自分に与えられた罰であり、新たな使命。主の気まぐれに弄ばれる、なんと甘美なことか。これこそ玩具の生き甲斐！　私はレオナ様の最後の命令に従い、ケーマ様に従います、なんなりとお申し付けください」

正直、トイを信じられないからいらないんだけども。

「ケーマ様、おみ足を舐めましょうか？　それともお腹を見ますか触りますか踏みつけますか？　あはっ、首輪にリードをつけ市中引き回しというのもよろしいですね？　服は着たままが良いですか？　脱いだ方が良いですか？」

従順な犬状態のトイ。目がイっちゃってる……椅子で縛り付けてなかったら何をしでかすか分からない。

「……そんなことはしなくていい。ええと、それじゃあハクさんに引き渡すから、色々と正直に話してハクさんに協力してくれ」

「わかりました、ケーマ様。はふ、巻物を、その……っ、くふ、くぅん……っ」

巻物を突き付けると、鼻を突き出すようにして匂いを嗅ぎ、悦に浸るトイ。……ハクさんなら嘘を見抜ける魔法も使えるし、なんとかしてくれるだろう。きっと、恐らく。多分ね？

トイからは勇者並みのＤＰ(ダンジョンポイント)が入るらしく、当面はソトのダンジョンに拘束しっぱなしで置いておくことにした。「負け犬のお世話はわたしに任せてください」とニクが言っていたので任せる。ダンジョンの力を使ったとはいえニクは勝ち犬だからね。頼んだよ。

＊　＊　＊

そして、帝国に戻った俺達(たち)は、ハクさんとお茶会をすることになった。もはや何か事件があったら恒例ともいえる報告お茶会である。俺とハクさんが向かい合って、ハクさんをロクコとソトが挟み込む布陣である。クロウェさんとニク、イチカが給仕として控えている。そんなお茶会で、俺は初手で椅子に縛り付けて目隠しと口枷(くちかせ)を付けたままのトイを突き出した。

「ど」

「その混沌(こんとん)の犬についてはケーマさんが管理してください」

どうぞ差し上げます、と言う前にハクさんに先んじてこう言われてしまった。

「……あの、正直俺の手に負えないと思うんですが？」

「これは基本レオナの言うことだけを聞きます。レオナが言うことを聞けと言ったのは、ケーマさんです。故に、私の方で引き取っても言うことは聞かないでしょう」

「それは、俺がハクさんの言うことを聞けと言ったら間接的になんとかなるのでは？」

「なりません。隙あらば抜け穴を探し、なんとかケーマさんの命令を聞くために帰巣するでしょう。レオナ直々の命令を優先するために」

きっぱり言い切るハクさん。トイは、こくこくと頷いて同意した。オイ。耳もふさいでやろうか。

「それに、混沌の犬から聞きたい情報はありません。幸いにして、ケーマさんがレオナを私の下に送ってくれましたから。ああ、現在レオナは城の地下牢で休暇だとか言って寛いでいますよ、勝手にベッドまでこしらえてます」

う、うん。そう言えばレオナをハクさんに会いに行かせたんだっけ。それじゃあ今更その部下から聞くことなんてないよね。本人も居るとなると尚更。

「レオナ本人から直接色々と話を聞けました……ああ、顔に容赦のない一撃を入れたとのことで、よくやりました」

そう言いつつ浮かない顔のハクさん。

「そうですよ姉様、ケーマのこともっと褒めてあげてください！　私のために頑張ったんですから！」

「そうね、まぁ、ソトちゃんの父親であることを……認めてあげるわ」

ロクコに促され、ハクさんはそう言った。おお、今回ダイードに俺達が行くことになった元々の要因、ソトの親であることをハクさんに認めてもらえるとは！　やった、これでドルチェさんとかの暗殺におびえずに寝ることができる！

と、そこでロクコが「あら？」と首をかしげる。

「ハク姉様、それじゃあワタルにも解決できなかったダイードで起きていた問題を解決した上にレオナを姉様に引き渡したご褒美は？　あと報酬も欲しいわ」

おおっと!?　ロクコ、余計なことを――

「もちろん。ワタルへの報酬が元々白金貨10枚、金貨千枚分だったから、それを踏まえて1千万DPを報酬として渡すわよ。……ああ。ワタルの新たな活用法についての報酬も含んでます。良いですねケーマさん？」

――1億円相当の報酬……!?　もう早期リタイアして悠々と寝て暮らしていいんじゃないか。そんな風な考えが一瞬頭をよぎる。え、いや、貰っていいの？

「え、いいんですか？　報酬貰っても」

「……タダ働きでソトちゃんをどうやって養うつもりですか。謙虚は勇者によくある美徳ですが、さすがに謙遜が過ぎますよ？」

「そうよケーマ。父親なんだからもっとそこはしっかりしてよね！」

ぐ、そうか。俺父親だからロクコとソトを養う義務が!?

「ロクコちゃん、さすがに1千万Pともなると量が多いから、2日かけてじっくり渡しましょうか。泊っていきなさい。ね？」

　ちなみにワタルの活用法、レオナレベルの危機でもなければ避けることはないのであまり応用は利かないんじゃないかと思いますはい。

「はーい姉様」

「それで、ケーマさんに行って欲しい場所があります」

「え、また調査ですか？」

「いえ。破壊工作です」

　……物騒な依頼だな。そういうのこそ、俺じゃなくてワタルに頼めばいいのに。

「聖王国。そこに……人工ダンジョンを生産している場所があります。なので、よろしくお願いしますね、ケーマさん」

　あの、俺今回たっぷり稼いだし、おうちに帰ってぐっすり寝たいんですけど……あ、いや、なんでもありません。可愛い妻と娘のために稼がなきゃなぁ!?

「全部終わったら教えてやろう。逆に言うと、全部終わらなきゃ教えてやれない。教えて欲しいなら【超幸運】さんにしっかり頼むとお願いして協力してくれ」

そんなわけでワタルはコロコロとダイスを振りまくって、エミーメヒィがメモを取って、やぁようやく仕事が終わったと一晩休んだその日の朝だった。

「おーいワタルー。どの作戦がいいかワタルが選んでくれ。内容は秘密だけど！」

「……じゃあこれとこれとこれと……これとか。あ、これも」

徹夜で作業してたのか非常に眠そうなケーマから封筒の束を渡され、ワタルは適当に数枚の封筒を選んだ。

「ん？　こんな封筒あったっけか……え、なにこれ。ええ……」

覚えのない封筒の中身を確認したケーマは、額に手を当てて天を仰いだ。

「……なぁワタル、お前にしかできない仕事が増えた。もちろん、手伝ってくれるよな？」

断る気はないけれど、流石のワタルも口端がひくりと動くのを感じた。

かくして、ワタルはソトと一緒に神様詐欺をさせられることになった。護衛兼保証、ついでにワタルには秘密だが、邪神への目隠しも兼ねて。

「時を司る女神、カリニソト様！　時の女神カリニソト様をどうぞよろしく！」

簡易的に用意したお立ち台の上、ワタルはケーマの娘、ソトを民衆にそう紹介していた。まるで選挙の応援演説だ、とワタルは思った。

「ワタルさん。そろそろ時間なので移動しましょう。時の女神のスケジュール的に！」

「はい、かしこまりましたカリニソト様。……えー、それでは今回のカリニソト様の公演はここまで！　オヤスミナサイ！」

やっていることは民衆に1人ずつソトの作る「時間の遅い空間」に入って外を見てもらうだけ。中に入った人は周りが早く見え、外からは中の人が遅く見えるという『時を操る奇跡』だ。手品ショーみたいで、ワタルもつい公演とか言ってしまった。

そして、1時間単位で決められた興行スケジュールは、ワタルがダイスを数万回振った結果なるべく行かない場所、ではない場所に合わせたものだった。

時間ごとの地図に上手い具合に開けられた空白地帯。それが興行の場所だ。【超幸運】を使った結果、偶然にも……いや、必然的に人の集まりそうな場所に誘導されていた。我ながらご都合主義が過ぎるのでは？　とワタルは考えた。しかし、そうでもしないと対処できない程の事態が起きているのだろうと、深く考えるのもやめていた。

「……それにしてもソトちゃんのそれ、本当に手品なんですか？」

「そうですよー、タネも仕掛けもありませんけど」

むしろ、本気で奇跡なんじゃ、という思いの方が強まるワタル。実際その方が後ろめた

さも感じないのだけど、ケーマからは何故か「詐欺だ」と説明されていた。

しかし、ダイスを転がす仕事から解放されたのは良かったなぁ、とワタルは思う。それに、次の予定はしばらく宿に居るとなっている。しっかり休めということに違いない。

「さーて、ケーマさんじゃないけど、ぐっすり休ませてもらいますかねー」

そう言って、宿の扉を開けるワタル。

「おーワタル、待ってたぞ。ちょっと追加でダイス振ってほしいんだけどいい？」

ケーマの持つ、追加の用紙。

「……そう来ましたかぁ」

これ、本当に【超幸運】なんですよね僕？　とワタルは乾いた笑いを漏らした。

尚、帝国に帰ったのち、帝都見回りが『ワタルが向かうべき場所』をダイスで決めるようになるのであるが、それはもう少し未来の話。

あとがき

15巻。なんか大台って気がしますね！　皆様のおかげでここまで来ました。随分と長い時間をかけてここまで来たような気がします。いや実際5年とか長いんですけどね。車は空を飛びませんが、小学校1年生が6年生ですよ？　17巻の出るころには卒業？　これ精神的に焦りますね……えっ、同級生にはもう子供がいるんですか!?　イトコの○○ちゃんは結婚したのにお前は恋人の一人もいないのかってあああああ……はい、婚活スキルが不足してますね！　あっ、ちなみに今回いきなり春になっていますが、作中でも11巻の時点より1年以上経過していたりします。ダンジョン集会については、何事も無く平和に終わりましたのでスキップです。特典SSのひとつに書いたので入手した人もいるかと。

さて、ともあれ今回のあとがきです。今回は4ページ書いていいそうです。で、5巻でクロスワードパズル、10巻でキャラ名迷路ときたので、5の倍数であるこの15巻にも何かつっこんできていると予測できましたね？――では、1巻のあとがき、1番上から1文字下段に。最初の文字、「は」から左方向へと文字を読んでみてください。あ、すいませんが電子版の方は保証対象外です。あれ改行位置とかよくズレるし。

……おわかり頂けただろうか？　そう、ある文章が出たかと！　実は私、こういうの大好きなのです！　いつか小説家になってあとがき書くことになったら、絶対やろうと心にきめてました！　最終巻間際キリのいいとこで発表しようと5年間ずっと思ってたの！

まぁ、私も一読者として読んでいたら多分気付かないと思いますけどね！　でも9巻の『の』はちょっと反響あって少しホッとしました。あそこまで露骨に仕込んで誰も気付かなかったら泣いてました。アレはあとがきに何か仕込んでるよってアピールだったので、あー、ここまでやってもほぼバレないんだなーって認識になりました。

ひとつのあとがきにつき大体1～2個隠してますので、是非隠された文章を探してみてください。本文とは何ら関係のない仕込みから、設定の隠し話もありました。ヒントとしては最初の方に隠されてることが多いです。仕込みながら文章考えるの大変なので。

まぁ、電子版派の方が何もできないというのもなんか悪いので、イラストロジックも置かせてもらいますね。イラストロジックをやったことがないって人は、解き方のコツを調べてからやった方が良いと思います。30×30で結構な難易度なので。ちょっと頑張り過ぎました。はい、こっちが5の倍数巻の仕込みです。

さて、そんなこんなでみなさんのおかげでここまで来た15巻。ここから先はネタバレアリなので、まだ本編を読んでいない人は要注意です。いいですね？　読み進めるなら同意とみなします。はい、同意ありがとうございます。では内容に触れて行きましょう。

15巻。振り返ってみて、ついにケーマに子供ができました。あの時手に入れたダンジョンコアがこんなことになるだなんて……当時出したとき結構予測されてました。ちなみに神の子作りに関しては、Webでは活動報告の方で出したネタですね。『ジェノサイド・オンライン』のたけのこ先生（私にファンレターを送っているうちに小説家デビューしたダンぼるファン）が成人した際の記念のSSです。大人になったということで子供の作り方でした。で、生まれたソトちゃんは早速表紙を飾りましたね！……順番的にはキヌエさんだったのではって？　まぁ、キヌエさんは裏方に徹することを至上としてるところあるのでもしかしたら17巻までいっても表紙にならないかも、というか最終巻は多分ロクコやケーマといった主人公クラスのメインキャラが表紙になるんじゃないかと勝手に予想してるので、次の巻が違ったらキヌエさん表紙は諦めてください。はい。

今回のWeb版との違いですが、ダイード攻略全般。実は6巻の時点でレオナをどこに放流するか、が、今回の違いの大きな要因になっています。ゴレーヌ村で放流されたレオナは、のんびり魔国方面へ旅をして、11巻でケーマ達(たち)にちょっかいを入れて実験を行い、更なる実験のためにダイードへ。そんな感じです。また、このダイード編もWeb版では『神の目覚まし時計』を使ってRTAの如(ごと)き最速クリアをしています。果たしてこの違いがどういう影響を及ぼすのか……及ぼさないかもしれませんね？

おっと、そろそろあとがきのスペースも残り僅か。それではこのあたりで締めさせていただきます。また次巻でお会いしましょう。イラストロジックもお楽しみください。

鬼影スパナ

あとがきおまけミニゲーム：**イラストロジック**

														1							1								
						1				2		2	2	3		1	1		2	1	2								
1	3				1	2			2	2	2	1	1	1		3	1	2	1	1	1	2		3					
5	7	3			2	1	3		5	2	3	6	1	4		1	1	1	1	1	1	2	3	9		2			
3	3	3	4		3	1	3	2	1	1	1	4	2	2	7	2	1	6	2	10	3	1	2	4	1	3			9
3	1	6	3	7	4	2	5	12	2	2	3	1	1	1	4	1	3	1	3	4	5	1	2	1	3	3	3	20	9
2	4	4	10	15	4	4	2	4	1	5	8	4	3	3	1	5	5	1	6	2	3	2	10	1	3	6	7	3	2
1	1	2	2	1	1	3	3	2	3	4	1	1	1	1	8	1	1	6	1	1	1	6	2	1	2	2	7	2	7

					13	10	5
			4	9	2	3	4
		4	2	3	2	2	3
		4	1	4	2	2	2
	2	3	3	1	1	2	2
	2	6	1	1	1	1	5
2	1	1	2	2	1	2	4
3	2	1	1	1	1	1	3
4	1	1	1	1	1	2	3
2	1	1	1	1	1	2	2
1	1	1	1	1	1	1	3
	1	1	1	1	5	2	3
2	1	1	4	1	2	2	2
2	2	2	2	1	2	2	2
		5	1	5	6	1	2
	5	1	3	3	3	1	2
3	5	1	2	1	1	1	2
	5	1	1	2	3	1	2
		6	1	1	1	2	2
6	1	2	1	1	2	1	1
3	1	2	2	2	1	1	1
1	2	3	3	3	1	1	1
1	3	1	1	2	4	3	4
1	1	2	1	6	1	3	1
			10	2	6	3	4
		5	1	1	9	3	3
				2	3	14	3
1	3	4	1	2	3	1	1
	1	3	1	2	1	2	4
	3	2	2	4	3	6	4

ール・

と横の数字は連続して塗るマスの数です。
字が複数ある所はその順番通りに塗り、
字と数字の間は１マス以上あけてください。

絶対に働きたくないダンジョンマスターが惰眠をむさぼるまで 15

発　行　2021年5月25日　初版第一刷発行

著　者　鬼影スパナ
発行者　永田勝治
発行所　株式会社オーバーラップ
〒141-0031　東京都品川区西五反田 7-9-5
校正・DTP　株式会社鷗来堂
印刷・製本　大日本印刷株式会社

Printed in Japan ISBN 978-4-86554-911-9 C0193

作品のご感想、ファンレターをお待ちしています

あて先：〒141-0031　東京都品川区西五反田 7-9-5 SGテラス5階　オーバーラップ文庫編集部
「鬼影スパナ」先生係／「よう太」先生係

PC、スマホからWEBアンケートに答えてゲット!

★この書籍で使用しているイラストの『無料壁紙』
★さらに図書カード（1000円分）を毎月10名に抽選でプレゼント!

▶https://over-lap.co.jp/865549119
二次元バーコードまたはURLより本書へのアンケートにご協力ください。
オーバーラップ文庫公式HPのトップページからもアクセスいただけます。
※スマートフォンと PC からのアクセスにのみ対応しております。
※サイトへのアクセスや登録時に発生する通信費等はご負担ください。
※中学生以下の方は保護者の方の了承を得てから回答してください。

オーバーラップ文庫公式 HP ▶ https://over-lap.co.jp/lnv/